바질 정원에서

바질 정원에서

한수영 소설집

강

차례

바질 정원에서

불을 피우자고 말한 사람은 이현이었다. 기정의 정원에서였다. 시월의 세번째 토요일 오후, 기정과 혜영과 이현은 정원에 나와 앉아 있었다.

이런 집을 뚜껑이라고 한대. 무허가 땅에 건물만 얹어놓은 집.

기정이 성곽 아래 산동네의 다 쓰러져가는 이 집으로 이사한 것은 육 년 전, 유방암 완치 판정을 받은 직후였다. 스무 평이 안 되는 땅에 기역자형 건물이 앉은 집이었다. 작은 방 둘에 쪽방 하나, 두 사람이 서기엔 좁은 부엌 하나. 대문 옆에 있는 연탄창고 겸 '변소'(이건 화장실이 아니라 변소야)는 문짝 아귀가 맞지 않아 제대로 닫히지 않았고, 구석의 커다란 느티나무 한 그루가 그늘을 드리우고 있었다. 대지는 서울시 소유라 매년 일정 금액을 갚아나가야 했다.

인생 뭐 있어, 어차피 무허가 아냐?

나중에 쫓겨나는 거 아닌지 걱정하는 둘 앞에서 기정은 호탕하게 웃어젖혔다. 아프지 않았으면 내가 지금 이런 호사를 누리겠어? 그 말도 덧붙였다. 유방암 아니었으면 인도에서 돌아오지 않았을 테고, 그랬으면 이 집을 만났겠냐는 말이었다.

기정은 그 집을 손수 고쳐나갔다. 그런 쪽에 재능이 있다는 걸 본인도, 이현과 혜영도 몰랐다. 곰팡이와 쥐 오줌으로 얼룩진 천장을 뜯어내고 드러난 자리에 회칠을 하고, 서까래에는 오일 스테인 작업을 했다. 쪽방은 욕실 겸 화장실로 개조했다. 연탄창고와 변소는 헐어버리고 흙으로 덮었다. 그래봤자 기정의 말대로 깻잎만 한 공터였다. 그곳에 씨앗과 모종을 사다 심었다. 이듬해부터는 떨어진 꽃씨와 날아온 씨앗들이 알아서 자리를 잡아갔다. 음식 재료를 손질하다 나온 씨앗을 별생각 없이 던졌는데 싹이 나오기도 했다. 정원의 키 크고 가시 있는 식물은 주위와 심은 것들이다.

세상에 그렇게 많은 유기화초가 있는 줄 몰랐어. 강아지만 버려지는 게 아니더라고.

그전에는 못 보고 지나친 버려진 화초들이 정원을 가꾸기 시작한 뒤로 기정의 눈에 자주 띄었다. 운전하다가도 전신주나 쓰레기통 근처에 버려진 화분이 보이면 차를 세웠다.

집주인을 닮은 정원은 자유롭고 거칠 것 없었다. 계획이나 구분의 손을 타지 않아 언뜻 보면 방치된 것처럼 보일 수 있는 곳에서 구절초, 과꽃, 베고니아, 금계국이 가지와 고추, 방울토마토와 마구 섞여 자랐다. 블랙베리와 부겐빌레아가 바질 무리와 아무렇지 않게 어울렸다. 집주인 기정은 물론이고 이곳을 제집처럼 드나든 이현과 혜영도 정원이 그들만의 규칙과 의지로 유지되고 있다는 걸 잘 알았다. 네 평 남짓한 땅에서 마흔 종에 가까운 식물이 독립적이고 짱짱하게 자라고 있었다.

　―석 달 만이야.
　기정이 정원 옆에 조그만 나무 탁자를 펼치며 말했다. 칠월에 만났으니 석 달 만이었다. 그때, 칠월의 정원은 떠들썩한 페르시아 시장 같았다. 쏟아져 내리는 햇빛 아래에서 온갖 색이 튀고 향기가 뿜어져 나왔다. 그 모든 돌출과 소란을 제압하려는 듯, 호박 넝쿨이 관목들의 정수리를 타고 넘어 커다란 이파리로 지붕을 이루었다. 그거로도 양이 차지 않은지 넝쿨은 앞집 담장을 노리며 넘실거렸다. 이제 시월의 정원은 고요하고 차분해져 있었다. 짧아진 해와 떨어진 기온이 호박 넝쿨의 월담을 멈추게 했다. 키 큰 화초 틈새에서 여름 내내 제 나름의 꽃을 피워낸 채송화도 까만 씨앗을 맺었다.
　―석 달? 흠, 이게 다 우리 사이를 질투한 코로나 때문이지.

혜영이 종이를 접어 탁자 다리 밑에 괴며 말했다. 기정이 늘 그런 것처럼 초록색 천으로 탁자를 덮었다. 비와 햇빛에 갈라진 상판을 가리기 위한 거였지만 동시에 축제의 시작을 알리는 의식이기도 했다.

—오, 앙코르!

혜영이 초록색 탁자보를 애무하듯 쓰다듬으며 외쳤다. 그 천은 십여 년 전 앙코르와트를 여행할 때 노점에서 산 사롱이었다. 한복 치마처럼 허리에 끈 두 개만 달려 있어 펼치면 시트나 커튼으로도 쓸 수 있었다. 이현과 혜영에게도 색깔만 다를 뿐 똑같은 것이 있었다. 갈 때는 좋아도 올 때는 따로따로 비행기 타고 올지 몰라. 셋이서 처음으로 함께하는 해외여행에 이현의 남편은 농반진반으로 배웅했었다. 기정의 직장 후배는 고개를 절레절레 흔들며 훈수를 두었다고 했다. 선배님, 제가 이십 년 지기랑 의절한 게 밀라노 노천카페에서였다고 얘기하지 않았던가요? 하지만 그런 일은 일어나지 않았다. 다른 사람에게는 몰라도 세 사람에게는. 다낭에서도 타이난에서도.

의자를 꺼내러 집 뒤 창고로 가던 이현은 정원에서 들려오는 웃음소리에 따라 웃었다. 혜영이 뭐라고 외치는지는 듣지 못했지만 들뜬 기분이 이현에게까지 와닿았다. 셋이 만나면 늘 이렇다.

창고라고 해봐야 지붕 뒤쪽 처마와 옹벽 사이를 플라스

틱 루핑으로 덮은 공간이었다. 단차가 있는 지형이라 기정의 집 지붕이 뒷집 마당에 닿아 있고, 그 사이를 콘크리트 옹벽이 나누고 있었다. 거기에 외바퀴 손수레, 삽, 호미 같은 정원용 도구와 발판 사다리와 캠핑용 화로 같은 부피 큰 물건이 잘 정리되어 있었다. 고추나 방울토마토처럼 지지대가 필요한 식물을 위해 나뭇가지도 일정한 크기로 잘려 묶여 있었다. 정원의 자유분방함과 창고의 질서정연함이 모두 기정이었다. 저절로 미소가 지어졌다. 그러다 맨 안쪽 보기 좋게 쌓아놓은 장작더미에 눈길이 갔다. 느티나무를 베어 만든 장작이었다.

집주인 기정만큼은 아니어도 이현과 혜영도 이 정원을 사랑했다. 혜영이 오랜 별거를 거쳐 이혼까지의 지난한 과정을 남 얘기하듯 들려준 곳도 이 정원이었고, 이현이 아들과 남편의 불화를 바라보는 고통을 털어놓은 곳도 여기였다. 기정이 일곱 살 연하의 남자 친구와 헤어졌다고 선언한 곳도. 때문에 마당 구석에 서 있던 느티나무를 베어버렸다고 했을 때, 이현과 혜영은 서운했다. 가을마다 기정이 낙엽과의 전쟁을 치른다는 건 알고 있었다. 처마 홈통에 쌓인 낙엽이 우수관을 막아 지붕이 샜고, 쓸어도 끝이 없는 낙엽은 함부로 태울 수도, 쓰레기봉투에 넣어 버릴 수도 없었다. 처리업체를 따로 불러야 했다. 기정은 충분히 고민하고 결정을 내렸다. 어쩔 수 없지 뭐. 혜영은 곧 털어냈지만 이현은 오래 서운했다. 자신이 아는 기정이라면 나무뿌리가 집을 들어 올린다 해도 나무를 살릴 방법을 찾아낼 수 있을 거라 믿었다. 그러다 이현도 잊었다. 기정의 정원은 느티나무를 잊게 하고도 남았다.

—의자 새로 만들고 있는 거야?

혜영이 집 뒤로 돌아오며 이현에게 소리 높여 물었다. 이현은 웃음을 터뜨렸다. 눈만 마주쳐도 즐거웠다.

탁자 위가 빠르게 채워졌다. 기정이 준비한 삼겹살숙주볶음과 샐러드가 가운데에 놓이고, 이현이 가져온 카망베르 치즈와 살라미가 놓였다. 혜영의 포도와 단감은 한차례 폭풍이 지나간 뒤 올라올 거였다. 냉장고에서는 와인과 맥주가 불려나올 차례를 기다리며 서늘해지는 중이었다.

한동안 이현이 담근 막걸리가 만찬의 넥타르인 적이 있었다. 구청문화센터에서 제조 강좌를 들은 뒤 이현은 막걸리를 빚어 주변에 돌리는 재미에 빠졌다. 명절에 쓸 제주도 한번 빚어봐. 남편의 한마디에 그날로 딱 접었다. 거기까지였으면 그냥 했을 거야. 근데 어김없이 한마디 덧붙이더라구. 제주는 탁주가 아니라 청주여야 된다나. 예전에 우리 엄마도 집에서 동동주를 담갔거든. 술 거를 때 쓰는 통이 있어. 용수라고, 싸리나무를 엮어서 만든 기다란 통인데, 옛날에 죄수들 노역 나갈 때도 머리에 그런 걸 씌웠대. 얼굴 가리려고. 석현 아빠 머리에도 그걸 씌워주고 싶더라니까.

―오늘은 이 한 병으로 끝내자.

코르크 마개를 뽑아 든 이현이 와인 병을 들어 보이며 말했다.

―니가 안 그럴 거잖아요.

혜영이 생글거리며 맞받았다.

―빙고!

이현이 혜영을 향해 눈을 찡긋하며 와인을 따랐다. 탁자 주변으로 기분 좋은 흥분과 기대가 떠올랐다. 대학 1학년, 동아리에서 처음 만났을 때는 열아홉, 스물. 지금은 쉰셋, 넷. 세 여자의 근사한 저녁이 시작되고 있었다.

―좋은데.

기정이 와인 향을 맡으며 말했다.

―돌아왔네?

혜영이 이현이 따라주는 와인을 받으며 기정에게 물었다. 올봄에 코로나로 고생한 기정은 후유증으로 냄새를 잘 맡지 못했다.

―돌아오는 중. 이현이 너는?

이현에게서 병을 건네받은 기정이 이현의 잔에 따라주며 물었다. 이현이 잔을 들어 자신의 귀에 대고 흔들어 보였다. 지난달 코로나를 앓은 이현에게 가벼운 청각이상 증세가 생겼다. 물속에서 듣는 것처럼 소리가 멀고 뭉개지는 경우가 있었다. 의사는 치료제인 클로로퀸 부작용일 거라고 했다.

시간이 가면 나아질 거라고도.

—안 들려.

—그렇게는 나도 안 들려.

혜영이 이현의 동작을 따라 하며 말했다. 셋이 한차례 웃어젖혔다.

—자, 자.

혜영이 손가락으로 잔을 튕기며 말을 이었다.

—강이현 여사의 쾌유도 축하할 겸 시작해봅시다! 복숭아나무는 없어도 오늘 밤 또 도원결의 함 해봅시다!

와인 잔 세 개가 저녁 빛을 배경으로 공중에서 부딪쳤다. 맑고 투명한 소리가 웃음소리와 함께 정원으로 번져갔다.

종소리가 들려온 건 이현의 아들 석현에 대한 애기가 오간 뒤였다.

삼수 생활을 하던 석현은 작년에 갑자기 입대를 선언했다. 이현 부부는 반대했지만 이미 결심이 선 뒤라 어쩔 수 없다. 이현 부부에게 삼수 중단 선언보다 더 큰 충격을 준 건 입대 전 여자 친구와 결혼하겠다는 발표였다. 이현 부부는 결혼만은 안 된다고 확실하게 엄포를 놓았다. 한발 물러선 석현은 그럼 혼인신고만 하겠다고 했다. 허락해주세요. 한동안 대학 동창 셋의 단체 카톡방은 '허락해주세요'로 시끄러웠다. 일병

계급장을 뗄 무렵 여자 친구와 헤어진 석현은 외출 허가만 나오면 이현에게 전화한다. 이현은 무조건 달려간다.

─육 개월.

제대까지 얼마 남았냐는 혜영의 물음에 이현이 대답했다. 여전하지 뭐, 라거나 피가 마르는 것 같아, 하는 말은 덧붙이지 않았다.

─제대할 때까지 어쩔 수 없어. 석현 아빠는 다 큰 애한테 그런다고 성화지만, 전화 받고 나면 가슴이 뛰어서 다른 일을 할 수 없어.

석현은 뒷자리에서 치킨을 먹으며 게임을 한다고 했다. 귀대 시간 직전까지. 운전석에 앉은 이현은 이게 뭐 하는 건가 싶은 생각을 하며 기다리고. 좁은 차 안의 모자 모습이 보이는 듯해 기정과 혜영은 아무 말도 하지 못했다. 군 복무 중에 숨진 오빠를 둔 이현으로서는 어쩔 수 없을 거였다.

─흐음, 그때는 꼬맹이들이었는데.

혜영이 한숨을 내쉬며 와인을 한 모금 삼켰다.

이십대 후반부터 마흔 중반까지는 셋 다 각자 사느라 만나지 못했다. 이현과 혜영은 직장 생활 뒤 결혼과 육아로, 대학 4학년 때 휴학하고 공장으로 간 기정은 노조 활동으로 정신없었다. 그 시절 기억이라고는 구로공단 앞 '벌집'이라고 불리는 기정의 자취방에서 한 번 만난 것이 전부였다. 이현의 세 살짜리 아이와 혜영의 배밀이를 시작한 아이까지 더해져 벌집만

한 방은 터져나갈 것 같았다. 선풍기도 없어 찜통 속이었다. 기정은 친구들을 대접한다고 문밖 공용 통로에 휴대용 버너를 놓고 부추전을 부쳤다. 구석의 비키니 옷장에 들어간 이현의 아들은 옷장에서 나오지 않겠다고 고집을 부렸고, 혜영의 아이는 잠투정을 하느라 젖을 물지 않았다. 새어 나온 젖으로 혜영의 셔츠는 시큼한 냄새를 풍기며 꾸덕꾸덕해졌다.

　―그러고 나서 사 년 뒤였지? 지원이 어린이집 다닐 때였으니까.

　혜영은 집으로 찾아온 형사를 통해 기정이 수배 중이라는 걸 알게 되었다. 다섯 살 지원이 형사를 보더니 혜영의 다리 뒤로 숨었다. 형사는 혜영에게 기정을 마지막으로 본 것이 언제인지 캐물었다. '벌집'을 방문할 때 토스터를 사다준 것까지 알고 있었다.

　―내가 몹쓸 짓 많이 했네.

　기정의 장난 섞인 탄식에 이현이 검지를 세워 흔들며 말했다. 부추전 해줬잖아. 또 한 번 웃느라 셋은 종소리를 놓쳤다.

　―누구를 위해 종이 울리는 거야?

　다시 종이 울렸을 때, 혜영이 소리가 난 방향을 찾아 두리번거리며 말했다. 셋의 눈이 돌아가며 마주쳤다. 이현에게는 종소리가 아주 먼 곳에서 울린 것처럼 들렸다.

　―저 위쪽에 작은 선원이 하나 있어.

　기정이 와인을 한 모금 마시며 말했다.

—선원? 이 동네를 그렇게 드나들고도 몰랐네.

혜영도 한 모금 마셨다.

기정의 집에서 성곽 쪽으로 올라가다 보면 움푹 들어간 곳에 작은 선원이 하나 있다. 주변 집들에 싸여 있는데다 연등이나 만자도 없어 표시가 나지 않았다. 그 앞으로 자주 산책을 다녔어도 기정은 작년에야 알아보았다. 대문에 선원이라는 작은 명패가 달려 있었다.

—이 시간에 종을 치기도 하나? 다섯시 십칠분에? 보통 정각에 치지 않아?

이현이 핸드폰에 뜬 숫자를 보며 물었다.

—얼마 전에 거기 스님이 치매에 걸린 노모를 모셔왔대. 근데 그 양반이 시도 때도 없이 종을 치셔. 스님이 항의 전화 받느라 골치 아파 하신다더라고. 요즘엔 뜸하시더니……

기정이 이웃에게 들은 얘기를 전하며 혜영의 잔에 와인을 따랐다.

종소리가 세 사람을 잠시 침묵하게 했다. 이현은 군대 정문으로 들어가는 석현의 뒷모습을 떠올렸다. 혜영은 하고 싶은 말이 있었는데 종소리에 잊고 말았다. 기정은 종소리가 몰고 온 어스름이 시월의 정원에 내리는 것을 바라보았다.

—잘못 울린 종소리야.

침묵을 깨며 혜영이 중얼거렸다.

와인 한 병이 다른 날보다 빨리 비었다. 멀리 집 뒤로 보이는 북한산 능선이 또렷해졌다. 정원이 안쪽부터 조금씩 어두워지기 시작했다. 성곽 둘레길을 따라 조명이 들어왔다.

—불 켤까?

기정이 새 와인과 맥주 캔을 들고 나오면서 물었다.

—아니. 저 병처럼 깜깜해질 때까지 그냥 있자.

혜영이 턱으로 빈 와인 병을 가리켰다. 벌써 혀가 살짝 꼬여 있었다.

—오늘은 빠른 편이네? 하긴, 코로나에도 못 걸려본 장혜영 어린이의 주량이잖아.

—그럼 그럼. 코든 귀든 하나쯤은 잃어봐야 어른이 되지.

기정과 이현이 주고받는 말에 혜영이 한쪽 입꼬리를 올렸다.

—저 나이에 아직도 저런 썩소라니. 다른 사람 앞에서는 절대 안 돼. 그날로 사회생활 끝! 알겠지? 후! 장혜영 어린이는 복도 많지. 우리 같은 친굴 다 두고.

기정의 과장된 말투와 표정에 이현이 웃고 혜영이 피식피식 따라 웃었다.

—내가 전생에 우주를 구한 겨?

—암만.

—전생은 그랬는데 이생은 왜 이래?

—전생 이생 다 좋으면 그게 인생이야?

지붕 위로 퍼져나가는 세 여자의 웃음.

—드디어 에덴동산에도 밤이 오는군.

혜영이 웃다 흘린 눈물을 닦으며 께느른하게 말했다.

—에덴은 무슨. 그 흔한 아담 하나 없고 술 취한 이브들만 우글거리는데.

이현이 맞받았다.

—뱀은 있을 거야.

새 와인 병에 코르크스크루를 꽂던 기정이 정원을 흘긋 바라보며 말했다. 이현과 혜영이 동시에 비명을 지르며 의자에서 폴짝 일어섰다. 코르크 마개 빠지는 소리가 어두워지는 정원에 울려 퍼졌다.

자잘한 오해가 셋 사이에서 피어난 적도 있지만 오래가지 않았다. 틈새는 금세 메워지고 더 단단해졌다. 셋이 함께할 때면 그들 자신은 알아채지 못한 빛이 셋의 둘레에서 어른거렸다. 기정의 직장 동료는 이현과 혜영에 대해 하도 많이 들어 만난 적 없는 그들과 오래 알고 지내온 것처럼 느꼈다. 이현의 남편은 아내의 우정을 부러워했다. 거기에는 분명 가족 관계를 뛰어넘는 무언가가 있었다. 혜영의 딸은 혜영이 아무렇지 않은 척하지만 그들을 만나러 갈 때면 이미 들떠 있다는 걸 알고 있었다.

—3학년 때였나? 너희한테 얘기 안 하고 혼자 수덕사에 갔다 온 적 있어.

혜영은 자신이 왜 이 얘기를 꺼낸 건지 알 수 없었다. 그냥 불쑥 떠올랐을 뿐이다.

—이 무렵이었던 거 같은데, 삼천배는 못하고 백팔배는 했지. 일주문을 나서는데 세상이 달리 보이더라고. 속세의 때를 다 벗고 나는 이미 해탈한 몸인 거야. 십 분이나 걸어 내려왔나? 계곡 다리를 건너다가 별생각 없이 아래를 내려다봤어. 근데 글쎄 거기 물속에 반지가 보이는 거야. 그것도 하나가 아니라 여러 개가 있어. 지금도 생생해. 가을이라 물은 맑고 나뭇잎 사이로 비친 햇빛이 그 동그란 백금 반지들을 환하게 비추고 있더라고. 내가 어떻게 했겠어? 십 분 전까지만 해도 백팔배에 해탈까지 한 내가.

기정과 이현은 웃느라 대답하지 못했다.

—별일 아닌 것처럼 조용히 계곡으로 내려갔어. 아직 못 닦은 도가 있어 저 물가에 마저 닦으러 가는 중이라오, 그런 자세로 말이야. 괜히 부산떨다가 다른 사람들이 눈치채고 먼저 뛰어 내려가면 어떡해. 꽤 비탈졌는데 얼마나 집중했는지 미끄러지지도 않더라니까.

—너 때문에 미치겠어.

기정이 와인 잔을 혜영의 맥주 캔에 부딪치며 말했다.

—근데 내가 물속에서 건져낸 게 뭔 줄 알아? 백금 반지가 아니라 이거였다니까.

혜영이 맥주 캔 뚜껑을 따며 거기 붙은 따개를 튕겨 보였다. 혜영은 웃음을 터뜨리는 둘에게 합장을 해 보이며 중얼거렸다. 나무아미타불. 그 순간, 조금 전 종소리를 듣다가 놓친 생각이 떠올랐다. 그래, 그거였다. 꿈 얘기.

한동안 혜영의 꿈에 눈매 서늘한 형사가 자주 나타났다. 기정이 출소하고 인도로 떠난 뒤에도, 아파서 돌아온 뒤에도 그 꿈을 꾸었다. 이젠 뜸해졌지만 스트레스가 많은 날에는 아직도 그랬다. 혜영은 형사에게 기정뿐 아니라 이현에 관한 것까지 시시콜콜 다 털어놓았다. 잠에서 깨면 젖꼭지가 쓰라리며 시큼한 냄새가 나는 것 같았다. 기정과 이현에게 한 번도 털어놓지 않은 비밀이었다. 둘에게는 어떤 얘기도 아무렇지 않은데 이상하게 그 꿈 얘기만은 하고 싶지 않았다.

불을 피우자고 한 건 이현이었다. 별 뜻 없이 모기나 쫓았으면 하는 생각에서였다. 한로가 지난 지 한참 되었고 상강이 며칠 남지 않았는데도 모기가 날아다녔다. 칠월처럼 극성스럽진 않아도 성가시긴 했다. 기정은 괜찮은데 이현과 혜영은 발목 주변을 몇 번이나 물렸다.

기정이 창고에서 캠핑용 화로에 장작을 담아 들고 나왔다. 토치로 자잘한 나뭇가지를 꽤 태우고서야 장작에 불이 붙었다. 주변이 환해졌다.

—추운 줄 몰랐는데 불을 피우니까 춥네.

혜영이 카디건을 여미며 불에 바짝 다가앉았다.

—담요 가져다줄까?

—아니, 아직은.

와인 잔과 캔을 든 채 모두 말없이 불꽃을 바라보았다. 그러다 잔이 비면 누군가 서로의 잔에 술을 채웠다. 장작 위의 나뭇가지들이 작은 소리를 내며 타 들어갔다. 얼기설기 쌓아놓은 가지 더미가 무너져 연기가 치솟을 때마다 이현이 불을 단속했다. 어디서 구했는지 길쭉한 막대기를 들고 있었다.

코로나 학번으로 대학 생활을 보내는 혜영의 딸 지원에 대한 얘기, 기정의 직장 동료에 대한 얘기, 요양원에 계신 이현의 친정엄마에 대한 걱정들이 불꽃처럼 피어올랐다 꺼지며 다른 얘기로 번져가곤 했다. 어떤 이야기든 코로나가 배경이었다. 지금은 몰라. 이게 우리에게 어떤 건지. 우리를 어디로 데려갈지.

—나무마다 타는 냄새가 다 달라.

이현이 나뭇가지 하나를 불에 얹으며 중얼거렸다.

—우리도 그럴 거야.

혜영도 불빛에서 눈을 떼지 않은 채 중얼거렸다. 혜영의 머리 위쪽에서 이현과 기정의 눈이 마주쳤다. 술기운 때문인지, 불빛 때문인지 혜영의 뺨이 발그레했다.

—어이, 이현, 연기가 내 쪽으로만 와.

짙은 연기 기둥에 기정이 비켜 앉으며 말을 돌렸다.

—미인이니까.

이현이 얼른 받아주었다.

—그러게, 연기도 보는 눈은 있어가지고.

기정이 되받았다.

—좋겠다, 기정이는. 모기 알아봐줘, 연기 알아봐줘.

—이 집터가 좋은가 봐. 경사가 끊이질 않네.

불에 던질 마른 풀줄기나 이파리를 주우러 기정과 이현은 번갈아가며 정원에 들어갔다. 그럴 때마다 혜영이 외쳤다. 뱀이닷!

—왜 불장난은 재밌는……

—꼭 우리들 같지 않아?

이현의 말이 끝나기도 전에 혜영이 말했다.

—뭐가?

기정의 발음도 살짝 꼬이기 시작했다.

—이 시월 정원 말이야. 생리도 끊어지고…… 이제 오그라들 일만 남았잖아.

—이거 왜 이러셔. 난 아직이거든.

—그래에, 기정이 넌 좋기도 하겠다아. 아직도 저 방울토마토 같아서.

혜영의 느른한 말투에 기정과 이현이 웃음을 터뜨렸다. 너무 웃어서인지, 연기 때문인지 이현은 자꾸 눈물이 나왔다. 이현은 이런 밤이 좋았다. 대학이 자신에게 준 최고의 선물이 이 두 사람이었다. 홀어머니는 대학 진학에 반대했다. 이현 밑으로 남동생 둘이 있었다. 대학생이던 오빠가 우겨서 이현은 대학에 갔고, 과외로 생활비를 보탰다. 기정이 휴학하고 공장으로 가고, 혜영이 시민단체에서 일하는 동안 자신은 어느 것 하나 희생하지 않았다. 기정과 혜영이 치열하게 청춘을 보내고 투병과 이혼의 아픔을 겪는 동안 자신은 아파트 평수를 늘려나갔고, 입시설명회에 쫓아다니고, 부대 앞 차 안에서 아이의 게임이 끝나기를 기다린다. 하지만 이렇다. 세 사람이 만나면 이렇다. 가슴 밑바닥에 있던 미안함과 이런저런 근심이 연기처럼 흩어져버린다.

골목 어느 집에선가 개가 짖었다. 기정이 소리를 좀 낮추자는 손동작을 해 보인 뒤 빈 그릇을 거둬 집 안으로 들어갔다.

—저 소리가 아주 먼 데서처럼 들려. 계속 이러면 어쩌지?

이현은 양손으로 귀를 막았다가 떼며 일어섰다.

—걱정 마, 돌아와.

—아니면 장혜영 네가 책임져.

고개를 끄덕이는 혜영을 보며 이현은 정원으로 들어섰다.

—이현아.

혜영이 부르는 소리에 이현은 고개를 돌렸다.

—쟤, 그 사람이랑 헤어진 거 맞아?

혜영이 이현 쪽으로 목을 빼며 목소리를 낮춰 물었다. 흔들리는 불빛에 혜영의 얼굴이 일렁이는 것 같았다.

─그랬대잖아.

이현은 목소리에 자신의 마음이 묻어나지 않도록 조심하면서 마루 창 너머로 집 안을 바라보았다. 개수대에서 포도를 씻고 있는 기정의 모습이 보였다. 물소리에 바깥의 소리는 듣지 못할 거였다.

─넌 믿어?

다 끝났어. 더 묻지 말아줘. 해줄 얘기 없음. 지난봄, 코로나가 잠시 잠잠해진 틈을 타 이 정원에서 만났을 때 기정은 그렇게 선언했다. 기정이 인도에서 지낼 때 만난 두 사람은 선후배 사이로 지내다 연인이 되었고, 넷이서 함께한 자리도 적지 않았다. 하지만 셋만 있을 때는 끼어들 틈 없던 지루함이 넷인 자리에서는 어김없이 생겨났고, 기정은 언제부턴가 합석할 자리를 만들지 않았다. 그러다 둘 사이가 삐걱거리는 듯했고 한동안 말이 없더니 헤어졌다고 했다. 기정이 그렇다면 그런 거였다.

다른 집에서 또 개가 짖었다. 아니 환청인지도 몰랐다.

─어렸을 때 한밤중에 개 짖는 소리가 들리면 아련해졌어. 어둠이 더 넓어진다고나 할까. 그 소리로 캄캄한 바깥을 가늠해보곤 했어. 얼마나 멀고 넓은지.

이현은 화제를 바꾸었다. 혜영은 처음부터 기정의 남자 친구를 좋아하지 않았다. 별것 아닌 것에도 야박한 점수를 주곤 했다.

—내가 좋아하는 역사학자가 신문 칼럼에 쓴 걸 봤는데, 옛날 중국에서는 소리를 도량형의 기준으로 삼았대. 도, 량, 형.

　이현은 한 글자씩 끊어 읽으며 강조했다. 취하면 나오는 선생 버릇이었다.

　—길이, 부피, 무게를 소리로 정했다는 거야.

　—소리? 무슨 소리?

　혜영이 어깨를 으쓱하며 물었다.

　—피리 소리. 기준이 되는 피리 이름이…… 황종…… 율뭔데, 아무튼 기준 음을 내는 피리를 만든 다음 그 피리 속에 기장을 채우는 거야. 거 왜, 기장이라는 곡식 있잖아, 밀 비슷한 거. 기장이 얼마나 들어갔을까? 한 주먹? 두 주먹? 아무튼 그 피리의 길이가 세상 모든 길이의 기준이 되고, 들어간 기장의 부피와 무게가 만천하의 부피와 무게의 기준이 된 거야.

　집 안에서 변기 물 내려가는 소리와 기정의 흥얼거리는 소리가 새어 나왔다.

　—피리? 기장? 그래, 능력으로 치면 눈보다 귀가 뛰어나다는 얘길 들은 것 같아. 도자기에 미세한 금이 간 걸 눈은 못 잡아내도 귀는 잡아낸다잖아. 두드려보고 소리로 알아낸다는 거야. 금이 갔는지, 안 갔는지.

　혜영이 자신의 한쪽 귀를 잡아 늘어뜨리며 말했다. 그리고 바로 덧붙였다.

　—우리도 한번 두드려봐야 하는 거 아냐?

혜영이 히죽거리며 빈 캔을 우그러뜨렸다. 이현은 혜영에게서 등을 돌려 정원 안으로 들어갔다. 혜영이 새 캔을 따는 소리가 들렸다. 잘못 들은 것일지도 몰랐다. 술기운 때문이든, 코로나 후유증 때문이든 상관없었다.

정원 한가운데 선 이현의 발끝에 딱딱한 게 걸렸다. 이현은 풀을 헤치고 내려다보았다. 기정이 베어버린 느티나무 그루터기였다. 무릎 높이까지 자란 바질 덤불이 그 주변을 덮고 있었다.

밤이 깊었다. 딱히 할 얘기가 남은 것도 아닌데 누구 하나 일어서자는 말을 하지 않았다. 모닥불이 꺼져야 일어날 텐데 땔감이 떨어질 만하면 기정과 이현이 번갈아가며 시든 호박 넝쿨이나 마른 풀줄기를 거둬와 불 위에 얹었다.

—정원 다 태워야 끝나겠네.

혜영은 의자에서 꼼짝 않은 채 중얼거렸다.

—이번 참에 정원 설거지하는 거지 뭐.

기정은 연기에 눈을 비비며 오늘 밤 이불에 오줌 쌀 거야, 라고 하기도 했고, 다 태워버리고 새 출발 했으면 좋겠다, 중얼거리기도 했다.

마지막 남은 와인이 열렸다. 혜영은 맥주 캔 하나를 새로 땄다. 이현은 탁자 위에 놓인 것들을 바닥에 내려놓은 뒤 탁자보를 탁탁 털어 다시 깔았다.

—그래, 이제 새 출발 해보자고.

—바질도 좀 태워볼까? 연기에서 향이 나게. 그래야 귀신들이 몰려올 거 아냐.

이현이 웃어젖히며 정원으로 들어갔다. 비틀거리는 이현을 보고 기정과 혜영이 웃음을 터뜨렸다. 다른 날보다 모두 주량을 넘겨 마셨다. 석 달 만에 만난데다 이 집에서 함께 자기로 한 터라 부담이 없어 그랬을 거였다.

—바질? 바질도 있었어?

혜영이 의자에서 몸을 틀며 물었다.

—무슨 소리야? 네가 사다 심은 거잖아.

기정이 정원을 만든다고 했을 때, 혜영은 허브 정원 의견을 냈다. 이현에게는 느티나무 자체가 정원으로 여겨졌다. 그러니 나무 그늘 아래에서도 잘 자라는 맥문동이나 원추리가 어떻겠느냐고 했다. 혜영은 한동안 허브에 꽂혀 주말이면 기정의 정원에서 살았다. 느티나무가 잘려 나간 자리에 바질, 로즈메리, 타임, 세이보리를 사다 심었다. 하지만 다른 일에도 그런 것처럼 금세 싫증을 냈다. 바질만 살아남았다.

이현은 느티나무 그루터기를 밟고 서서 바질을 땄다.

—모닥불이 아니라 특별한 음식 같은데?

이현이 불 위에 바질을 뿌리자 기정이 말했다. 바질에는 불이 잘 붙지 않았다. 잎 표면에서 수액이 끓는 듯하더니 오그라들어 사라졌다.

—세 마녀들을 위한 요리.

혜영이 불을 들여다보며 말했다. 그러더니 손부채질을 해 연기를 깊이 들이마시며 중얼거렸다. 으음, 간이 딱 맞네.

—정말 이게 마지막이야.

언제 정원에 들어갔는지 기정이 나뭇가지와 마른 수국 꽃 가지를 들고 나오며 말했다. 이현이 고개를 끄덕였다. 혜영은 자는지 눈을 감고 있었다. 기정은 그것들을 하나씩 불에 넣었다. 그럴 때마다 불꽃이 환하게 일었다 사그라지곤 했다. 그 속에서 시월의 밤도 끝나가는 듯했다. 하지만 잠시 후 기정이 지른 비명에 불꽃 하나가 다시 타올랐다.

—뭔데?

질린 표정으로 나뭇가지를 바닥에 던지는 기정을 보며 이 현이 놀라 물었다. 혜영도 고개를 들었다. 기정이 인상을 쓰 며 바닥의 나뭇가지를 가리켰다. 새끼손가락만 한 애벌레가 이파리 뒷면에 붙어 있었다. 연갈색의 통통한 몸통이 불빛을 받아 투명해 보였다. 애벌레는 죽은 것처럼 보였다.

—아냐, 죽은 체하는 거야.

이현이 누에를 떠올린 순간 혜영이 말했다.

—저렇게 큰 건 처음 봐. 쐐기 맞지?

기정이 다시 진저리를 치며 물었다.

—맞아, 얼른 불에 던져.

혜영이 다그쳤다. 그 순간 이현이 외마디를 질렀다. 왜!

소리가 너무 커 이현 자신도 놀랐다.

—쐐기가 아니라 애벌레잖아!

이현은 목소리를 낮추려 했지만 잘되지 않았다.

—쐐기라니까. 저 털 부숭한 거 안 보여?

혜영이었다.

—애벌레야. 조금 있으면 고치가 될 거야. 겨우내 그러고 있다가 내년 봄에 나비가 될 거라고.

이현이 꼬인 발음으로 사정하듯 말했다.

—그럼 그 나비가 온통 알을 깔 거 아냐.

기정은 알에서 부화해 나온 수백 마리의 애벌레들이 잎사귀마다 달려 있는 모습을 상상하며 목소리를 높였다.

—지금은 저 한 마리라고!

이현은 자신의 목소리가 떨리는 걸 느꼈다. 느티나무 얘기가 튀어나오려는 걸 참았다. 자신이 아는 기정은 그런 사람이 아니었다. 우수관을 막는 낙엽 때문에 나무둥치에 톱을 대는 사람이 아니었다. 쐐기든, 애벌레든 불에 던져 넣을 사람이 아니었다.

—바질이랑 뭐가 달라?

혜영의 두 눈이 똑바로 이현을 향해 있었다.

—뭐?

이현은 혜영이 무얼 물은 건지 몰라 혜영을 빤히 쳐다보았다.

─뭐가 다르냐고. 너 조금 전에 바질잎을 태웠잖아.

─응?

이현은 혜영 쪽으로 몸을 기울였다. 이번에도 혜영이 무얼 묻는 건지 알 수 없었다.

─난 바질이나 쟤나 똑같이 고통을 느낀다고 생각해.

─똑같다고? 고통이?

순간 이현은 술이 깨면서 귓속이 뻥 뚫리는 것 같았다. 건너편의 기정은 취기가 쏙 훑고 간 것처럼 표정 없이 앉아 있었다.

─똑같아.

혜영의 집요해진 눈빛과 꽉 다문 입이 농담이 아니라는 걸 말해주었다. 혀 꼬인 소리마저 아니었다면 이현은 그만두었을 것이다. 혜영이 취했다는 사실이 이현에게 여지를 주었다. 내처 따져 물어 혜영이 얼마나 말도 안 되는 생각을 하고 있는지 깨닫게 해주고 싶었다. 이현은 자신도 취했다는 걸 잊고 있었다.

─그래 똑같다 쳐. 그렇다 해도 굳이 죽일 필요 없잖아. 그것도 불에 태워서. 저 불 속에서 지글지글 뒤틀고 오그라드는 걸 보고 싶어?

─바질도 그렇게 뒤틀렸어. 우리 모두 봤잖아. 불에 바질을 던져 넣은 건 너고.

혜영은 맥주 한 모금을 들이켰다. 그러고는 따지듯 다시 물었다.

─넌 집에서 바퀴벌레가 나와도 안 잡아? 안 죽여?

이현은 기운이 쭉 빠지는 걸 느꼈다. 깨는 듯했던 취기가 다시 몰려왔다. 어질어질한 가운데에서도 지금 무슨 일이 벌어지고 있다는 것만은 분명 알 수 있었다. 그건 애벌레와 상관없는 일이었다. 바질과도, 바퀴벌레와도.

—죽였어. 예전에는. 지금은 안 해. 휴지로 싸서 그냥 창밖으로 던져줘.

이현 눈앞에 슬리퍼로 바퀴벌레를 내리치던 예전 자신의 모습이 보였다. 바퀴벌레가 크래커 부서지는 소리를 내며 으깨졌다.

—이현이 늬가 던진 바퀴벌레는 다른 집으로 기어가겠지. 너 대신 다른 누군가가 그걸 죽여야 할 테고.

—나 대신?

—응, 너 대신.

혜영의 얼굴에서 지금껏 본 적 없는 웃음이 떠올랐다 사라지는 걸 이현은 보았다. 불더미가 무너지면서 솟아오른 불꽃에 잘못 본 것일지도 몰랐다.

—나 부천 살 때 밤마다 꼽등이 수십 마리를 토치로 태워 죽였어. 지원이가 꼽등이 한 마리만 나와도 무섭다며 난리를 치는데 어떡해.

이혼하고 몇 년 동안 혜영과 딸 지원은 부천에서 살았다. 비탈에 지어진 연립이라 전면에서 보면 일층인데 후면에서 보면 반지하인 집이었다.

―그래, 나도 그랬을 거야. 꼽등이 아니라 사람이었대도 아이가 무서워하면 나도 그랬을 거야. 그래도 이건……

이현의 마음속에서 혜영을 향한 애틋함이 솟아났다. 하지만 오래가지 않았다. 애틋함을 누르며 다른 것이 생겨나고 있었다. 오늘 밤 새로 생겨난 의혹과 혼돈이 이현을 흔들었다. 이현은 떼쓰는 아이처럼 불을 헤집어 재를 날리고 싶었다. 잔을 부딪치던 탁자와 흰머리가 나기 시작한 서로의 머리 위에, 오늘 밤 모든 걸 지켜본 시들어가는 정원에 재를 뿌리고 싶었다. 너무나 강렬한 욕망에 이현은 잔에 담긴 와인을 모두 비웠다.

기정이 바닥에 놓인 나뭇가지를 주워 담장으로 걸어갔다. 가지 끝 나뭇잎에 애벌레가 그대로 붙어 있었다. 기정은 오늘 밤 연회의 불청객을 담 너머 공터로 던졌다. 바스락 소리가 났다가 잠잠해졌다.

모닥불이 꺼져가듯 시월의 하룻밤이 끝나가고 있었다. 자정이 넘은 지 오래되었지만 누구도 들어가자고 말하지 않았다. 그들은 마지막 불씨가 꺼져가는 걸 말없이 지켜보았다. 날이 밝으면 식은 재 속에서 무엇을 보게 될까?

혜영은 담요를 머리까지 덮어쓰고 탁자에 엎드려 잠이 들었다. 의자에 올라앉은 기정은 무릎에 얼굴을 묻고 잠들었다. 그 옆의 이현도 기정에게 기댄 채 잠이 들었다.

세 사람을 깨운 건 종소리였다. 기정이 탁자 위의 핸드폰을 켜 보았다. 3:27. 이번에도 잘못 울린 종소리였다.

—다 식었네……

혜영이 부수수한 얼굴로 깨어나며 중얼거렸다. 기정과 이현도 한기 속에 싸늘히 식은 모닥불을 바라보았다. 검고 흰 재만 화로 바닥에 쌓여 있었다.

—식은 재라야 거름으로 쓰지.

한참 만에 기정이 입을 열었다.

—한동안 그런 꿈을 자주 꿨어. 기정이 너 수배 중일 때, 형사한테 너희 둘을 밀고하는 꿈. 시시콜콜한 것까지 다 털어놓더라, 내가.

뜬금없이 왜 이런 말을 하고 있는지 혜영 자신도 알 수 없었다.

—지금 고백이란 걸 하는 거야?

—아니, 자백.

—나는 그렇다 쳐도 이현인 왜?

—그러게…… 왜 그랬지? 친구라 그랬을까? 수배자 친구니까…… 서로 물든 사람들이니까.

혜영은 화로 바닥의 재에서 눈을 떼지 않았다.

재처럼 가라앉은 침묵이 세 사람을 감쌌다. 사물의 길이와 무게와 부피. 소리가 그것을 재는 기준이 되었다고 했다. 그럼 셋이 함께 걸어온 날의 길이와 무게와 부피는? 그건 무엇으로 재는 거지? 그 답은 몰라도 지금 시월의 정원에서 잘못 울린 종소리가 세 사람을 흔들어 깨웠다. 종소리의 여운 속에서 한 가지 깨달음이 세 사람을 차례차례 찾아왔다. 그러게, 우린 서로 물든 사람들이었네.

이현은 종소리가 세 사람을 둥글게 감싸는 걸 느꼈다. 혜영은 몸을 떨었다. 기정이 어깨에 두른 담요를 여미며 들어가자고 했다. 들어가 뜨겁게 몸을 지지며 한숨 더 자자고 했다.

—좋지.

이현과 혜영이 따라 일어섰다.

—우리 스님, 오늘 또 항의 전화 받느라 바쁘시겠네.

—그럼 어때. 중생 셋을 구하셨는데!

—우주를 구하셨지!

세 사람을 흔들어 깨운 종소리가 시월의 정원으로 퍼져갔다. 화로 속의 식어버린 재는 내년 봄 정원에 뿌릴 좋은 거름이 될 거였다. 뿌리와 뿌리 사이에 스며들어 더 깊이 뿌리내리게 해줄 거였다. 바질 향이 흔들렸다.

만
조
유
생

1 · 0 · 5 · 1

마음씨 좋아 뵈는 간호사 선생이 나한테 이것저것 묻더니 콤퓨타에 표시한 숫자요. 일, 공, 오, 일.

두 달 전부터 자꾸 속이 울렁거리고 밥 냄새가 싫어집디다. 김치 담그는데도 김치 쪼가리 하나 입에 넣어보기가 싫고. 팔십 평생에 간도 안 보고 김치 담근 건 이번이 처음이요. 허기야 한 접시나 될까 말까 한 것, 간 보고 말 것도 없제. 올 여름 더위가 오죽했소. 더위에 사람만 시달린 것이 아니라 배추도 시달리요. 그러니 요새 배추는 맛이 없어. 추석이나 지나야 먹을 만하제.

어제 낮에 입원했소. 여그 병원까지 오는 데 두 군데를 거쳐 왔소. 맨 처음에는 군청 옆에 보건소로 갔제. 버마재비같이 생긴 보건소 의사가 큰 병원으로 가보라고 합디다. 며칠 미적대다 맘먹고 큰 병원에 갔소. 그랬더니 거기 의사가 또 더 큰 병원에 가보라고 합디다. 그래, 물어물어 여기까지 왔소. 와보니 크고 깨끗허고 좋소. 여기라도 오니 젊은 사람 구경허요. 다들 이쁘요. 젊으면 뭐든지 이쁘제.

복숭아 맹키로 이쁜 간호사 선생이 환자복을 들고 옵디다. 거들어준다는 것을 이 핑계 저 핑계로 내보내고 혼자 갈아입었소. 내 옷 벗어놓고 환자복으로 갈아입었더니 기분이 좀 그럽디다. 애기 날라고 산방 들어갈 적에 댓돌 위에 벗어둔 고무신 쳐다보디끼 내 옷을 쳐다봤소. 저 옷을 다시 입고 내 발로 걸어 나갈 수 있을랑가 어쩔랑가.

여그 올 때 큰형님이 내 손을 잡고 그렇게 웁디다. 내년이면 아흔이 되는 양반이오. 평생 땅만 보고 산 양반이 그 땅, 징그럽지도 않은가 허리가 탁 굽어부렸소. 잠잘 때 빼고는 얼굴이 땅 쪽으로만 쏟아지제. 아홉수에 걸렸는지 작년에는 그 허리까지 주저앉고 말았소. 어쩔 것이요. 갓난애기처럼 네발로 불불불 기어서라도 다녀야제. 다리 두 개로 다닐 때는 열 발짝이던 것이 다리 네 개에는 스무 발짝이 되었제. 그래도 어느 하루 마을회관을 거른 적이 없소, 그 형님.

노인 열셋이 왼 종일 회관에 모여 사오. 젊은 사람들 다 떠나고 동네가 텅 비었소. 어째 사람만 늙은 것이 아니라 개도 늙고, 닭도 늙고, 감나무도 늙고, 고샅길도 늙고, 다 늙은 것뿐이오. 그러니 우리끼리라도 고물고물 모여 살제. 아침에 눈떠지면 밤새 안 죽고 또 살았구나 하며 하나둘 모여들제. 한 사람이 해소 기침으로 숨이 차면 또 한 사람은 옆구리에 담이 붙어 걸리고. 그럴 만도 하제. 우리 나이를 다 합치면 천이 넘으요. 그러니 천년을 넘기고도 안 아프면 사람 몸뚱이가 아니제.

회관 방에 둘러앉아 한 사람이 밥을 허면, 한 사람은 바닥을 쓸고, 한 사람은 강낭콩 꼬투리를 까고…… 그러고도 시간이 남아서…… 비니루를 가지고 노요. 왜 그 냉장고나 테레비 사면 그것들 기스 나지 말라고 둘둘 감아논 비니루 안 있소. 볼록볼록하니. 그러고 보면 냉장고나 테레비가 우리 몸뚱이보다 더 대접받제. 누가 우리 몸뚱이에 기스 날까 봐 그렇게 감아줄랍뎌? 심심헌께, 그 넓은 비니루 네 귀퉁이를 하나씩 차지허고 앉아 뽁, 뽁, 뽁. 그것 터트리는 재미도 솔찬허요. 그렇게 손이라도 놀리고 있어야 치매 안 걸린다고, 일흔 다 된 젊은 이장이 읍내 다녀올 때마다 직심스럽게 얻어다 주요.

흐르는 시간 앞에 항우장사가 견딜랍뎌? 세월에 누구는 귀를 내주었고, 누구는 눈을 내주었소. 왼편 몸을 내준 사람도 있고, 큰형님처럼 다 내주고 네발만 남은 사람도 있소.

앉았다고 잠이 오나, 누웠다고 잠이 오나. 임도 잠도 아니 오니, 이내 맘을 어이하나.

비가 오는 날이면 막걸리 한잔 걸치고 노래도 부르요. 그런

날은 막걸리 따라 노래도 틉틉해집디다. 그러다 어두워지면 하나둘 집으로 돌아가요. 기다려주는 사람 없는 빈집이오. 그래도 집한테 미안해서, 밤새 사람 훈김이라도 쐐주면 집도 덜 외로울 것 같아서. 다음 날 눈뜨면 또 어김없이 모여드오. 세상 많고 많은 길 다 잊어불고 오직 그 길만 기억하고 있드끼 굼실굼실 모여들제. 모여 앉아 누구는 강낭콩 꼬투리 까다가, 누구는 담 걸린 데 파스 붙이다가 누가 밖에서 불러낸 것처럼 한 사람씩 밖으로 나가오. 그렇게 한번 불려 나가면 그길로 끝이제. 아직까지 다시 돌아온 사람은 없소. 남원이나 전주나 멀리 서울 어느 장례식장에 누워 있다는 소식만 들려오요.

나, 여그 큰 병원에 오던 날, 모두 회관 담벼락에 나와 기대섭디다. 불려 나가는 나를 배웅 나온 것이제. 이장은 얼른 가자고 성환데 담벼락에 기대선 눈들이 놔줘야 말이제.

—썻은 드끼 나아서 와야 혀.

잘 안 맞는 틀니를 달그락거리며 내 동갑내기가 말합디다. 그 옆에 또 한 동무는 눈물바람이고. 터미날까지 태워다 준다고 기다리고 서 있던 이장이 오금을 박았소.

—그냥 검사 한번 받으러 가는 것뿐이랑게요.

봄날 양지짝에 서서 햇볕 쬐는 어린것들처럼 담벼락에 기대서서는 놔주지도 않고…… 그럴라믄 가지 말라고 잡아나 주든지. 그 눈들 두고 오는데 한참이 걸렸소. 그래도 어쩌요. 혼자 와야 할 길, 혼자 와야제.

오메, 무슨 바람이 저리 분다요. 이장네 과수원 사과 다 떨어지겄네. 태풍이 온다더니 큰 놈이 오긴 오는 모냥이구만. 태풍 지나간 다음 들판에 나가본 적이 있소? 나가보면 그냥 들판이 머엉, 허요. 해산 기운에 밤새 시달린 여자 맹키로. 아 낳은 여자 몸이 꼭 그럴 것이오. 온 뼈마디가 모다 벌어지고 틀어져서는 꼭 태풍 지나간 들판 모양이제.

내 뱃속에 혹이 하나 있다고 허요. 조금 전에 말끔해 뵈는 의사 선생이 내 배에 끈끈한 것을 바르고 뭔 기계로 살살 문질러보더니 그럽디다. 혹이 있다고.

우리 아들 또래나 되었을랑가, 그 의사. 젊은 사람 앞에 쭈그러진 배를 내놓고 누워 있자니 부끄럽기도 하고. 콤퓨타를 한참 들여다보더니 의사 선생 그럽디다. 어머니, 주먹 한번 쥐어보세요. 그래 요렇게 손을 들어 주먹을 쥐었제. 의사 선생 내 주먹을 잡고 묻습디다. 어머니, 자궁이라고 들어보셨죠? 자궁? 들어보기야 했지만…… 내가 선뜻 대답을 못하자 의사 선생 고쳐 말합디다. 어머니, 애기집요. 그건 들어보셨죠? 그게 꼭 이 주먹만 하거든요. 근데 그 안에……

후, 애기집이라니, 난생처음 들어보는 말 같습디다. 오래전에 어디다 숨겨놓고 깜빡 잊어불고 살다가, 그것을 잊어버린 것도 잊어불고 살다가 찾은 물건처럼 느닷없고…… 꼬박꼬박 어머니라고 불러줘서 그런가, 내 뱃속에 아직도 애기집이 남아 있다고 해서 그런가, 그 주먹만 한 애기집에 달걀만 한 혹이 생겼대서 그런가. 아랫배가 찌르르합디다.

의사 선생 나가고 옆에 있던 간호사 선생이 배를 닦아주고 일으켜 앉혀줍디다. 그러더니 이것저것 묻습디다. 전생만큼이나 까마득헌 걸 말이요. 그래도 뭔 필요가 있어 묻겠제 생각허고는 대답해줬소. 간호사 선생이 내가 말허는 족족 콤퓨타에 받아 적습디다.

만삭아는 모두 몇 명이었어요? 열 달 다 채우고 낳은 자녀분요.

……하나요.

조산아는요? 열 달을 다 못 채우고 출산하신 적 있나요?

없소.

유산 경험은요? 자연적으로 된 것이든, 병원에서 수술받은 것이든.

……다섯 번인 갑소.

지금 자녀분은 한 분이겠네요? 지금 살아 있는……

간호사 선생이 내 표정을 봤는지 설명해줍디다. 어머니, 이런 걸 산과력이라고 하는데, 진료에 꼭 필요한 거라 묻는 거예요.

살아 있는 자식은 없소…… 아니, 하나…… 하나 있소.

내 대답에 간호사 선생이 뜨한 표정을 했다가 얼른 돌아옵디다.

그럼 만삭 하나에, 조산 없고, 유산 오, 생존 일. 일공오일.

간호사 선생이 중얼거리며 콤퓨타에 적고는 슬며시 웃으매 묻습디다. 내 마음 풀어줄라고 묻는 것이제.

따님이세요, 아드님이세요? 그래도 어머니한텐 딸이 낫죠?

낳은 것은 아들이고 살아 있는 것은 딸이요. 그렇게 대답하려다가 아무 말도 안 하고 말았소.

오늘 잠자기는 다 틀린 것 같소. 이것저것 검사허고 또 검사허고. 내 마음 같아서는 혹이라니 그냥 똑 떼어버리면 될 상싶은데……

옆 침대들은 다들 잠이 들었는가 보오. 동네 설고 침대도 설어 그런가 나는 잠이 안 오요. 창밖의 나무가 컴컴한 병실 벽에 그림자로 들어와 박혀 있소. 나무가 많이 흔들리요. 나무가 흔들려 그림자가 흔들리는 것인지, 그림자가 흔들려 나무가 흔들리는 것인지. 흔들리면서도 얘기 듣고 싶어 저렇게 빤히 나를 들여다보고 있겠제. 얼굴도 가물가물한 우리 어무니가 그랬소. 이야기 좋아하면 가난하게 산다고. 늘 바빠 동동거리는 어무니 치맛자락을 잡고 옛날얘기 해달라고 졸라댔었제. 얘기하다 어무니가 깜박 졸기라도 하면 어무니 젖을 사정없이 꼬집었소. 그 성질 못된 죄를 지금 받는가. 이렇게 여기 누워 있는 걸 보면.

하룻밤 못 잔다고 뭔 일이나 있을랍뎌. 나무 그림자 데리고 조곤조곤 얘기나 할라요. 헌디 자꾸 이상한 생각이 드요. 다른 데 다 놔두고 왜 하필 거기에 자리를 잡았을까. 어디 빈자리 찾다가 그냥 거기 들어앉았을까. 그 달걀만 한 것이 참말로 혹은 혹일랑가.

만(滿)

열아홉에 첫애기를 가졌소. 고뿔 든 것처럼 며칠 몸이 으실으실합디다. 국수사리 찬물에 헹구듯이 누가 내 몸을 찬물에 넣고 설설 흔드는 것 같았제. 그때가 오월인디 장롱에서 솜옷을 다시 꺼내 입었소. 달거리가 끊어집디다. 늦게 시작헌 달거리, 지 맘대로 오다 안 오다 헐 때라 꿈에도 생각 못했소. 시어무니가 먼저 알아챕디다. 같이 마늘밭 풀을 매는디 전날까지 암시랑토 않던 마늘 냄새에 비위가 확 상합디다. 고랑에 코를 싸쥐고 앉아 헛구역질을 했지. 우리 시어무니 눈치가 보통이 아니었소. 시어무니 낯꽃이 처음으로 환해집디다. 나 시집온 뒤로 한 번도 웃는 낯을 보인 적이 없던 양반이오. 눈 큰 것이 내 죄요? 눈만 큰 것이 눈알만 뙤르륵 굴리고 앉아 있다고 구박깨나 받았응게. 그렇다고 감고 살 수는 없제. 다 그놈의 잠 때문이었제. 지금은 와달라고 사정해도 안 오는 잠이 그때는 왜 그렇게 들러붙던고. 밤을 새라면 새겠는디 새벽에는 도무지 일어나기가 힘들어. 방바닥 아래서 뭣이 잡아땡기는 것 같어. 산초나무라고 들어봤소? 우리 집 장독대 옆에 큰 산초나무 하나 있소. 우리 시아부님 입맛이 까시락진 양반이었지. 까시락진 입맛에 추어탕 하나는 좋아허셨소. 추어탕 끓일 때 꼭 그 산초가루를 넣어야 돼. 차라리 미꾸리가 빠졌으면 빠졌지 산초가루가 빠지면 쳐다보지도 않았응게. 그 산초나무 가시 본 적 있소? 더도 말고 덜도 말고 우리 시어무니 성질이 꼭 그렇게 생겼소. 당신보다 쫌만 늦게 일어나면 부지깽이 들고 달려들었응게. 그런 양반이 낯꽃이 환해지니 더 무섭습디다.

하필 그 무렵 우리 집 누렁이도 새끼를 뺐소. 차라리 누렁이가 나보다 나았제. 누렁이야 종일 마루 밑에서 누워 보내지만 나는 논으로, 밭으로, 부엌으로 줄달음을 치고 다녀야 했응게. 하루가 어떻게 간지도 모르게 그냥 갔소. 아침 한 숟가락 뜨고 돌아서면 어느새 시커먼 밤이 와서 기다리고. 시아부님 담뱃대에 하소연을 하겠소, 시어무니 부지깽이한테 하겠소, 샌님 같은 신랑 붙잡고 하소연을 하겠소. 무슨 놈의 인종이 장가를 들고도 제 어무니 치마폭에 폭 싸여갖고는 마누라가 말 붙일까 봐 벌벌 떨었소. 내 말 들어줄 상대는 누렁이밖에 없제.

밥그릇에 고개를 박고 있는 누렁이 앞에 쪼그리고 앉아 도란도란 얘기했소.

누렁아, 나는 무서운 것 천지다. 지금 내 뱃속에 들어 있는 것이 참말 사람인지 아닌지 무섭다. 밭매다 풀섶에 들어가 오줌을 눈 적 있는디, 빨간 뱀딸기가 눈에 들어오더라. 둘러보니 뱀딸기가 지천으로 깔렸더라. 뱀딸기 많으니 뱀도 천지였겠제. 풀섶에 묻어 있던 뱀 알이 내 몸 안으로 들어왔으먼 어쩌꺼나. 누렁아, 목이 말라 샘에서 물 한 모금 떠 마시고 일어서는디, 물속 자갈 밑에서 물방개 한 마리가 볼볼볼 헤엄치며 나오더라. 물방개 알이 내 몸 안으로 들어왔으먼 어쩌꺼나. 내 뱃속에 뱀이 자라고 있으먼 어쩌꺼나, 물방개먼 어쩌꺼나.

내 말 듣는지 마는지 누렁이야 밥통에 고개를 박고 있었지만 그래도 그러고 나면 마음이 조금 놓입디다.

몸 안에 애기가 오고 보니 잠이 더 쏟아집디다. 시어무니 달라진 것은 없었소. 아는 아고, 잠은 잠이제. 속도 없이 왜 그렇게 잠은 쏟아지던지. 그래도 어무니 부지깽이는 안 둡디다. 많이 참은 것이제. 그러고 보면 우리 아들 뱃속부터 효자였소. 다섯 달 넘자 새벽이면 꼭 놀기 시작했소. 여기 이 자리 안 있소? 여기, 배꼽 자리 옆에 여기. 새벽이면 꼭 나보다 먼저 일어나서 이 자리를 발로 툭툭, 건드려줘. 어찌나 힘이 좋던지 한번씩 툭툭, 차면 내복이 다 들썩거렸응게. 제 할머니한테 제 어미 혼날까 봐 깨워주는 거였제.

더 이상 누렁이 붙잡고 얘기할 필요가 없었제. 누렁이 대신 뱃속의 애기한테 이런저런 얘기를 했소. 아가, 니가 어떻게 나를 알고 여기 이렇게 들어와 앉아주었냐. 친정어무니한테 들었던 옛날얘기를 애기한테 다 해주었소. 혼자 궁시렁댄다고 시어머니한테 잔소리도 퍽이나 들었제. 그러거나 말거나. 하나도 안 무서웠소. 내 뱃속에서 꼼지락거리는 애기가 있으니 하나도 무서울 것이 없어.

그러다 열 달 채워 낳고 보니 다시 또 세상 무서운 것 천지입디다. 안 무서운 것이 없어. 날아가는 제비만 봐도 우리 애기 물고 갈까 봐 가슴이 철렁, 쌀독에 바구미만 봐도 우리 애기 해코지할까 봐 철렁. 나보다 몇 달 먼저 몸을 푼 누렁이도 행여 누가 자기 새끼 데려갈까봐 쳐다만 봐도 으르렁거립디다. 이름 부르기도 아깝소. 햇밤 뽀얗게 깎아놓는다고 어디 우리 아들처럼 예쁘게 생겼을랍디.

조(早)

저 바람 다 불고, 저 비 다 내리고 나면 이제 가을이겠소. 이 나이에 바람 불고 비 오는 것 처음 아니지만 오늘은 마음이 그렇소. 바람은 한가지여도 솔가지에 부는 바람, 토란 잎

사구 위로 지나가는 바람, 감잎 흔들고 가는 바람, 풀밭 밟고 가는 바람, 그 소리 다 다르요. 비는 한가지여도 양철지붕 위로 떨어지는 빗소리, 연잎에 빗소리, 장독대에 빗소리, 대숲에 빗소리 다 다르요.

젊었을 적에는 빗소리랑 바람 소리를 퍽이나 좋아했소. 암만 생각해도 내 가난헌 것은 이야기 좋아해서가 아니라 그 청승 때믄인 것 같어. 무슨 청승으로 비만 오면, 바람만 불면 문 옆에 뽀짝 붙어 밤새 그 소리를 듣다 잠이 들었응께. 샌님 같은 신랑이 더듬더듬 내 몸을 더듬는 밤에도 내 귓속으로는 빗소리만 흘러갔응께. 그러니 뭔 정이 얼마나 붙었소.

이렇게 팔목에 주삿바늘 꽂고 누워 유리창 때리는 빗소리 들을 줄은 꿈에도 몰랐소. 이 침대라는 물건도 처음이오. 좋은 바닥 놔두고 왜 이리 높은 봉당 같은 데 뉘어놨는지 모르것소. 공중에 붕 뜬 것만 같아 오던 잠도 도망가요.

앉았다고 잠이 오나, 누웠다고 잠이 오나. 임도 잠도 아니 오네.

조, 조산은 없었소. 조산이라면 내가 조산이었제. 여덟 달 만에 나왔다고 합디다. 그것 땜시 우리 어무니 맘고생 퍽이나 허셨다고 들었소. 시집온 지 여덟 달 만에 나를 낳았응께. 얼마나 작았는지 뻘건 생쥐만 했다 하요. 요놈의 세상 뭐 볼 거 있다고 그렇게 빨리 나왔는가 모르겄소. 어무니 졸라 옛날애기 듣고 싶어 그렇게 빨리 나왔던가. 길쌈하고 물 긷고 옛날

애기 몇 개에 금세 열여섯이 됩디다.

하루는 머리 희끗희끗헌 중노인이 사내도 아니고 아도 아닌 남자를 데리고 와 아부지 사랑채로 들어갑디다. 털갈이하는 강아지 맹키로 시더분허게 생긴 사내애였제. 그 중노인이 종내 내 시당숙이 되었고 사내애는 샌님 같은 우리 신랑이 되었소. 어무니가 차린 술상을 고개도 못 들고 방에 들여놓고 나오면서 댓돌 위의 사내애 신발을 보았소. 거짓말 조금 보태 꼭 달걀만 했제. 그 신발한테로 시집을 가야 한다고 합디다. 얼굴도 제대로 못 보고 신발 한 번 보고 결정이 난 것이제. 처음에는 그냥 웃음만 나옵디다. 오메, 아직 여물지도 않은 발을 해갖고 장가는 가고 싶은가 보네. 그날부터 뜬눈으로 밤을 새웠소. 아무리 생각해도 그리 시집은 못 가겄어. 그래도 어쩔 거요. 아부지 어무니가 날을 받아놓았으니. 밤마다 울었제. 그러니 뭣이 좋겄소. 시집도 오기 전에 울어대기부터 했으니.

뜬금없제. 왜 갑자기 암탉이 떠오르는지 모르겄소. 암탉 뱃속을 본 적 있소? 특별한 날이면 시어무니는 닭을 잡았소. 시아부님이랑, 샌님 같은 우리 신랑 두고 꼭 시어무니가 잡았소. 남자들은 멀찌감치 서서 구경만 했제. 이 집 남자 인종들 제 손으로 허는 것이라고는 숟가락질허고 제 똥구녕 닦는 것밖에 없었은께. 시어무니는 잡겄다고 비틀고 닭은 살겄다고 푸드덕거리고. 날갯죽지에서 깃털을 하나 뽑아 닭 콧구멍에 비녀 꽂듯이 콱 꽂습디다. 숨 못 쉬게. 그다음에 힘줘 닭 모가지를 비틀제. 어무니 손끝에서 뼈 부러지는 소리가 나면 그걸로 끝이제. 조금 전까지 텃밭 두엄자리를 헤치던 것이 터럭이 뽑혀 늘어져 있는 걸 보면 별별 생각이 다 드요. 그 몇 분 상간에 시커먼 구멍이 있는 것 같어. 내 짧은 말로는 그 구멍을 뭐라 말할 수가 없소. 어떤 목숨이 그것을 건너뛸 수 있을 것이요. 그 속으로 한번 빠져불면 그걸로 다 끝이제.

뜨거운 물에 닭을 데쳐 털을 뽑고 배를 가르는 시어무니 옆에서 시중을 들어야 했제. 어쩌다 알을 밴 뱃속을 보기도 했소. 다 만들어진 달걀이 들어찬 뱃속도 있었고, 달걀이 되다 만 노른자가 감자 달리듯 주렁주렁 괴어 있는 뱃속도 있었소. 며칠 후면 병아리로 태어나 삐약거리며 다닐 것들이 어디로 숨지도 못하고 그렇게 뜨거운 물속에 있었소. 시어무니는 물 뿌려줄 생각도 않고 쳐다만 보고 있다고 성화였소. 얼른 바가지로 물을 떠서는 암탉 뱃속 핏물을 씻어 내렸제. 주렁주렁한 알들이 어디로 숨겠소. 시아버지랑 신랑 뚝배기에 노랗게 동동 뜨고 말았제.

신랑 입대하던 날도 닭을 잡았소. 무슨 놈의 군대를 장가들고 가게 되었으니 말 다했지. 우리 신랑 허는 일이 맨날 그렇제. 군대 안 가려고 퍽이나 용을 썼지만 어쩔 수 있간디요. 시어머니 닭 잡아 아들 먹여놓고 막상 다녀오겠다고 절을 하니 울며불며 막아섭디다. 아들 대신 당신이 갈 기세였제. 그 와

중에 나랑은 눈 한 번 안 맞추고 군대 가부렸소. 시집온 이듬해 봄이었소. 남들 다 하드끼 옷고름 입에 물고 눈물 찍어 배웅할 새도 없이 삼 년을 살았소. 신발 감출 일은 없어 편했제. 시집오던 날부터 밤마다 나는 우리 방 댓돌 위의 신발을 슬그머니 감춰놓고 했었소. 저렇게 달걀만 한 신발 둘이 한 이불 속에서 뭔 짓을 헌다냐, 지나가던 밤고양이라도 하매 웃고 갈까 봐.

무슨 영화를 누린다고 어무니 뱃속에서 열 달을 다 못 채우고 나와 시집까지 일찍 갔던고. 남들 다 갔다 온 군대는 왜 그렇게 늦게야 가. 군대나 때우고 장가를 들든지. 나라 지키라고 군대 보냈제 다른 처자 만나라고 군대 보냈습뎌? 허기사 첩첩산중에 외롭기도 했겠제. 총 들고 철조망 지키던 와중에 애먼 처자 하나를 만났던가 봅디다. 고렇게 쪼맨헌 발을 해갖고.

유(流)

이제 막 간호사 선생이 닝게루를 갈아주고 갔소. 바람은 여적 불고, 잠은 여적 안 오고.

아들 하나 얻은 뒤로 그 밑으로 다섯을 흘려부렸소. 일찍 시집을 와서 그런가 내 뱃속의 애기집도 덜 여물었던가 보오.

잘 담아두지를 못허고 뻘건 핏덩이로 그냥…… 인연이 안 될 라니께 그렇게 쏟아져버렸제.

큰성님 안 있소? 거 왜 볼볼볼 기어서 마을회관까지 온다 는 양반 말이요. 그 성님, 딸이 여덟이오. 낳고 돌아서면 또 배가 불러 있고, 언제 대문간에 금줄 걸었냐 하면 또 금줄 치 고 있고. 여덟째 가졌을 때는 또 딸인 것 같아 할미꽃을 생 으로 찧어 먹고, 피마자기름을 마시고, 높은 데서 굴러도 보 고…… 후, 애기 떨어지라고. 어른들이 또 딸이면 쫓아낼 기 세였응께. 허지만 별수를 다 써도 소용없었제. 마침 읍내에 보건소가 들어왔다는 소식을 듣고 거그 가 수술받아야제 했 는디, 농사일 동동거리다 때를 놓쳤지. 모심은 논에 물 대놓 고, 뒷산에서 고사리 꺾고, 앞산에서 취나물 뜯다 본께 뱃속 에서 뭣이 꼼지락거리더랍디다. 어떡혀. 낳았제. 그 딸이 제 일 성공했소. 공부를 크게 해서 미국 오가기를 제집 문턱 넘 듯이 하니께.

후, 암탉 알 낳듯이 품은 대로 잘 보듬고 있다 내어주는 큰 성님 같은 애기집도 있고, 나같이 덜 여문 뱃속도 있소.

신랑 군대 가고 시아부지에 시할머니, 그 위에 할머니까지 머리가 허연 노인 셋을 모시며 농사일을 했소. 시어무니 아 니었으면 진작 뭉개졌을 살림이었소. 무섭긴 해도 의지헐 데 없으니 시어무니가 비빌 언덕이 됩디다. 밤낮으로 따라다니 며 거들었소. 일 욕심 많은 양반이라 해 떨어지기 전에 밭에서 일어나는 법이 없었소. 팥이 콩인가, 콩이 팥인가 분간도 안 되게 어두워져야 집으로 돌아왔소. 몸은 천근만근인디 시커먼 마루에 머리 허연 노인 셋이 입에다 밥 떠 넣어주기만 기다리고 앉아 있었소. 찬밥 먹다 죽은 조상 있는지 염천에도 조석으로 뜨거운 밥 해드려야 했소. 그렇게 살아야 되는 것이 법인 줄 알고 그렇게 살았제. 내 나이 이제 그 노인들 나이가 되었지만 아직도 밥때만 되면 가슴이 콩닥거리요. 얼렁 가 밥 차려야 허는디, 그 생각에. 비료가 있어, 농약이 있어. 뼈가 휘어지게 지어도 한 마지기에서 나온 것이 메추라기 한 번 찍어 먹을 만큼이나 될까.

샌님 같은 신랑 제대하고 삼 년 만에 돌아옵디다. 몸만 왔습디다. 마음은 여적 그 철조망 옆 처자한테 두고 왔습디다. 그래도 어찌어찌 제대한 이듬해에 내가 아들을 낳았소. 깎아 놓은 밤보다 예쁘다던 그 아들. 자식을 앵겨주는디도 눈에 안 뵈이는지 신랑 늘 얼이 빠져 있습디다. 애기가 울어싸도 보듬어줄 생각은 않고 시어무니한테 군대 시절 얘기만 조곤조곤 해댑디다. 대장한테 두들겨 맞은 얘기며 배고파 산퇴끼, 뱀, 개구락지 잡아묵은 얘기, 얼굴이 얼금얼금 얽긴 했어도 순하디순했다는 처자 얘기. 나, 한 귀로 듣고 다른 귀로 흘려버렸소. 당신 살아나온 세월 있으면, 나 살아나온 세월도 있제. 퇴끼로 뱀으로 개구락지로 맛난 것으로만 먹고 왔고만. 시어머니 골백번도 더 들은 군대 얘기 들을 때마다 눈물 찍어내느라 바뿝디다. 그 장면 혼자 보기 아까웠제. 어디 그런 저울 있으면 신랑 군대 삼 년이랑 호호 노인들 업고 산 내 삼 년이랑 한 번 재보고 싶습디다. 모르겄소, 처자 얘기에 부아가 오른 것인지. 암시랑토 안 했다믄 거짓말이제. 마음 같아서는 그 처자 데려다 내 자리에 대신 앉혀두고 싶었소. 마음뿐이었제. 내가 어디로 머리를 두르고 간단 말이요. 갈 데가 있어야제. 우리 신랑 얼금얼금한 그 순정, 한 삼 년 지나니 시들해지는가 봅디다. 남들 한 번 갔다 온 군대 그 인종은 두 번 갔다 온 꼴이제요.

쉰 넘기고부터 지금까지 늘 혼자 자는 잠이지만 봉당같이 높은 침대에 주삿바늘 꽂고 누워 있을라니 오만 가지 생각이 다 드요. 창밖의 나무는 비에 젖어 번들거리는디 벽에 박힌 나무 그림자는 말짱하오. 나무 젖는 줄도 모르고 평생을 그림자만 보고 살아온 것 같소.

번개가 치는지 병실이 순간 환해지요. 저런 빛을 잡아다 비춰본 것인지 오늘 낮에 의사 선생이 내 뱃속을 환하게 보여줍디다. 조목조목 짚어가며 설명해주었지만 내 뱃속을 내가 못 알아보았소. 한 번도 본 적이 없었으니 알아볼 수가 있어야제. 달까지가 그렇게 멀랑가, 해까지가 그렇게 멀랑가. 가만히 생각해보면 세상천지 돌고 돌아 내 몸속같이 먼 데는 없는 것 같소. 아무리 보고 싶어도 너무 멀어 볼 수가 없제. 그중에서도 제일 먼 데가 하매 애기집 아니겄소. 그 깊고 깊은 데 숨어 있으니. 그러니 애기들은 귀한 손님이제. 그 멀고 깊은 데까지 찾아온 귀한 손님이제.

아들 하나 낳은 뒤로 내리 유산을 했소. 몇 번 헛구역질로 왔다가, 진정 못허게 쏟아지는 잠으로 왔다가, 그것들은 그냥 몸도 얻질 못허고 쏟아져부렀소. 새참 이고 논에 가다가, 땡볕에 풀매다가, 소나기에 빨래 걷어 들이다가 다리 사이로 그냥 맥없이 뜨건 것이 흘러내립디다. 어떻게 주워 담을 새도 없었소. 그러고 나면 꼭 몸푼 것 맹키로 띵띵 붓습디다. 몸이 부은 것인지 애간장이 부은 것인지 분간이 안 됐제. 큰성님처럼 한번 들어선 애기는 열 달 되도록 내주질 말았어야 했는디. 담아두지도 못허고 쏟아버리는 내 몸에 정나미가 떨어집디다. 띵띵 부은 몸으로 방 네 귀퉁이를 북북 기며 잡아 돌았소. 그렇게라도 내 몸을 못살게 해야 허전허전한 마음이 가실 것 같았제.

내 몸이라고 내 뜻대로 되겠소만 그 애기집 속에서 일어나는 일은 도무지 사람의 힘으로는 어쩔 수가 없습디다. 모두 잠든 밤이면 사발에 맑은 물 떠놓고 빌기도 퍽 빌었소. 생긴 대로 다 낳지는 못해도 생긴 대로 다 흘러내리지는 말라고. 사발 속에 뜬 달과 별이 새벽닭 우는 소리에 사그라질 때까지 빌어도 보았소. 얼매나 멀면 그렇게 빌어도 가닿질 않았을까. 멀어도, 멀어도 그렇게 먼 데가 어디 있을랍뎌.

몸도 얻지 못하고 쏟아지는 애기들 따라 애기집도 녹아 쓸려간 줄 알았제. 내 속에 그것이 여지껏 남아 있을 줄은 꿈에도 몰랐소. 내 인력으로는 가늠을 수 없는 데라 잊어버리고 살았제. 그래도 괜찮을 줄 알았제.

의사 선생이 보호자가 오면 내일 낮에 수술한다 하요. 보호자 없이는 수술 못 헌다 해서 헐 수 없이 이장한테 연락을 했소. 눈코 뜰 새 없이 바쁠 텐디 올라와준다 하요. 수술이 겁나지 않는다면 거짓말이제. 이 나이에도 무섭소. 수술 뒤끝에 못 깨어나면 어쩔까 하는 마음이다가, 그런 김에 가야제, 하는 마음이다가. 아프지 말고 자는 듯이 가주면 고맙제.

바람이 많이 부는 갑소. 나무가 저렇게 바람에 몸살을 앓는 것을 보면 내 이뿌리가 다 시큰거리는 것 같으요. 인자 그만큼 했으면 저 나무나 내나 그만 흔들려도 좋을 텐디.

내가 이 세상에 온 이유가 뭣인가 곰곰 생각해볼 때가 있소. 물살에 떠내려간 것처럼 모두들 쓸려갔소. 호호백발 어른들도, 시어무니도, 신랑도. 하나 얻은 아들까지 실려 보냈소. 그러고도 악물스럽게 혼자 살아남아 있소. 내 자식도 간 길인데 무서우면 얼마나 무섭겠소. 누가 날 데리러 오면 썩은 이빨 뽑을 때처럼 눈 꽉 감고 있으면 되제. 그렇게 뽑혀 나가면 되제.

그런디 말이요. 암만 생각해도 묘하요. 수술을 하면 내 배가 열릴 것인디…… 의사 선생이랑 간호사 선생, 하다못해 천정에 달린 형광등까지도 내 뱃속을 들여다볼 것 아니요. 내 몸이고도 나는 한 번도 못 본 내 뱃속을 말이요. 그 순간에 나는 어디에 있는 것이요.

이렇게 배를 쓰다듬어보기도 오랜만이요. 의사 선생이 꾹꾹 눌러대던 곳을 더듬더듬 찾아보요. 여기, 배꼽 자리 옆에 여기. 꽃겉이 이쁜 우리 아들이 뱃속에서 톡톡 건드려주던 자리. 의사 선생 말대로 뭔가 단단한 것이 만져지는 것 같으요. 그런디 이것이 참말로 혹인가? 혹이라면 하고많은 중에 왜 하필 여기 와 붙었을까.

생(生)

미친 대추나무 본 적 있소. 우리 집 대문간에 대추나무 하나 서 있었소. 나 시집올 때 우리 신랑 허리 닿던 나무가 해가 다르게 큽디다. 일 년 쓸 대추는 그 나무에서 다 얻었소. 알도 굵은 것이 달기도 달았소. 그러던 것이 그해에 미쳐부립디다.

꽃 겉은 우리 아들, 기술자였소. 방방곡곡 안 가는 데 없이 철탑 공사를 하고 다녔소. 산에다 심지 박고, 언덕에다 심지 박고, 강 따라가며 심지 박고. 차 타고 가다 보믄 높으디높은 철탑 안 있소. 우리 아들이 그것 세우는 기술자였소. 테레비에서 보믄 그것 못 박게 데모도 하고 그러드만요. 내 아들이 원성 받는 일을 했나 싶어 미안허고 마음이 아프요. 그것 땜시 못살겠다는 사람도 있고, 그 기술로 먹고사는 사람도 있고.

후, 애기가 어릴 적부터 높은 데 올라가기를 좋아했소. 가을이면 까치밥으로 넘겨논 것만 빼고 동네 감이며 모과며 다 우리 아들이 따주고 다녔소. 참해서 혼이 날 짓도 안 했지만 행여 꾸지람이라도 들은 날에는 꼭 나무 위로 올라갔소. 올려다볼 때마다 가슴이 서른서른해서 제대로 쳐다도 못 봤소. 참해도 애기가 고집은 있었소. 통사정을 해도 저 내려오고 싶어야 내려왔제. 올려다보고 있으믄 나무 위 저 사람이 내 속으로 난 사람 맞나 싶기도 하고. 너무 멀어서, 내 키로는 어림도 없을 만큼 먼 데 있는 것 같아서.

그해 봄에 대추나무 잎이 나기 시작허는디 이상헙디다. 어째 이파리가 온전치를 못허고 쥐이빨 맹키로 오그라든 것들이 이파리라고 달립디다. 열매는 더했제. 쥐똥만 한 것들이 바늘 하나 꽂을 데도 없이 다닥다닥 붙어 열립디다. 얼마나 달렸던지 나무가 제 무게를 이기지 못허고 그냥 몸을 놔버립디다. 가지가 땅바닥에 질질 끌릴 정도였제. 동네 어른들 말씀이 나무가 미친 거라고 했소. 얼른 베어버려야 했소. 허지만 평생 샌님으로 산 우리 영감이 톱을 들겄소. 내가 톱을 들고 나섰제. 헌디 시어무니가 막아서며 난리를 칩디다. 동네 사람한테 부탁해도 마찬가지였소. 톱 들고 나무 근처에만 가도 시어무니가 소리를 질러댔소. 정신 기운이 오락가락한 양반이 그때만은 바짝 맑은 정신이 되셨소. 못 베고 말았제.

그날, 대추나무 가지가 찢어지도록 바람이 불었소. 바람에 가지들이 서로 엉켜들었다 풀어졌다 하며 제 몸을 사정없이 후려칩디다. 애기들 밑으로 쏟아붙고 방 귀퉁이에 텅텅 몸을 짓찧던 나를 보는 것 같습디다. 너도 움직이는 것으로 다시 태어나면 천생 암컷이겠구나. 우리 아들 일허는 데도 그 바람 부는 줄 모르고 대추나무 보매 그런 생각만 허고 앉아 있었소. 그때라도 그 나무를 베버렸어야 했는디.

늘 조마조마했제. 그 높은 데서 일을 허니. 허지만 인력으로는 안 되는 것을 어쩌겠소. 대추나무 벨 바람이 철탑을 베버린 것이요. 우리 아들 올라 서 있던 철탑에도 큰바람이 불었답디다. 나사 하나가 풀린 걸 못 봤제. 둘이 떨어졌소. 그중 하나가 그 이쁜 우리 아들이었소.

지금도 이렇게 귓속에서 뭣이 웅웅거렸다가, 왕왕거렸다가 헙니다. 철탑에 불던 바람 소리겠제. 늙은 귀에 다른 소리는 다 작아졌는데 그 소리는 이렇게 생생허요. 날이 갈수록 더 생생해지오.

후우, 바람이 불어도 쌌소.

나중에, 나중에 몇 다리 건너 내 귀까지 들어온 소문이 있었소. 우리 신랑 군대 가서 만났다던 얼굴이 얼금얼금한 처자, 그 둘 사이에 딸이 하나 있었다고 합디다. 거기까지요. 내

귀에 들어온 것은. 한 번도 본 적 없지만 가끔 그 처자 생각이 납디다. 어쩌다 얼금얼금한 사람만 봐도 다시 한번 쳐다보게 됩디다. 그 사람은 어디서 어떻게 살고 있을랑가. 또 그 딸내미는. 그 인생들은. 어디서든 잘 살아야제. 그래야제.

그나저나 시방 못 들었소? 어디서 닭 홰치는 소리가 들리는 것 같소. 허기야 이 큰 병원 어디에 닭이 있을까마는. 나무 그림자도 점점 희미해져가요. 새벽인 갑소. 뜬금없이 그 양반 얼굴이 떠오르요. 샌님 같았던 신랑. 아들 먼저 앞세우더니 하루아침에 삭아버립디다. 내 속이 찢어지고 녹아버렸는디 그 속도 그랬겠제. 그때는 그것도 안 보였소. 미친 대추나무 원망을 하다가, 손자 죽은 줄도 모르고 오물거리는 시어무니 욕을 하다가, 종내 그 양반한테 모든 포악을 퍼부어댔소. 살았을 때는 살았다고 퍼붓고, 시름시름 앓다 아들 따라갔을 때는 갔다고 퍼붓고.

후우.

잠 없는 내 동무들, 잠 반 뜬눈 반으로 지새다 부스럭거리매 일어나고 있겠소. 지난밤을 넘겼나 못 넘겼나 확인하러들 하나둘 회관으로 모여들겠제. 오늘은 그 비니루 몇 장에 또 하루가 갈까.

우리 아들 꼭 이 시간이면 뱃속에서 톡톡, 놀기 시작했소. 여그, 배꼽 아래 바로 이 자리. 달걀만 헌 혹이 자라고 있다는 이 자리. 밥 먹다가, 먼 산 보다가, 비니루 톡톡 터뜨리다가 무뜩무뜩 이 안에서 톡톡거리는 발짓을 느끼기도 했소. 그럴 때는 지금처럼 여기에 가만히 손을 대고 있소.

　애기집 닮아 세상도 둥근가. 하룻밤 새워 넘듯 둥글둥글 한 세상이 가오. 굴러가고 굴러가오, 이렇게 한평생이.

파이

스튜디오는 원형이었다. 미현은 그 한가운데에 서 있었다. 원의 중심에 해당하는 지점이었다. 미현 오른편에 진행자가 서 있고, 스튜디오를 빙 둘러싸고 출연자의 가족과 방청객이 앉아 있었다. 미현의 남편과 아이들은 맨 앞줄에 앉아 미현을 바라보고 있었다.

—자, 이제 마지막 한 문제만 남겨두고 있습니다. 이 문제만 맞히면 도전 퀴즈왕 제5대 왕이 탄생하게 됩니다. 여러분, 김미현 씨에게 응원의 박수 한번 주시죠.

진행자가 고조된 목소리로 분위기를 띄웠다. 귀에 익은 로고송이 울려 퍼지고 방청석에서 박수가 터졌다. 오늘 하루가 미현의 눈앞으로 빠르게 스쳐 지나갔다. 옷을 세 차례나 갈아입으며 4회 방송분 촬영을 했다. 준준결승부터 결승까지 통과해 혼자 살아남았다. 마하트마, 자산어보, 9, 메탄, 팔미도, 갈색, 페르소나…… 자신이 맞춘 답들이 스튜디오 안에 둥둥 떠다니고 있었다.

스튜디오 안이 어두워지면서 미현을 비추는 조명에만 불이 들어왔다. 진행자 말대로 이제 한 문제만 남았다. 미현은 환한 동그라미 안에 혼자 서 있었다. 방청석을 쳐다보지 않았지만 스튜디오 안의 시선이 모두 자기를 향해 있다는 걸 알 수 있었다. 남편은 입술을 잘근잘근 깨물고 있을 거였다. 긴장하면 나오는 버릇이었다. 미현의 관자놀이에서 시작한 땀방울이 턱을 지나 목으로 흘러내렸다. 표시 나지 않게 닦고 싶었지만 미현은 손 하나 까딱할 수 없었다. 한 손으로 다른 손을 감싸 쥔 채 아랫배에 붙이고 움직이지 않았다.

—잘 듣고 대답해주십시오.

스튜디오 한쪽에 앉아 있던 성우가 문제를 읽어 내려갔다.

—기원전 이천년경 바빌로니아 사람들은 이것의 값을 3분의 8이라고 했습니다. 『구약성서』 열왕기에서는 이것의 값을 3이라고 했습니다. 그리스의 학자 아르키메데스는 96각형을 이용하여 이것의 값이 3과 7분의 2라는 것을 알아냈습니다. 자, 문제 나갑니다. 여기서 말한 이것은 무엇일까요?

풍경 소리처럼 맑고 높은 목소리였다. 스튜디오 안은 숨소리도 들리지 않을 만큼 조용했다. 미현은 구두 속의 발가락을 꽉 오므렸다. 성우의 목소리가 귓속에서 윙윙거리다 아득해져 갔다. 하나뿐인 조명이 진행자 쪽으로 이동했다. 아주 잠깐이지만 미현은 어둠 속에 서 있었다. 진행자가 미현을 향해 손바닥을 쫙 펼쳐 보이며 말했다.

—자, 오 초 드리겠습니다.

넉 달 전, 미현은 '도전! 퀴즈왕' 프로에 나가봐야겠다고 생각했다. 부엌 창 앞의 보리수나무 위로 햇감자처럼 푸슬푸슬한 안개가 내리던 여름날 저녁이었다.

그 여름 내내 미현의 남편은 수박을 사 날랐다. 벨 소리에 문을 열고 내다보면 퇴근길의 남편은 대단한 사냥감이라도 잡아 온 듯한 표정으로 수박을 들고 서 있었다. 평소처럼 직접 현관문을 열고 들어오면 되지 않냐고 몇 번이나 얘기했지만 남편은 수박을 사 들고 오는 날이면 어김없이 벨을 눌렀다.

그날도 마찬가지였다. 저녁을 준비하던 미현은 송곳니 같은 것이 잇몸을 뚫고 올라오는 기분을 느끼며 현관문을 열어주었다. 남편이 간신히 통과할 수 있을 정도로만. 남편은 아무렇지 않은 표정으로 문을 젖힌 다음 수박, 몸통, 가방 순서로 들어왔다.

남편이 셔츠도 벗지 않은 채 아이들과 뒹구는 동안 미현은 다시 부엌 창가에 섰다. 그 순간 누군가 미현을 또다시 창문에서 돌아서게 만든다면 그녀는 맹수로 변해버릴 수도 있었다. 언제부턴가 그 저녁 시간대를 통과하기가 힘들어졌다. 시간 아래에 지뢰 같은 게 묻혀 있다면 그 시간대일 것 같았다. 지뢰를 밟은 것처럼 가닥가닥 찢긴 자신이 보였다. 요리하는 여자, 혼잣말하는 여자, 잠자는 여자, 웃는 여자, 청소하는 여자, 뛰어가는 여자, 책 읽는 여자, 목욕하는 여자, 빨래하는 여자, 섹스하는 여자, 아이 낳는 여자, 마트에 가는 여자, 우는 여자, 술 마시는 여자, 창밖을 바라보는 여자…… 너덜해진 가닥을 어설프게라도 이으려면 잠깐만이라도 혼자여야 했다. 그 시간만큼은 누구의 방해도 받고 싶지 않았다.

미현은 싱크대 아래 수납장에서 소주병을 꺼내 들었다. 반쯤 남은 술이 병 속에서 흔들렸다. 미현은 병째 들고 얼른 한 모금 마셨다. 아찔하고 뜨거운 기운에 식도가 조여들었다. 남편과 아이들의 웃음소리가 게임기 소리에 섞여 들려왔다. 미현은 한 모금 더 삼켰다. 뚜껑을 닫아 술병을 수납장 안쪽 깊숙이 밀어 넣고 수돗물로 입을 헹궜다.

술기운이 몸 곳곳으로 퍼져나가는 걸 느끼며 미현은 도마 위의 수박을 물끄러미 내려다보았다. 이번 수박은 유난히 동그랬다. 가끔, 수박이 다른 것으로 보여 곤혹스러울 때가 있었다. 초록 바탕에 검정 줄무늬 외피를 한 동물의 대가리. 미현은 누군가의 머리를 쓰다듬듯 수박의 곡면을 쓰다듬으며 창밖을 바라보았다. 큰 키에 활달한 걸음걸이의 여자가 아파트 후문 쪽으로 걸어가고 있었다. 팔목까지 내려오는 셔츠에

레깅스 차림이었다. 그날 낮 서울 기온은 최고치를 또 경신했다. 땀에 젖은 셔츠가 자신의 등짝에 들러붙는 것 같아 미현은 등을 움찔했다. 뒷모습은 낯이 익은데 누구인지 떠오르지 않았다. 뒤돌아봐주세요. 미현은 여자 등에 대고 중얼거렸다. 한 번만 뒤돌아봐달라구요.

게임기 소리가 멈췄다. 큰애가 좀 더 하겠다며 조르는 걸 남편이 애니메이션 「라이언 킹」에 나오는 멧돼지 흉내를 내며 방어했다. 사춘기가 되면 어림없겠지만 아직은 남편의 방법이 통했다. 아이들 웃음소리가 들렸다. 둘째는 사레들려 기침을 하면서도 웃어댔다. 이제 곧 남편과 아이들은 저녁밥을 먹기도 전에 수박부터 찾을 거였다. 미현은 칼 하나를 찾아 들었다. 칼을 쥔 손에 힘이 들어갔다. 수박 꼬투리를 단단히 잡고 칼을 밀어 넣었다. 암초록 피부의 대가리는 빡, 소리를 내며 갈라졌다. 비릿한 풋내가 올라왔다. 무언가 완전하고 독립적인 세계 하나를 해체하고 있다는 쾌감이 손목을 타고 번졌다.

거실에서 텔레비전 소리가 들려왔다. 퀴즈 프로였다. 미현은 칼질을 멈추었다. 언제부턴가 미현은 무언가를 증명해 보여야 한다는 조바심에 시달리고 있었다. 누구에게, 무엇을, 어떻게 증명해야 하는지 모르지만 그래야만 할 것 같았다. 미현은 그 기회가 오기라도 한 것처럼 문제를 읽는 목소리에 귀를 기울였다.

─다뉴브강.

미현은 자신이 생각한 답을 소리 내 중얼거렸다. 출연자의
대답은 미현과 달랐다. 미현은 숨을 참고 진행자의 목소리를
기다렸다. 진행자가 정답을 발표하려는 순간 남편이 채널을
돌렸다. 미현은 수납장에서 얼른 술병을 꺼내 들었다. 오늘은
정말 여기까지만. 한 모금 마시고 나서 늘 하는 다짐이었다.
이번에는 술병을 수납장 더 깊숙한 곳으로 밀어 넣었다. 입술
을 닦다 창밖의 보리수나무 열매와 눈이 마주쳤다. 물고기 눈
알처럼 말간 열매들이 미현을 들여다보고 있었다.

　―수박 괜찮아?

　남편이 부엌으로 오며 물었다. 미현은 말없이 한 조각 내밀
었다. 남편이 미현의 허리를 한 팔로 감으며 조각을 받아 들
었다. 미현은 창문에 비친 남편을 바라보며 중얼거렸다.

　―퀴즈대회에 나가봐야겠어.

　창문에 비친 남편이 말했다.

　―응? 와, 진짜 다네.

　―이제 사 초 남았습니다.

　진행자가 외쳤다.

　미현은 아무도 몰래 방송국에 지원서를 냈다. '도전! 퀴즈
왕' 사이트에 들어가 출연 신청서를 작성하고 예선 날짜를 기
다렸다. 남편과 아이들이 회사와 학교로 가고 나면 식탁에 앉

았다. 매일 두 종의 일간지를 꼼꼼히 살피며 예상 문제를 만들었고 서점에 들러 시사상식에 관한 책 몇 권을 샀다.

유목민이라는 뜻으로, 특정한 가치와 삶의 방식에 얽매이지 않고 끊임없이 자기 자신을 바꾸어나가며 창조적으로 사는 인간형을 부르는 말은?

태어나면서부터 인터넷과 정보기기를 접한 디지털 원주민 세대를 부르는 말은?

한국 특산종으로, 전 세계에서 가장 사랑받는 크리스마스 트리용 나무는?

미현은 『퀴즈백과』와 『일반상식 대사전』을 반복해 보았다. 깊이 생각할 것 없이 단답형의 답을 외우고 확인하는 일에 기쁨을 느꼈다. 기다리는 일이 생겼다는 사실이 미현을 달라지게 했다. 식욕이 살아났고, 거실을 난장판으로 만들며 노는 아이들이 사랑스러워 울컥했다. 저녁 무렵 부엌 창가에서 서성거리는 일이 사라졌고, 남편의 벨 소리에 현관문을 활짝 열었다. 프라이팬을 꺼내다 그 뒤쪽에 감춰둔 술병을 발견했지만 조금도 마음이 가지 않았다. 엘리베이터에서 만난 윗집 여자는 눈에 띄게 달라진 미현을 보며 고개를 갸웃했다.

미현은 가볍게 예선을 통과했다. 참가자 중 최고 점수를 받은 때문인지 생각보다 빨리 출연 날짜가 결정되었다. 출연 통보를 받던 날, 미현은 당황스러웠다. 몰래 한 연애처럼 끝까지 몰래 하고 싶었지만 그럴 수 없었다. 피디는 녹화장에 출연자의 가족도 함께 와야 한다고 했다. 남편에게 알릴 수밖에 없었다. 남편은 텔레비전에서 눈을 떼지 않은 채 에이, 농담하지 마, 했다.

—가족도 함께 와야 한다는 거야. 그래서 가족이 없는데요, 했어. 그랬더니 주부라고 하지 않으셨나요? 묻더라구.

텔레비전에서는 프로야구 경기가 한창이었다. 미현은 야구가 왜 재미있는지 알 수 없었다. 경기 규칙과 진행 방식에 대해 남편이 몇 번 설명해주었지만 들을 때마다 새로웠다. 야구에 관한 문제가 나온다면 첫 타석에서 바로 아웃될 거였다.

—뭘 물었다고?

남편이 여전히 화면에서 눈을 떼지 못한 채 물었다.

—그냥 피디한테 그랬어. 주부한테 무슨 가족이 있겠어요.

남편은 그때서야 고개를 돌려 미현을 바라보았다. 그 농담 진짜 재미없네, 하는 표정이었다.

—삼 초!

미현은 답을 알고 있었다. 파이였다. π, 원주율 파이. 하지만 삼 초라는 진행자의 외침에 미현은 멈칫했다. 자신의 생애에 남은 시간이 단 삼 초뿐이라는 선고를 받은 것 같았다. 정말 그럴지도 모른다는 절박함에 오기 비슷한 게 생겨났다. 얼른 답을 말하고 이 퀴즈쇼를 끝낼 수도 있었다. 하지만 무언가가 자꾸 그걸 막고 있었다.

『퀴즈백과』에서 본 내용이 떠올랐다. 고대인들은 토목공사와 선박 제조에 필요한 통나무를 구할 때 나무 둘레를 재서 알맞은 크기의 목재를 얻었다. 목수들은 나무의 지름과 둘레 사이에 일정한 비율이 있다는 사실을 경험으로 알고 있었다. 어느 나무나 둘레가 지름의 세 배 정도였다. 지름 일 미터짜리 통나무가 필요하면 둘레가 삼 미터인 나무를 골라 자르면 되었다. 원의 지름에 대한 둘레의 비, 원주율 π는 거기서 출발했다.

'π'라는 기호는 '둘레'를 뜻하는 그리스어 단어에서 왔다. 그 단어의 머리글자가 바로 π였다. 고대 그리스 학자들은 원을 가장 아름다운 도형이라고 여겼다. 어느 방향에서 보아도 모양이 똑같은 이 도형이 얼마나 조화로운지 우주의 창조주인 신과 연결되어 있다고 생각했다. 그들에게 신의 얼굴을 그려보라고 했다면 동그란 원 하나를 그렸을지도 모른다. 신에게 얼굴이 있다면 말이다.

미현의 눈앞으로 신의 얼굴처럼 동그란 얼굴 하나가 떠올랐다. 문제를 듣자마자 파이라는 답과 동시에 떠오른 얼굴이었다.

J를 처음 만난 건 대학 3학년 여름, 제적 통보를 받은 뒤였다. 입술 끝에 늘 알 듯 말 듯한 미소를 달고 있어 '마애불'이

라는 별명으로 불린 지도교수는 제적 사실을 전하며 안타깝네, 했다. 창문으로 불어 들어온 바람에 지도교수의 머리칼이 부풀어 올랐다. 언뜻 보인 새치 때문이었을까. 아니면 창밖으로 이십세기의 마지막 여름이 지나가고 있다는 뜬금없는 생각 때문이었을까. 미현은 그전까지 한 번도 얘기를 나눠본 적 없는 지도교수에게 무슨 얘기든 하고 싶었다. 남쪽의 소도시에 살고 있는 가족에 대하여, 그곳에 돌아가지 못할 거라는 두려움에 대하여, H가 떠난 뒤 쏟아지던 잠에 대하여.

H는 막 제대한 복학생이었다. 미팅에서 만난 지 여섯 달만에 H는 짐을 싸 들고 미현의 자취방으로 들어왔다. 한 번의 봄여름가을겨울을 함께 보낸 뒤 두번째 봄을 앞두고 H는 내무반을 나서듯 떠나버렸다.

H가 없는 공간을 견뎌야 하는 것은 네모난 원이나 별 모양의 원을 그리는 것보다 힘든 일이었다. 교정에서 H와 마주칠 때마다 딸꾹질을 했다. 미현은 H가 떠난 게 아니라 잠깐 어디 먼 데 가 있는 거라고 생각하기로 했다. 둥그런 지구본을 손으로 감싼 채 그 위에 그려진 위도와 경도와 날짜변경선을 들여다보았다. 지구본 위의 서울을 관통해 반대편으로 나가면 남미의 한 도시가 나왔다. 열두 시간의 시차가 나는 곳이었다. H는 그곳에 있는 거였다. 미현은 뺄셈에 서투른 아이처럼 한참 동안 시간을 계산하고 두꺼운 커튼으로 창문을 가렸다. 자신의 시간을 그곳에 맞추었다. 눈을 뜨면 그곳은 한

낮이고 이곳은 밤이었다. 한밤중에 학교에 갈 수는 없었다. 일 년 넘게 그런 날이 이어졌다. 수업일수를 제대로 채운 과목이 없었다. 시험도 치르지 않았다.

제적 처리는 주민등록등본 한 통 떼는 것보다 쉽게 처리되었다. 제대로 대가를 치렀다는 생각이 들었다. H를 떠올려도 아무렇지 않았다. 새 밀레니엄을 앞둔 후련한 뺄셈이었다.

그것도 신분이라면 제적생 신분이 된 다음 날, 미현은 아침 일찍 잠에서 깼다. 한 시간 넘게 지하철을 타고 버스로 환승해 학교에 갔다. 방학에 들어간 교정은 고요했다. 오가는 사람이 없었지만 미현은 누군가에게 들키면 큰일이라도 날 것처럼 모퉁이에서는 재빨리 돌고 건물 아래에서는 얼른 그늘로 숨어들었다.

자작나무 숲은 교정 서쪽, 도서관 건물 뒤편에 있었다. 커다란 삽으로 떠낸 것처럼 움푹하고 둥그스름한 지형이었다. 재학생일 때는 도서관 창가에서 내려다보기만 했을 뿐 이 작은 숲에 와본 적이 없었다. 제적생이 되고 나자 비로소 이곳에 들어올 수 있는 자격을 얻은 것 같았다.

숲은 초록빛 그늘로 어둑했다. 미현 말고 아무도 없었다. 발걸음을 옮길 때마다 발아래서 부엽토와 이끼 냄새가 올라왔다. 숲의 지름은 쉰 발자국 정도의 길이였다. 원주율대로라면 숲의 둘레는 백오십 보 정도일 거였다. 군데군데 놓인 벤치는 비와 먼지로 얼룩져 있었다. 그 위로 끈끈한 수액이 내려앉아 손바닥으로 쓸어도 지워지지 않았다. 미현은 벤치 하나를 골라 그 위에 모로 누웠다. 나뭇잎 사이로 하늘이 유리 조각처럼 박혀 있었다. 바람이 불면 벤치가 아니라 카누에 누워 흘러가고 있는 것 같았다. 어디로 가는지 알 수 없었다. 날마다 그 벤치에 모로 누워 있다 돌아오곤 했다.

새 학기가 시작되자 교정에는 활기가 넘쳤다. 미현은 방학 내내 그런 것처럼 하루도 빠지지 않고 학교로 갔다. 버스에서 내리면 모자를 눌러쓰고 빠른 걸음으로 진입로를 걸었다.

J를 만난 건 그 숲에서였다. 미현의 벤치에 누군가 앉아 있었다. 미현은 침입당한 기분으로 다른 벤치에 앉아 그쪽을 힐끗거렸다. 침입자는 무릎 사이에 얼굴을 묻고 미동도 없이 웅크리고 있었다. 한 번도 고개를 들지 않아 얼굴이 없는 것 아닌가, 하는 생각이 들 정도였다. 시간이 꽤 흘렀다. 미현이 일어설까 망설이고 있는데 침입자가 먼저 일어섰다. 얼떨결에 미현도 따라 일어섰다. 나뭇잎 사이로 들어온 빛에 침입자의 실루엣이 드러났다. 종아리까지 내려온 치마가 바람에 방향 없이 펄럭였다. 역광이라 침입자의 얼굴은 제대로 보이지 않았다. 이쪽을 쳐다보는지 아닌지도 알 수 없었다. 분명한 건 실루엣 어딘가가 부자연스럽다는 거였다.

그 뒤 며칠 동안 침입자는 나타나지 않았다. 미현은 혼자 숲에 있다가 어둑해지면 집으로 돌아왔다. 침입자를 다시 만난 건 일주일 정도 지난 뒤였다. 둘은 지난번처럼 각자 벤치 하나씩을 차지하고 앉아 있었다. 이번에도 그쪽에서 먼저 일어섰다. 미현은 잠시 망설이다 침입자를 따라 숲에서 걸어 나왔다.

—저기요.

미현은 그녀의 등에 대고 말을 걸었다. 터질 것처럼 팽팽한 얼굴 하나가 천천히 돌아보았다. 눈코입으로 힘껏 바람을 불어 넣은 것 같은 얼굴이었다. 미현은 숨을 참았다. 실루엣 어딘가가 부자연스러워 보였던 이유를 깨달았다.

『일반상식 대사전』에는 등반가 말로니에 관한 문제도 있었다. 그는 왜 산에 오르냐는 질문에 이렇게 대답했다.

산이 거기 있으니까.

산이 거기 있어 산에 오른다는 말로니처럼 수많은 사람들이 π가 거기 있어 π에 일생을 바쳤다. 파이의 값을 최초로 소수점 아래 둘째 자리까지 정확하게 구한 사람은 아르키메데스였다. 그는 원의 안과 밖에 접하는 정육각형을 시작으로 정96각형까지 그려가며 파이 값에 접근했다.

H가 미현에게 그랬던 것처럼, 미현은 침입자 J 앞에서 당장 오늘 밤 잠잘 곳이 없는 사람처럼 굴었다. 무작정 J를 따라갔다.

J의 자취방은 연탄창고를 개조해 세놓은 방이었다. 창문도 없이 좁고 길쭉한 방은 검은 자루 속 같았다. 한낮에도 깜깜

했다. 비가 오는 날이면 도배지에 연탄 얼룩이 배어 나왔다.

졸업을 앞둔 J는 수업과 취업 준비와 아르바이트를 병행하고 있었다. 점심과 저녁 시간이면 학교 정문 앞 분식집에서 주방보조로 일했다. 틈틈이 여기저기에 이력서도 보냈다. J가 학교에 가고 나면 미현은 온종일 그 방에서 라디오와 뒹굴었다. 일주일에 한두 번 집에 전화하러 공중전화를 찾아 나오는 거 말고는 방에만 틀어박혀 있었다. 집으로는 제적 사실이 통보되지 않은 게 확실했다. 그러고 보면 서울의 대학도 소도시의 약국만큼이나 허술한 구석이 있었다. 약국은 낚시에 빠진 약사 아버지 대신 약사 아닌 어머니가 지키고 있었다. 전화기 너머에서 어머니는 미심쩍어했다. 어머니는 당장 올라와 눈으로 확인하고 싶어 했지만 약국을 비울 수 없었다. 어머니와 통화할 때마다 딸꾹질이 나와 미현은 서둘러 전화를 끊었다.

FM 89.1과 95.9 사이에서 뒹굴다 심심하면 미현은 J의 책꽂이에서 책을 꺼내 들었다. 전공 책 사이사이에 교양과목 교재였던 소설책과 인문서 몇 권이 꽂혀 있었다. 『파이의 딜레마』는 손때가 제일 많이 묻은 책이었다.

—둥글둥글하지만 알고 보면 새끼 고양이처럼 까다로운 게 원이야.

J가 수학과를 택한 것은 원에 반해서였다. 좀 더 구체적으로 말하면 파이에 끌려서였다. 'π'라는 글자의 고양이 꼬리처럼 휘어진 부분이 J를 끌어당긴 것이다. 파이에 대해 처음 들

었을 때 J는 묘한 수수께끼를 만난 기분이었다고 했다. 하루 종일 파이만 생각한 날도 있었다.

―파이가 매력적인 건 바로 무리수이기 때문이야. 영원히 그 끝을 보여주지 않는다는 거. 정말 도도한 파이지.

파이 값은 소수점 아래 둘째 자리까지만 쓰인다. 아주 정밀한 공학 계산에서도 넷째 자리 이상은 쓰지 않는다. 하지만 파이의 값을 소수점 아래 한 자리라도 더 구하려는 시도는 끊이지 않는다. 그 쓸모없음이 바로 파이의 쓸모라도 되는 것처럼.

J는 파이에게 반한 사람이 자기 혼자가 아니라는 사실에 위안을 받았다고 했다. 파이 값을 구하는 데 일생을 바친 수학자들을 구구단 외우듯 줄줄 외웠다.

―5세기 중국의 조충지가 소수 여섯 자리까지 계산해냈고, 메티우스가 이 근삿값을 구하는 데 천 년이 걸렸어. 1593년 반 루벤이 소수 15자리까지, 1706년 마친은 소수 100자리까지, 1794년 베가라는 사람은 소수 140자리까지, 1844년 다제는 소수 200자리까지, 1855년 리히터는 소수 500자리까지, 1874년 생크스는 평생을 바쳐 소수 707자리까지 계산했어. 1949년 최초로 컴퓨터를 이용해 소수 2037자리까지 계산했고 최근에는 컴퓨터로 5억3천6백8십7만 자리까지 계산했어. 정말 대단하지 않아 파이는? 독일의 루돌프라는 학자는 일생을 바쳐 자기가 구한 파이의 값을 묘비명에 새겨달라는 유언을 남겼대.

너무나 간단하지만 너무나 복잡한 파이. 수수께끼 같은 π.

말수 적은 J가 파이에 관해 얘기할 때는 표정부터 달라졌다.

—1787년 파이가 무리수라는 사실이 증명되었어. 소수점 아래를 계속 구해나가도 영원히 끝이 나지 않는 수라는 거지. π의 딜레마라고 해.

J의 발음에는 늘 'ㅇ'이 묻어 있었다. 'ㄱ'이나 'ㅌ', T, K, Z 등을 발음할 때도 'ㅇ'이 들러붙어 주의하지 않으면 알아듣기 어려웠다. 코와 귀와 목이 만나는 지점의 어딘가에 구멍이 뚫린 것 같은 발음이었다. 그런 발음을 듣고 있으면 미현은 인공조미료가 잔뜩 들어간 음식을 먹은 것처럼 혀가 아렸다. J는 자신의 병명을 말해주지 않았다. 물어보면, 내 임파선도 파이처럼 끝을 보여주지 않지, 라며 넘겼다. 미현은 J가 방사선 치료를 받고 있다는 것과 그 후유증으로 눈, 코, 귀, 입의 점막이 손상을 입었다는 것만 알게 되었다.

J는 많은 양의 스테로이드를 복용해야 했다. 손바닥에 소복이 놓인 희고 둥근 알약을 입안에 털어 넣으며 J는 말하곤 했다. 이제 밀물이 시작될 거야. 그 말대로 J의 얼굴은 조금씩 부풀어 오르다 일주일쯤 지나면 얼굴의 실핏줄이 다 보일 만큼 팽팽해졌다. 턱밑과 목에도 부종이 생겨 J의 두상은 커다란 지구본처럼 동그래졌다. 저러다 터져버리는 건 아닐까 아슬아슬해질 때쯤 코와 귀, 입의 점막이 터지면서 고름이 흘러나왔다. 귀와 코에 말아 끼운 거즈가 누르스름하게 젖어 들어

갔다. 그럴 때의 J의 발음에는 더 많은 구멍이 뚫렸다.

─예전에는 소수 백 자리까지도 끄떡없이 외웠는데 이젠 오십 자리 넘기기도 힘들어.

부기가 조금 가라앉아 얼굴이 원이 아니라 96각형쯤 되었을 때 J는 다시 약을 복용해야 했다. J의 딜레마였다.

그 가을 내내, 연탄창고 방의 라디오는 89.1과 95.9를 오갔고, J의 얼굴은 96각형과 원 사이를 오갔다. J는 여기저기 이력서를 보냈고 미현은 집에 전화하는 걸 잊지 않았다. 한번 다녀가라고 성화였다. 네가 오지 않으면 우리가 당장 올라갈 거라고 위협하는 어머니 목소리에서 조바심이 묻어났다. 미현이 할 수 있는 건 매번 그럴듯한 거짓말로 부모님을 안심시키는 것뿐이었다. 그런 날이면 미현은 J의 방을 떠나야 하는 날이 가까워지고 있다는 두려움에 휩싸였다. 동시에 그 검은 자루 같은 방에서 영원히 벗어나지 못할까 봐 초조해지기도 했다.

그날도 주인집은 텅 비었고, J는 학교에 갔고, 미현 혼자였다. 혼자 뒹굴다 날씨가 궁금하면 방문을 열었다. 날씨는 방문을 열어야만 확인할 수 있었다. 가을비가 내리고 있었다. 부채꼴 모양의 좁은 시멘트 마당이 조금씩 짙어졌다. 대문 옆 해바라기도 비를 맞고 서 있었다. 젖어가는 꽃판이 J의 얼굴처럼 무거워 보였다. 그때 무언가 움직이는 것이 눈에 들어왔다. 생쥐 한 마리가 해바라기 줄기를 오르고 있었다. 놀란 미현은 얼른 방문을 닫고는 문 틈새로 지켜보았다. 줄기 끝에 다다른 생쥐가 잠시 숨을 고르는가 싶더니 꽃판으로 뛰어들었다. 생쥐는 한참 동안 꽃판을 누비며 씨를 빼먹었다. 그러다 무슨 이유에서인지 꼬리를 꼿꼿이 세우고 꽃판 둘레를 돌기 시작했다. 꽃판을 가로지르고 돌기를 번갈아가며 반복하는 생쥐가 측량기사처럼 보였다. 네 걸음으로는 몇 걸음이나 돼? 거기에도 파이가 있다는 거 알아?

미현은 조용히 방문을 닫고 J의 책꽂이에서 『파이의 딜레마』를 빼 들었다. 책에는 부록으로 파이의 값이 몇 페이지에 걸쳐 실려 있었다. 생쥐의 볼이 해바라기 씨로 볼록해지는 동안 미현은 고대의 필경사처럼 파이의 값을 베껴나갔다.

3. 14159 26535 89793 23846 25433 83279 50288 41971 69399 37510 58209 74944 59230……

가을이 깊어갈수록 J는 초조해 보였다. 전공과는 상관없는 곳에도 이력서를 보내기 시작했다.

—이력서가 아니라 꼭 전단지를 뿌리러 가는 것 같아.

J는 꼼꼼히 채운 이력서를 부치러 학교 우체국에 갈 때마다 그렇게 말했다. 아르바이트로 번 돈이 이력서에 붙일 반명함판 사진과 우푯값에 다 들어가는 거 같았다. J가 뿌린 전단지에서는 반응이 오지 않았다. 그러다 J의 얼굴이 터질 듯 부풀어 오른 무렵 종로3가에 있다는 오퍼상에서 연락이 왔다.

그날도 미현은 공책에 파이의 값을 적어나가며 면접 보러 간 J를 기다렸다.

─그리스에서 안료를 수입해 오는 회사였어. 자그마한 사무실이었는데 입구에 샘플이 쭉 놓여 있더라. 와, 세상에 그렇게 예쁜 색들은 처음 봤어. 파랑 하나만도 수십 가지가 되더라고. 이름도 다 달라.

면접에서 돌아온 J는 면접 결과가 아니라 색에 대해서만 떠들었다. 둘 사이에 자주 침묵이 생겨났지만 번번이 J의 쾌활한 목소리에 깨졌다. J는 아무렇지도 않다는 듯 일부러 한 옥타브 올려 말했다. 단어들을 한 솥에 넣고 푹 고아버린 것처럼 더 알아듣기 어려웠다.

─저희는 전화 업무를 맡아줄 직원을 찾고 있습니다. 마지막에 면접관이 그러더라고…… 너무도 정중하게. 내가 말하는 내내 고개를 끄덕이며 들어주었거든. 발음에 대해선 눈곱만큼도 티를 안 내고 말이야. 그런 걸 그리스식 거절이라고 부르면 어떨까?

그날 둘은 학교 앞 제일 비싼 중국집에 갔다. J는 면접을 위해 과 친구에게 빌려 입은 회색 투피스 차림 그대로였다. 음식을 기다리는 동안 둘은 아무 말도 하지 않았다. 그러다 J가 갑자기 목에 두르고 있던 스카프를 풀었다.

─내 얼굴이 얼마나 완벽한 원인지 보여줄게.

J는 그렇게 말하더니 스카프 한쪽 끝을 잡고 이마에서 턱까

지 쟀다. 미현이 손을 뻗어 스카프를 뺏으려 했지만 J가 뒤로 몸을 뺐다. J는 지름을 쟀으니 이제는 둘레라며 스카프를 머리에 둘렀다. 스카프가 자꾸 미끄러져 내렸다. J가 먼저 웃기 시작했다. 미현도 따라 웃기 시작했다. 늑골 사이가 벌어져버린 것처럼 컥컥대는 웃음이 멈추질 않았다.

—생크스라는 사람은 1873년에 파이 값을 소수점 아래 707자리까지 구했어. 그 사람, 평생을 거기에 바쳤어. 헌데 1945년 훼럭이라는 사람이 생크스의 계산에서 소수점 아래 527번 자리에 오류가 있다는 걸 발견했어.

J가 옆구리를 움켜쥔 채 간신히 말했다.

—다행이다. 그 사실을 모르고 죽어서.

미현도 옆구리를 움켜쥔 채 말했다. 그 말에 둘은 또 자지러졌다.

—맞아. 결국 그 파이는 누구의 것도 아닌 생크스만의 파이가 된 거야.

J가 당한 그리스식 거절이나, 집에서 모든 걸 알게 되었다는 미현의 막냇동생과의 통화 내용이나 아무래도 좋았다. 둘은 컥컥거리며 면발을 입에 넣었고 사레들려 기침을 하다 주위의 눈총을 받았다. J의 투피스에 자장면 소스가 떨어져 얼룩이 생겼다. 그때서야 둘의 웃음이 멈추었다.

—이 초!

일흔여섯의 노학자 아르키메데스는 자기 집 정원 바닥에 여러 가지 도형을 그려놓고 매일 생각에 빠져 있었다. 그러느라 로마군의 침입과 도시의 함락 사실을 몰랐다. 집으로 들이닥친 로마 병사가 그를 끌고 가려고 했다. 노학자는 문제를 다 풀고 증명을 끝낼 때까지는 일어설 수 없다고 조용히 말했다. 병사가 다가오자 노학자는 '내가 그린 원을 밟지 말라!'고 외쳤다. 격분한 병사가 그의 몸에 칼을 꽂았다.

발을 헛디딘 것처럼 수은주가 뚝 떨어진 어느 날, J는 늦게까지 돌아오지 않고 있었다. 미현은 여전히 파이 값을 써나가며 J를 기다렸다. 책에 나온 파이 값은 이미 오래전에 다 베꼈다. 그 뒤부터는 미현 마음대로 숫자를 적어나가고 있었다.

미현은 공책을 덮고 밖으로 나왔다. J가 아르바이트하는 분식집 간판은 불이 꺼져 있었다. 미현은 학교로 방향을 틀었다. 가로등이 군데군데 불을 밝히고 있었지만 교정의 어둠을 몰아내지 못했다. 어둠 속에서 도서관 열람실만이 발전소처럼 환한 빛을 뿜고 있었다. 미현은 무심코 도서관 뒤 자작나무 숲으로 향했다. J의 방에서 지낸 뒤로 그 숲에 가보는 건 처음이었다.

숲에 가까워질수록 이상하게 떨리기 시작했다. 숲으로 들어가는 입구를 찾지 못할 것 같아 두려웠다. 입구는 따로 없었다. 나무 사이사이가 모두 입구였다. 그런데도 미현은 눈에 보이지 않는 입구를 찾기라도 하는 것처럼 숲 주위를 뱅뱅 돌다 안으로 들어갔다. 열람실에서 흘러나온 불빛이 숲의 한쪽을 비스듬히 비추었다. 불빛에 드러난 자작나무 밑동이 흰 정강이뼈처럼 보였다. 그 너머는 온통 어둠이었다. 그 어둠 한가운데에 검고 둥근 덩어리가 앉아 있었다. '밀물' 때여서 J의 얼굴과 어깨와 등이 모서리 없이 부풀어 있었다.

　—인선아!

　미현이 J를 불렀다. 한 가지 음만 낼 줄 아는 악기처럼 바람이 불 때마다 나뭇잎들은 같은 소리를 냈다. 검은 덩어리는 시라쿠사의 아르키메데스처럼 꿈쩍하지 않았다.

　J……

　미현은 J의 방으로 돌아와 짐을 챙겼다. 어두운 골목길을 걸어 내려오다 한참 동안 멈춰 서 있었다. 그곳에 두고 와야 할 것이 떠올랐다. 미현은 가방에서 스프링 공책을 꺼내 들고 그 방으로 되돌아갔다. 공책에는 3.14로 시작한 숫자가 마지막 장까지 빼곡히 적혀 있었다. 소수점 아래 몇 자리까지 썼는지 알 수 없었다. 몇째 자리부터 마음대로 썼는지도 몰랐다. 미현은 영원히 연탄 냄새가 지워지지 않을 컴컴한 방에 공책을 두고 나왔다. 세상에서 오직 하나뿐인 파이를 거기 두고 그 방을 떠나왔다.

─자, 이제 정답을 말씀해주십시오.

진행자가 한껏 올라간 목소리로 외쳤다. 몇 발짝 앞에 앉아 있는 가족의 모습이 어둠속에서 어렴풋이 보였다. 미현은 고개를 들어 올리며 심호흡을 했다. 스튜디오 천정의 조명등에서 노란빛이 쏟아지고 있었다. 교정의 가로등도 그런 불빛이었다. 그 방을 떠나온 후 한 번도 J를 만나지 못했다. 그사이 슈퍼컴퓨터는 파이의 값을 소수점 아래 조 자리까지 계산해냈다.

끝을 보여주지 않아 멋진 파이.

문득, 어디선가 J가 이 퀴즈쇼를 보고 있을지도 모른다는 생각이 스쳤다. 그것과 동시에 어떤 깨달음이 미현을 흔들고 지나갔다. 중심으로부터 같은 거리에 있는 점들이 모여 원이 되듯 우리도 그럴 거라는 것. 인생이라는 원의 크기는 저마다 달라도 누구나 자신만의 인생의 중심으로부터 같은 거리에 있을 거라는 것. 어떻게 있든, 무엇으로 있든 누구나 같은 거리에 있다는 것.

파이 덕분이지.

J의 목소리가 들렸다.

그래, 파이.

미현의 눈이 뜨거워졌다. 인생은 중심을 보여주지 않고 우리는 그 둘레를 따라 돌며 짐작해볼 뿐이었다. 우리가 그저 할 수 있는 건 자기만의 파이를, 그 무리수의 숫자를 묵묵히 채워나가는 것뿐이었다.

답을 말하기 직전, 미현은 눈을 크게 떠 카메라 렌즈 너머의 J에게 안부 인사를 전했다.

파도처럼 영원한 파이. 그러니 J, 부디 너만의 파이를 찾아가고 있기를. 나도 그럴 테니, 나만의 파이를 찾아갈 테니. 부디.

아마 늦은 여름이었을 거야

굉장했어. 기상 캐스터는 게릴라성 호우가 지나가는 중이라고 했어. 조금 전까지 한 치 앞이 보이지 않을 만큼 비가 쏟아졌어. 지금은 구름 뒤에서 해가 나오고 있어. 역시 치고 빠지는 데는 게릴라야.

빗물이 차창에 얼룩을 남기며 말라가고 있어. 주변이 온통 시멘트와 아스팔트뿐인데도 수증기에서 흙냄새가 나. 비가 그치지 않았다면 재희 씨와 보리는 노래나 몇 곡 더 듣다 내렸을 거야. 와이퍼로 빗물을 닦아내면서까지 움직일 일은 아니니까. 와이퍼는 부산스러운 조카들 같아서 집중하는 데 방해만 될 뿐이지.

보리, 시작해볼까?

재희 씨는 보리의 머리를 쓰다듬으며 말했어. 재희 씨 무릎에 엎드려 있던 보리가 일어서며 꼬리를 흔들었어. 시동이 걸리고 바퀴가 빗물을 털어내며 천천히 굴러가기 시작해.

아파트 정문을 나와 사거리를 지나고, 구립도서관을 지나고, 작은 공원들을 지났어. 은색 아반테는 어느새 간선도로 진입로에 다다랐어. 이런 걸 드라이브라고 해야 할 거야. 하지만 누군가 재희 씨에게 지금 뭐 해요? 하고 묻는다면 재희 씨는 이렇게 대답할 거야. 산책 중이에요.

산책 코스는 늘 같아. 하천과 나란히 이어진 간선도로를 달리다 유턴해 돌아오는 것. 왕복 이십 킬로미터쯤. 유턴 지점에 동물원이 있어. 동물보다 수련으로 덮인 커다란 호수가 더 유명한 곳이지. 재희 씨도 동생과 함께 종종 갔었어. 코끼리 사육장 옆 잔디밭에서 배드민턴을 했지. 높이 날아간 공이 근처 플라타너스 나뭇가지에 걸리는 바람에 그만둬야 했어. 대신 코끼리 사육장 앞에 오래 앉아 있다 왔어. 해자 건너편 철책 안의 코끼리를 볼 때마다 마음이 아팠어. 초원을 누비고 있어야 할 친구들이 연잎만 한 귀를 펄럭이며 하루살이 떼나 쫓고 있었으니까.

간선도로 진입로로 끊임없이 차가 밀려들고 있어. 재희 씨는 아직도 자신이 도로 위에 있다는 사실이 믿기지 않아. 비록 각자 운전석에 앉아 있지만 이렇게 사람들과 함께 앞을 바라보고, 신호가 바뀌길 기다리고, 진입을 시도하고. 재희 씨는 개인택시 꽁무니에 붙어 간신히 간선도로로 들어섰어. 짜

릿한 순간이야. 큰일을 해낸 기분이지. 이제 흘러가는 대로 이들과 함께 달리면 돼.

차들은 하나같이 창문을 닫은 채 달리고 있어. 이런 습도와 온도에서는 그것이 교통법규라도 되는 것처럼. 하지만 재희 씨는 차창을 모두 열어두었어. 도로의 열기와 소음이 안으로 밀려 들어올 수 있도록. 그러려고 차를 몰고 나온 거니까. 출발과 동시에 라디오도 꺼버렸어. 오로지 도로 위의 이들과 함께 가고 있다는 사실에 집중하기 위해서 말이지.

재희 씨는 처음 차를 몰고 나왔던 날을 기억해. 혼자는 겁이 나 조수석에 보리를 앉혔어. 아파트 정문을 나와 계속 직진만 했지. 차선을 갈아타거나 방향을 바꾸는 일은 꿈도 꾸지 못했으니까. 그 길은 간선도로로 이어져 있었어. 떠밀리듯 진입했어. 아찔했지. 그렇게 얼마를 달렸는지 몰라. 한참을 달리다 왼편의 하천을 발견했어. 처음부터 그 도로와 나란히 달리고 있던 하천을 말이지. 천변 산책로에는 꽤 많은 사람들이 걷고 있었어. 몇 달 전만 해도 동생도 저 사람들 속에 있었어. 걷잡을 수 없이 울음이 터졌고 재희 씨는 엉겁결에 앞 차를 따라 유턴을 했어. 그 유턴에 재희 씨는 지금도 가슴을 쓸어내려. 계속 직진만 했다면 강을 건너게 되었을 거고, 산 넘고 또 강을 건너, 여수 밤바다쯤에서나 멈추게 되었을지도 모르니 말야. 한 시간이 넘게 걸렸어. 동생이 운전했다면 이십 분 남짓한 거리를. 차에서 내리는데 다리가 후들거렸어. 다시는 운전석에 앉지 못할 줄 알았지. 하지만 며칠 지나 다시 차를 몰고 나왔어. 이번에도 조수석에 보리를 앉히고. 복기하듯 천천히 그 길을 다시 달렸지. 그렇게 시작된 산책이야.

　보리는 조수석에 엎드려 창밖을 바라보고 있어. 눈이 멀었지만 상관없지. 바람 냄새로 볼 줄 아니까. 작게 가르랑거리는 소리를 내기도 해. 멀미 때문이야. 재희 씨도 그랬어. 아무리 짧은 거리여도 차만 타면 멀미 기운을 느끼곤 했어. 직접 핸들을 잡은 뒤로 그게 사라졌어. 동생 말이 맞아. 그럴 거라고 했거든.

　열린 창으로 들어온 바람이 미처 빠져나가지 못하고 소용돌이쳐. 재희 씨의 머리칼이 날리고 보리의 털이 하얗게 부풀어 올라. 털 아래 분홍 살갗이 언뜻언뜻 비치네. 오늘 아침 빗질을 해주다가 재희 씨는 보리의 발톱이 안으로 파고드는 걸 발견했어. 며칠만 늦게 깎아줘도 그런다니까.

　―보리야, 싫어도 어쩔 수 없어.

　재희 씨는 보리 쪽으로 고개도 돌리지 않고 말했어. 전방에서 눈을 떼면 안 되니까. 이 산책을 마치고 집에 돌아가면 보리 털도 밀고 발톱도 깎아줄 생각이야. 동생이 일하는 동물병원 한편에 애견미용실을 들일 계획이었지. 그러려고 미용자격증을 딴 거니까. 동생이 진료를 보는 동안 재희 씨는 부숭

부숭한 아이들 털을 다듬고 목욕을 시키는 거였지.

산책로의 사람들이 햇빛에 둥둥 떠가는 것처럼 보여. 언제부턴가 이 도시에는 산책객들이 부쩍 늘었어. 걷고 또 걷지. 동생은 일찍 퇴근한 날이나 주말 오후에 어김없이 천변으로 나갔어. 동생이 함께 나가자고 할 때마다 재희 씨는 번번이 핑계를 댔어. 이제 그 천변을 따라 재희 씨가 산책 중이야. 지금은 차를 몰고 나왔지만 언젠가는 동생처럼 직접 산책객 속에 합류할 수 있을 거야. 물 위에 떠 있는 오리 가족을 보게 되겠지. 모래톱에 서서 깃털을 말리는 왜가리는 물론이고.

건너편 쓰레기 소각장의 높은 굴뚝이 물 위에 그림자를 드리웠어. 물살이 빠른데도 그림자는 떠내려가지 않아. 재희 씨는 아직 오리도, 왜가리도, 굴뚝 그림자도 보지 못해. 앞 차와 그 앞 차만 바라볼 뿐이야. 운전이란 고도의 집중이 필요한 일이고 전방주시야말로 그에 합당한 태도라고 믿고 있으니까.

만약 동생이 운전석 창 너머로 재희 씨를 본다면 한바탕 웃음을 터뜨릴 거야. 배턴을 쥔 계주 선수처럼 핸들을 움켜잡고 있는 모습에 말이야. 뻣뻣한 어깨와 꽉 다문 입이 영락없이 초보 운전자지. 너무 웃어 찔끔 나온 눈물을 닦으며 동생은 이렇게 말해줄 거야. 언니, 좋아, 좋아. 진찰받으러 온 강아지와 고양이, 어쩌다 구관조나 이구아나한테도 그러곤 했으니까. 대신 잔소리도 잊지 않겠지. 보리를 조수석에 앉혔다고 말이야.

뒤따라오던 승합차가 차선을 바꿔 재희 씨 옆으로 붙여 왔어. 야구 모자를 쓴 남자가 운전석 창으로 머리를 내밀고 재희 씨를 향해 험한 말을 내뱉어. 오늘 오후 이 간선도로에서 발생한 욕설 중에 순위에 들 정도야. 재희 씨는 고개를 돌리지 않아. 전방에서 눈을 떼면 안 되니까. 무엇보다 재희 씨는 야구 모자가 자기에게 화를 내고 있다는 걸 알지 못해. 그를 화나게 한 것이 자신의 주행속도라는 걸 깨달아야 하지만 아직 그걸 몰라. 이 도로에서 좀 더 단련되고 나면 그때는 쉽게 알아챌 거야. 느닷없는 경적이나 욕설이 자신을 향한 건지 아닌지 정도는 말이야. 너무 빠른 것보다 너무 느린 것이 더 나쁘다는 사실도.

이제 승합차는 보이지 않을 만큼 멀어졌어. 차들은 끊임없이 재희 씨의 아반테를 추월해 달려. 얼핏 다른 차들은 정지해 있고 재희 씨 아반테 혼자 후진해 달리는 것처럼 보이기도 해. 그러니까 지금 이 간선도로의 남쪽 방향 3차선은 그녀의 것이야. 재희 씨는 시속 43킬로미터로 산책 중. 왼쪽 후미등 옆에 살짝 긁힌 자국이 있는 은색 아반테 9090. 만약 당신이 지금 이 차 뒤에서 달리고 있다면, 재희 씨와 보리의 산책을 느긋하게 봐줄 마음이 없다면, 주저하지 말고 차선을 바꿔 타도록.

5826. 재희 씨는 아직도 그 번호를 기억하고 있어. 한 달 전쯤, 그녀 앞으로 끼어들며 비상등을 깜빡여준 차야. 깜빡깜빡. 처음이야. 누군가 그렇게 분명하고도 호의적인 신호를 보내온 건. 눈물이 날 뻔했어. 그 차를 향해 경적이라도 울려주고 싶었지. 감사의 인사로 말이야. 5826을 배웅하며 비로소 재희 씨는 주변을 둘러보게 되었어. 그때까지는 혼자 달려온 거나 마찬가지였어. 전후, 좌우에서 수많은 차들이 대오를 이뤄 같은 방향을 향해 달려가고 있었어. 스크럼이라도 짠 것처럼 말이지. 장관(壯觀)! 그 속에서 자신도 달리고 있다는 사실을 깨달았어. 고립감과 두려움이 차창 너머로 사라졌어. 그 뒤로 날마다 차를 끌고 나오게 되었지.

한번은 '혈액수송차량'이라고 적힌 밴 뒤에서 달린 적 있어.

한번은 리본 테이프와 꽃으로 장식한 웨딩카를 만난 적도 있어.

도로 위는 놀라운 장소였어. 하지의 짧은 저녁을 이 3차선 도로에서 맞이했어. 다가오는 서른일곱 번째 생일도, 올해의 첫눈도 이 대오 속에서 함께할 수 있을 거야.

동생의 흔적은 집 안 곳곳에 그대로 남아 있어. 읽던 책은 펼쳐진 채로 침대 머리맡에, 초록색 칫솔은 칫솔 건조기 두번째 칸에, 현관에는 이제 막 벗어놓은 것처럼 그 각도 그대로 플랫슈즈가. 재희 씨는 동생의 무릎과 엉덩이 부분 굴곡이 남아 있는 잠옷 바지를 빨지 못하고 있어. 그 굴곡 속으로 동생의 몸이 다시 돌아올 것만 같아서. 그녀와 동생과 보리. 가족 중 누군가 떠난다면 맨 처음은 보리일 거라고 생각했어. 사람이라면 백 살을 훌쩍 넘긴 나이였으니까. 요로결석으로 고생하는 푸들이 동생의 마지막 환자였어. 수술을 마치고 나오다 동생은 쓰러졌어. 푸들은 깨어나고 동생은 깨어나지 못했지. 재희 씨와 눈먼 보리만 남았어.

바람에 재희 씨 머리칼이 날려. 보리의 털이 솜사탕처럼 부풀어. 차들이 끊임없이 지나쳐 달려가고 있어. 이 많은 차와 함께하기 위해 나왔으니 재희 씨는 천천히 달려. 목적지도, 서둘러야 할 약속도 없으니 상관없어. 이 도로 위가 바로 목적지이니까.

더블캡 트럭이 앞으로 끼어들고 있어. 오삼사공. 재희 씨는 습관적으로 번호판 숫자를 소리 내 읽어. 숫자만큼 호의적인 기호도 없으니까. 재희 씨는 도로에서 만나는 숫자들의 무궁한 조합에 놀라고(지금까지 번호가 똑같은 차는 한 대도 못 봤어), 그중에서도 익숙한 숫자가 있다는 사실에 다시 한번 놀라. 현관문 비밀번호나 동생의 핸드폰 뒷자리와 같은 숫자들. 그런 번호판을 만나면 방향지시등 한쪽을 깜박깜박해주고 싶어. 출근할 때마다 현관까지 따라 나가는 보리를 떼어놓으며 동생이 보리에게 해주던 윙크처럼.

아직은 이런 식의 산책이 뭔가를 바꿔줄 거라고 믿는 건 아니야. 그냥 운전석에 앉아 가속기에 조심스레 힘을 줘볼 뿐이지. 어떤 위로도 소용없는 일이 있어. 방법이 없는 일. 재희 씨는 동생과 자신에게 무슨 일이 닥친 건지 지금도 알 수 없어. 죽음만큼 이해하기 어려운 문장도 없으니까. 그 문장 앞에서는 쩔쩔매며 철자를 빠트리거나 순서를 뒤집어 읽게 돼.

동생이 없는 집을 견디기 어려워 무작정 보리를 안고 나왔었지. 갈 곳이 없었어. 아파트 주차장에 있는 동생의 차로 기어 들어갔어. 운전석에 앉아 울고 나면 조금 나았어. 몇 달을 그렇게 보냈어. 그러다 어느 날 시동을 걸어본 거야. 그게 시작이었어.

음악 소리가 들려. 경쾌하고 빠른 음악이야. 그늘도 없는 공터에서 꽤 많은 사람들이 에어로빅을 하고 있어. 가설무대 위의 강사가 동작 사이사이 외치곤 해. 좋아요, 아주 좋아요.

그래, 좋은 날이야.

달리는 동안 몇 개의 다리를 만나게 되지. 지금 재희 씨는 세번째 다리 옆을 지나고 있어. 교각 한가운데에는 붉은 스프레이 페인트로 쓴 이런 낙서가 있어. HY ♥ JM. 물 한가운데 사다리를 놓고 올라가거나, 다리 난간에서 밧줄을 잡고 내려가야 하는 위치야. 그런 지점에 맹세해놓고 싶은 사랑도 있지.

전방주시의 자세를 유지하느라 재희 씨는 한 번도 스프레이 페인트가 흘러내린 그 낙서를 보지 못했어. 보았다면 마음에 들어 했을 거야. ♥는 숫자만큼이나 분명하고 이해하기 쉬운 기호니까.

　재희 씨에게는 난독증이 있어. 오해받기 딱 좋을 정도. 차라리 좀 더 심각했다면 이해는 받았을 텐데. 가벼운 장난처럼 철자를 빠트리거나 첨가하거나 순서를 뒤집어 말하곤 했어. 저는 크림 파스게티 주세요. 사람들은 몇 번은 웃어넘기며 정정해주었어. 에이, 도날드 덕이 아니라 맥도날드겠죠. 재미있어하며 따라 하는 사람도 있었지. 문제는 그럴 만한 자리가 아닌 데서도 계속되었다는 거야. 일부러 그러는 거예요? 누군가는 화를 냈고 누군가는 맥 빠져 했어. 꼭 그것 때문은 아니지만 재희 씨는 회사를 그만두었어. 아니, 사회를 그만둔 거지. 그 뒤로 쭉 동생 겨드랑이 밑에 숨어 산 거나 마찬가지야.

　도로 곳곳에 웅덩이가 생겨났어. 게릴라성 호우가 아니라 티라노사우루스 무리가 지나간 것 같아. 검은색 벤츠가 깜빡이도 없이 재희 씨 앞으로 끼어들어. 그 차의 바퀴 아래에서 물보라가 일어. 재희 씨 차 안으로 물이 튀지만 상관없어. 벤츠는 금세 옆 차선으로 옮겨 가. 다시 또 그 옆 차선으로. 멋지게 활강하는 스키 선수를 보는 것 같아.

　─보리야, 굉장하지?

　재희 씨의 들뜬 목소리가 차창 밖으로 흩어져. 이 도로 위에 있다는 사실에 다시 기쁨을 느껴. 여기는 문장과 말이 필요 없는 곳이니까. 신호와 기호와 숫자만으로도 통하는 호의적인 장소이니까. 이곳에서 이해하지 못할 건 없어. 모든 것이 분명하고 명확해 보여. 새로운 시민권을 얻은 기분이 이럴 거야.

갑자기 차들의 속도가 줄기 시작했어. 다들 아주 조금씩 앞으로 나가고 있어. 이유는 알 수 없어. 재희 씨는 이런 흐름이 좋아. 차와 차 사이의 간격이 촘촘해지고 서로 닿을 듯 느리게 움직이는 행렬 말이지.

누군가는 창문을 내리고 담배를 꺼내 물어. 비로소 그녀도 전방주시에서 놓여나 천변을 바라봐. 잘 우거진 수크령 덤불 위로 고추잠자리들이 날고 있어. 걷는 사람, 달리는 사람. 사람, 사람들. 재희 씨 두 눈이 시큰해져.

재희 씨는 얼른 눈물을 닦아. 보리에게 들키지 않게. 휴일이면 이 길을 달려 동생과 함께 마트에 다녀오곤 했어. 한번은 동생이 잡고 있던 핸들을 톡톡 치며 물었어.

언니가 해볼래?

재희 씨가 마다하자 동생이 말했어.

나 없으면 어떡하려고?

그래놓고는 둘이 마주 보며 웃고 말았지. 그럴 일은 일어나지 않을 테니까.

트럭 한 대가 2차선과 3차선에 걸쳐 멈춰 있어. 서 있는 게 신기해 보일 만큼 낡은 차야. 짐칸의 철근 다발이 뒤로 길게 뻗어 나와 있어. 모두 그 옆을 조심스럽게 통과해. 초로의 트

력 운전사는 갓길에서 누군가와 통화하고 있어. 당황한 표정
이 역력해. 재희 씨는 하마터면 그에게 위로의 말을 전할 뻔
했어. 진심을 담아서 말이야.

　드디어 반환점을 돌았어. 천변에 붙어 달리려면 차선을 두
번 바꿔야 해. 진땀나는 일이야. 좌측 깜빡이를 켜고 기회를
보지만 쉽지 않아. 백 미터 정도를 달린 뒤 차선 하나는 성공
했어. 재희 씨는 뒤쪽에 고맙다는 인사를 보냈어. 두번째 차
선 바꾸기는 좀 더 빨리 해냈어. 이번에도 감사의 인사를 전
했지. 자신의 인사를 받아줄 누군가가 있다는 사실에 뿌듯함
을 느껴. 도로 한가운데야말로 진정한 소속감의 장소야.
　―보리야, 이제 집으로 가는 거야.
　햇빛이 재희 씨 뺨을 지나 보리의 등에 떨어지고 있어. 보
리가 알겠다는 눈빛으로 재희 씨를 바라봐. 눈 주변 분홍빛
테두리가 옅어졌어. 졸린다는 표시야. 보리의 눈만 봐도 화가
난 건지, 졸리는지, 배가 고픈지 재희 씨는 읽을 수 있어. 난
독과 오독의 염려 없이 말이야.
　동생이 일한 동물병원 로비에는 전 세계 명견의 원산지를
표시한 세계지도가 걸려 있었어. 거기, 지드래곤도 치료해주
나요? 라이언 킹 분양해주나요? 가끔 그런 장난 전화도 걸려
오는 동물병원. 누군가 병원 앞에 보리를 버리고 갔어. 나이와

이름, 미안하다는 말을 적은 쪽지와 함께. 지난 오 년 동안 보리의 포도씨만 한 이빨은 툭툭 빠져버렸고, 털은 거칠어지고, 눈도 멀어버렸어. 동생 힘으로도 어쩔 수 없었지. 나중에, 나중에 우리도 이렇게 될 거야. 보리가 뭔가를 하나씩 잃어갈 때마다 재희 씨 자매는 보리와 서로를 그렇게 위로했어. 하지만 지난겨울 동생은 그 모든 과정을 한꺼번에 건너뛰어버렸어.

이제 달려온 만큼 되돌아가면 오늘의 산책은 끝이 나. 데칼코마니처럼 하천을 경계로 저쪽과 이쪽 풍경이 똑같아. 고개 숙여가는 해바라기가 있고, 오리가 있고, 에어로빅 동작이 있어. 걷고, 달리고, 자전거 페달을 밟는 사람들. 거기에서 동생만 빠져나간 거야. 재희 씨는 뺨에 와닿는 여름 해의 체온을 느껴. 동생의 뺨에 옅은 기미를 남긴 것도 이런 햇빛이었겠지.

차가 점점 늘고 있어. 강으로 흘러드는 지류처럼 이 도로에도 수많은 유입 도로가 있지. 물은 반짝이며 흐르고 있어. 운좋으면 수면 위로 튀어 오르는 잉어나 모치의 누런 배를 볼지도 몰라. 동생도 봤다고 했으니까. 어느 다리 아래에는 트럼펫 부는 노인이 있다고 했어. 노인의 연주곡은 늘 똑같았고, 관객도 늘 같았다고 했지. 비둘기 몇 마리. 그래서 그 앞을 지날 때면 동생은 일부러 걸음을 늦춰 천천히 지나쳤다고 했어. 저도 듣고 있어요, 하는 걸음걸이로.

들어본 것 같긴 한데 곡명은 모르겠어.

동생이 허밍으로 트럼펫 연주곡을 들려주었지만 재희 씨도 모르는 곡이었어. 텔레비전 채널을 돌리다가 우연히 '가요무대'에서 그 곡을 듣게 되었어.

맞아, 저 노래야.

동생은 뭔가 대단한 걸 알아낸 것처럼 손뼉까지 치며 말했어.

여수의 소야곡!

재희 씨가 화면 아래쪽에 뜬 곡명을 읽자 동생이 웃으며 정정해주었지. 애수의 소야곡.

경적이 울린 건 한참을 달리고 있을 때야. 연거푸 세 번. 누군가 누군가에게 신호를 보내고 있구나. 재희 씨는 고개를 끄덕이며 생각으로 빠져들어. 경적에도 규칙을 정해놓으면 어떨까? 짧게 한 번 울리면 트렁크가 열렸네요, 후미등 좀 켜주세요는 한번은 길게 한번은 짧게, 졸음 운전하는 것 같은 차를 보면 세 번 연속 길게. 그런 식으로.

네번째 경적이 울렸어. 재희 씨는 살짝 긴장했어. 얼른 룸미러를 보았다면 바짝 붙어 따라오는 흰색 쿠페를 발견했을 거야. 도로 위의 모든 소리에 귀를 열어두었지만 이번에도 재희 씨는 그 경적이 자신을 향한 거라는 걸 알지 못해. 흰색 쿠페가 앞으로 밀고 들어왔어. 아찔할 만큼 바로 앞으로. 끼어들겠다는 표시도 없이 말이지. 재희 씨는 브레이크를 밟았어. 보리가 몸을 일으키며 재희 씨를 올려다봐. 재희 씨는 보지 않고도 보리 목덜미가 꼿꼿해진 걸 느낄 수 있어. 목덜미를 쓰다듬어 주고 싶지만 그럴 틈이 없어. 바로 앞의 쿠페 운전자가 어떤 신호를 보내오고 있었으니까.

쿠페 운전석 창으로 희고 가느다란 팔이 뻗어 나와 있어. 손목에 걸린 은색 링들이 햇빛을 튕겨내고 있어. 눈이 부셔. 금발의 머리칼이 나부끼다 순식간에 안으로 빨려 들어가고는 해. 햇빛 때문인가. 영화의 한 장면 같아. 어쩌면 정말 영화를 찍는 중인지도 몰라. 도로 위란 놀라운 곳이니까. 저것 봐. 수평으로 뻗어 있던 팔이 사선으로 올라가고 있어. 은색 링들이 팔꿈치 쪽으로 미끄러져 내려. 짤랑거리는 소리를 들은 것도 같아. 그 순간, 쫙 펼쳐진 손가락들이 주먹으로 뭉치는가 싶더니 손가락 하나가 우뚝 서. 가운뎃손가락이야.

붉은 구름이 하늘에 생겨나고 있어. 재희 씨 가슴이 마구 뛰어. 머리를 세게 맞은 것처럼 아무 생각도 떠오르지 않아.

—해가 짧아졌어.

재희 씨는 자기도 모르게 중얼거려. 보리가 끙끙대며 재희 씨를 빤히 쳐다봐.

—금세 어두워질 거야. 그치, 보리야.

어느새 손가락은 사라지고 없었어. 은색 링들도, 나부끼던 머리카락도. 햇빛은 그대로야. 그런데도 순식간에 너무 많은 일이 지나간 것 같아. 거기에는 분명 뭔가가 있는데 재희 씨는 그게 뭔지 알 수 없어. 쿠페는 벌써 한참 앞쪽에 가 있어.

천변 산책로 주변 목책이 무너진 곳이 보여. 잠깐 지나간 비에도 이렇게 맥없이 파이고 무너져. 재희 씨는 다른 생각은 하지 않으려 애쓰고 있어. 나쁜 생각을 지우는 데는 노래가 최고야. 도로 위의 소음에 만족했지만 지금은 어쩔 수 없어. 우선은 흰 손가락을 잊어야 하니까. 재희 씨는 라디오를 켜. 마침 산울림이야. 아마 늦은 여름이었을 거야. 우리들은 호숫가에 앉았지. 아마 늦은 여름이었을 거야. 산울림이 노래해.

다섯 곡쯤을 더 듣고 나자 기분이 나아졌어.

전방 도로 공사 중.

안내판이 보여. 속도가 줄어들고 있어. 차들은 가다, 서다를 반복해. 재희 씨는 그 틈을 타 보리의 등을 쓰다듬어주고 얼른 초보 운전자로서의 올바른 자세를 유지해. 언젠가는 한 손으로 핸들을 잡고 남은 손으로 보리의 등을 여유롭게 쓰다듬을 수 있을 거야. 멀리 '낙석 주의'나 '야생동물 출몰지역' 같은 표지판이 있는 곳까지 산책을 다녀올 수도 있을 테고. 그런 때가 생각보다 빨리 올지도 몰라.

동생은 저기 보이는 천변 산책로를 자주 걸었지. 저 사람들 속에서 말이야. 한번은 단속 나온 의경과 말다툼을 벌인 남자를 보았다고 했어. 하필 남자는 구청에서 내건 '낚시금지' 펼침막 앞에 앉아 물속에 낚싯대를 드리우고 있었어. 낚시하지 않았다는 남자의 주장에 의경은 어이없다는 표정을 지으며 낚싯대를 들어 올렸어. 남자의 말이 맞았지. 줄 끝에 찌도 미늘도 없는 빈 낚싯대였으니까. 이렇게 집이 가까워지면 매번 그 얘기가 생각나. 이제 곧 동생 없는 집에 도착해 텅 빈 마음을 드리우게 될 테니까.

앞쪽에 작업복 차림의 남자가 깃발을 흔들고 있는 게 보여. 차선 두 개를 차지하고 작업 중이야. 여기서부터는 모두 남은 차선 하나로 움직여야 해. 한 줄로 서서 앞사람의 어깨에 손을 얹고 협곡을 통과하는 것처럼. 줄을 타기가 어렵긴 해. 주춤하는 사이 밀고 들어온 소나타가 재희 씨에게 비상등을 깜빡여주고 있어. 말없이 주고받는 이런 식의 신호. 답장으로 보낼 만한 신호가 없다는 게 안타까워. 뒤에서 재촉하지 않았다면 재희 씨는 다른 차들이 다 통과할 때까지 기다려주었을 거야. 빈집에 일찍 들어가고 싶지 않으니까. 뒤에서 경적이 울렸어. 얼른 밀고 들어가라는 뜻인 거 같아. 쉽지 않았어. 몇 대를 더 보내고야 성공했어. 기다려준 뒤차에게 감사의 인사를 보냈지. 깜빡깜빡. 누군가에게 타전하는 기분이야.

해가 지려면 얼마 남지 않았어. 여름이 얼마 남지 않은 것처럼. 공사 지점을 통과하자마자 차들은 다시 속도를 내. 집이 가까워지고 있어. 이제 곧 재희 씨는 차선을 두 번 갈아타 바깥 차선으로 나와야 해. 살짝 아쉽기는 해. 이 대열에서 빠져나와야 하니까. 동시에 마음이 놓여. 오늘 하루치의 무사한 산책이 끝나가고 있어. 그건 내일 또 산책 나올 수 있다는 약속이고.

붉은 구름이 내려앉고 있어. 길의 종점에서 구름이 기다리고 있을 것 같은 기대를 불러일으켜. 저 앞을 가로지른 철교 위로 열차가 지나가고 있어. 벌써 불을 환하게 밝히고. 모두 가야 할 방향을 잃지 않고 달려가. 그 질서 속에 재희 씨 자신도 있다는 사실이 문득 낯설어져.

어떻게 그 일이 시작된 것인지 재희 씨는 알 수 없어. 먼 훗날 다시 떠올려보겠지만 그때도 마찬가지일 거야. 왜 자신의 팔 하나가 차창 밖으로 뻗어나가 있었는지. 왜 그 동작을 따라 하고 있었는지.

사물들의 윤곽이 또렷해지고 있었어. 새들이 구름 속으로 날아가고 있었어. 재희 씨는 가운뎃손가락을 치켜들었어. 붉게 번져가는 구름을 찌르기라도 할 것처럼 손가락에 힘을 줬어.

경적이 울렸어. 너무 크고 갑작스러운 소리야. 재희 씨 바로 뒤의 검은 카니발이 경적을 울리며 차선을 바꿔 탔어. 물론 재희 씨는 경적의 이유를 알지 못하지. 카니발이 바짝 옆으로 붙여 오는 것도 알지 못해. 경적이 그치자 재희 씨는 참았던 숨을 천천히 내쉬어. 다시 경적이 울려. 보리가 몸을 일으켜. 눈 주변의 분홍빛이 사라지고 있어. 재희 씨는 남자 목소리를 들었어. 크지도 높지도 않았어. 그런데도 얼어붙게 할 만한 목소리야. 재희 씨는 얼른 그쪽을 한번 쳐다봐. 남자가 무슨 말인가를 하는 것 같은 데 알아들을 수 없어. 카니발은 이제 부딪칠 만큼 붙어 왔어. 재희 씨는 반사적으로 핸들을 틀었어. 하마터면 가드레일에 부딪칠 뻔했어. 카니발이 앞서 달려 나가는 듯하더니 어느새 재희 씨 바로 앞에 와 있어. 그러고는 멈춰 서버려. 재희 씨는 순간적으로 브레이크를 밟았어.

어떻게 저런 빛깔의 구름이 생겨날까. 하늘은 붉은빛에서 보랏빛으로 변해가고 있었어. 여기저기서 울리는 경적과 고무 타는 냄새가 뒤엉켰어. 재희 씨의 아반테는 갓길과 1차선에 걸쳐 서 있어.

카니발 운전석에서 젊은 남자가 내려섰어. 뭔가를 잘못 삼킨 것처럼 푸르스름해 보이는 얼굴이야. 경적이 정리되고 차들이 속도를 줄이며 그들 곁을 지나가. 재희 씨는 보리가 떨고 있는 걸 느껴. 안아주고 싶지만 손가락 하나 꼼짝할 수 없어. 뒤쪽의 차들을 위해 비상등도 켜줘야 하는데. 이곳에서는 그게 약속이니까.

남자의 팔뚝이 차창 안으로 들어와. 땀 냄새 비슷한 게 났어. 손등에 불거진 힘줄을 본 것도 같아. 그 손이 재희 씨의 셔츠를 틀어쥐고 흔들어대고 있어. 재희 씨 눈이 자꾸만 감겨. 희고 가는 팔목이 보여. 거기서 흘러내리는 은색 링들이 보여. 짤랑거리는 소리가 들려. 보리 짖는 소리가 들려. 까마득히 먼 데서처럼 들려와. 남자의 손 하나가 보리를 덮쳐. 재희 씨는 그 손을 물어뜯고 싶지만, 그러고 싶지만 자꾸만 힘이 빠져. 조수석 아래로 처박히는 보리를 바라보기만 해. 아무 소리도 들리지 않아.

전조등을 켤 시간이야. 이제 방금 가로등에도 불이 들어왔어. 여름 저녁에는 낭떠러지 같은 지점이 있지. 순식간에 어두워져버려. 전조등의 불을 밝히는 순간. 재희 씨는 그 순간을 좋아했어. 자신의 전방을 비추기 위한 것이 아니라, 가장 강력한 연대의 표시로 여기 길 위에 당신과 내가 함께 있다는 걸 알려주는 불빛. 다음 날이면 다시 또 길 위로 나오고 싶게 만들어주는 불빛. 지금은 아무것도 보이지 않아.

누군가는 경적을 울리고, 누군가는 불평을 하며 지나쳐 가고 있어. 대부분은 그저 모른 척 지나가지. 아무도 멈추진 않아. 제발 그러길 바랄 뿐이야. 누구의 눈에도 띄고 싶지 않아. 다행히 점점 더 어두워지고 있어. 여기서 조금만 가면 집으로 가는 출구가 나오지. 하지만 재희 씨는 꿈쩍도 않고 앉아 있어. 보리가 더듬거리며 재희 씨 무릎 위로 올라와. 보리한테서 치즈 냄새가 날 거야. 예방접종을 하거나 털을 깎을 때면 떨면서 그런 냄새를 풍겼으니까.

천변 산책로에 걷거나 달리는 사람들이 더 많아졌어. 어쩌면 동생이 만났다는 맹인 부부도 저 사람들 속에 있을지 몰라. 장애인 마라톤 축제라는 문구가 박힌 유니폼 차림으로 부부는 서로 팔을 묶은 채 달린댔어.

지금까지 밤의 도로는 단순한 문장이었어. 오독의 염려 없이 불빛만 이해하면 되었지. 이제 재희 씨는 차창을 끝까지 올려. 도로 위의 다른 차들이 모두 그런 것처럼. 재희 씨는 보리의 털 속으로 손가락을 집어넣어. 낯설지 않은 곳은 여기뿐이야. 그럴 수만 있다면 그 털 속으로 들어가 눕고 싶어.

무릎 위에서 떨고 있는 보리에게, 어둠을 향해 짖어대는 보리에게, 부드러운 목소리로 말해줘야 해. 우린 이제 집으로 갈 거라고. 무사히 잘 도착할 거라고. 등 뒤에서 현관문이 닫히는 순간 비로소 귀가했다는 생각에 깊고 깊은 숨을 내쉬게 될 거야. 침대에 놓인 동생의 책을 펼쳐봐야지. 밑줄 그어놓은 부분을 만나면 몇 번이든 반복해서 읽어볼 거야. 철자를 빠트리거나 바꿔치기하지 않도록 주의하면서.

택시 한 대가 비상등을 깜빡이며 지나쳐 가. 재희 씨는 그 신호가 무엇을 뜻하는 것인지 놓치지 않겠다는 듯 눈을 크게 떠. 이 기묘한 세계 속에서 집으로 가는 길을 잃지 않으려면 분명한 것 한 가지는 움켜잡아야 한다는 생각으로. 저 불빛을 따라가야 한다는 생각으로. 그러면서도 그냥 멍하니 앉아 있어. 도로의 일원으로서 마땅히 유지해야 하는 전방주시의 자세로 말이지. 전방에는 지독할 정도로 낯선 길이 뻗어 있어.

흰 새 한 마리가 어두워지는 물 한가운데 서서 물이 흘러오는 쪽을 바라보고 있어.

재희 씨의 눈동자 위로 달리는 차들의 불빛이 흘러가. 보리의 멀어버린 눈동자 위로도. 재희 씨는 보리의 목덜미에 얼굴을 묻고 중얼거려.

보리야, 여름이 가고 있어.

오늘 하루의 수많은 오독 속에서 그것만은 오독할 수 없는 사실이지. 교각 한가운데 붉은 스프레이 페인트로 해놓은 ♥ 기호처럼 오독할 수 없는 사실이지.

바람이 불고 있어.

새
의
말

걸려든 새는 직박구리였다. 오십 미터 남짓 떨어져 있었지만 한수는 한눈에 알아봤다. 어른 손바닥만 한 크기에 회갈색 빛이었다. 직박구리는 그물이 아니라 물에 빠진 것처럼 퍼덕거리고 있었다. 그럴 때마다 그물망이 출렁였다. 광택이 도는 꽁지깃이 햇빛에 반짝였다.

구 년 전, 한수는 이 비탈밭을 임대해 사과나무를 심었다. 재작년에는 가을장마가 한 달이나 이어졌다. 홍옥은 시고 떫은맛이 났다. 부사 껍질에는 얼룩이 생겼다. 작년에는 개화가 늦은데다 벌도 날아오지 않았다. 올해는 달랐다. 비는 적당히 내려주었고, 태풍은 비켜 갔고, 햇빛은 넘쳐났다. 한편에서는 수확량 증가로 값이 떨어질 거라고 걱정했다. 걱정이 없던 해는 없었다. 어느 해에는 태풍이, 또 다른 해에는 가을 냉해가 사과 값을 너무 뛰게 해 걱정했다. 선택해야 한다면 한수는 작황이 좋아 걱정인 쪽을 택할 거였다. 그에게는 책임져야 할 노모와 캄보디아에서 온 아내가 있고, 태국 출신의 젊은 고용인이 있었다. 농협에서 빌린 융자금은 해가 갈수록 불어났다. 누가 뭐래도, 일단 작황이 좋아야 했다.

수확까지는 한 달 남짓 남았다. 그때까지의 햇빛이 사과의 빛깔과 당도를 결정할 거였다. 예보에 의하면 당분간 비 소식은 없었다. 한수는 다시 확인하려는 듯 하늘을 바라보았다. 구름 한 점 없는 하늘이 산 너머까지 펼쳐져 있었다. 바로 눈앞에서는 가지가 휘어지게 달린 사과 알들이 햇빛을 빨아들이고 있었다. 이대로만 끝나준다면 어느 해보다 괜찮은 작황이었다. 문제는 새였다. 그리고 그 첫번째 새가 그물에 걸려든 거였다.

새는 당도가 높은 열매를 기막히게 찾아냈다. 그걸로 배를 채우면 될 텐데 꼭 한두 입 쪼아 먹고는 다른 열매로 옮겨 갔다. 조그마한 흠집이라도 있으면 열매는 상품 가치를 잃었다. 농장마다 새를 쫓느라 골머리를 앓았다. 가지에 다면체 반사 거울을 매달아 놓기도 하고, 경보기나 역겨운 냄새를 풍기는 퇴치기를 쓰는 농장도 있었다. 카바이드 폭음대포를 쏘고, 엄청난 비용을 들여 방조망을 설치하기도 하지만 새들은 갈수록 영리해졌다. 바로 옆에서 화약이 터져도 별일 아니라는 듯 그물망 사이로 들어와 사과를 쪼아 먹고는 달아났다. 그러니 어쩌다 그물에 걸려든 새는 운이 없는 경우였다.

한수는 직박구리 쪽으로 걸음을 옮겼다. 기다렸다는 듯 산 너머에서 굉음이 울렸다. 터널을 뚫는 암반 발파작업 현장에서 시도 때도 없이 들려오는 소리였다. 제철소로 유명한 남쪽의 항구 도시와 서울 간 고속도로를 내는 공사 중이었다. 그물망을 흔든 굉음은 비탈을 내달려 맞은편 들판으로 번져나갔다. 레미콘 트럭이 줄지어 달려가고 있었다. 트럭 꽁무니에서 나온 시커먼 그을음이 공기 중으로 흩어졌다.

사과는 무사했다. 직박구리의 부리는 사과 바로 앞에서 멈춰 있었다. 몸집이 조금 작았거나, 부리가 조금만 길었다면 새는 그물을 통과해 사과를 망쳐놓았을 것이다. 순간, 뜨거운 것이 목으로 치밀어 올라왔다. 눈앞의 직박구리를 향한 것인지, 조금 전의 굉음을 향한 것인지 알 수 없었다. 고속도로 공사가 시작된 뒤 새가 부쩍 늘었다. 산 몇 개를 결딴낸 공사는 근처 저수지를 말라붙게 했고, 새의 서식지를 망가뜨렸다. 그곳에서 쫓겨난 새들이 한수와 이웃 농장으로 몰려오는 거였다.

야, 말 그대로 조족지혈이지. 새가 먹으면 얼마나 먹는다고 그래? 피해 규모로 치면 태풍 피해가 훨씬 크지 않아?

언젠가 동창회에서 만난 동창이 무슨 얘기 끝에 따지듯 말했다. 새들도 먹고살아야지. 우리 어렸을 때는 개구리며 메뚜기며 천지였잖아. 요새는 농약 때문에 씨가 말랐고. 그러니 뭘 먹고 살아. 과수원으로라도 가야지. 그의 아내가 말리는데도 동창은 불콰해진 얼굴로 한참을 횡설수설했다. 고리가 끊어진 거야. 자연계 고리가. 그래서 새가 몰려오는 거야. 동창은 자신의 손가락으로 고리를 만들었다가 튕겨나가는 동작까지 해보였다.

한동안 동창의 취한 목소리가 불쑥불쑥 들리곤 했다. 동창 말대로 새보다 태풍이나 냉해가 주는 피해가 훨씬 컸다. 그것은 넓은 지역을 단번에 망가뜨렸다. 태풍에 떨어진 붉은 사과 알들을 보고 있으면 힘이 빠져 며칠 동안 손 하나 까딱할 수 없었다. 그 가차 없는 파괴에 두려움과 경이를 함께 느꼈다. 하지만 새 앞에서는 달랐다. 밭 전체를 쓸어버린 태풍 앞에서는 겸허해지는데 새에게 당한 사과 한 알 앞에서는 피가 거꾸로 솟았다. 아무리 생각해도 새는 자연계의 고리 중 하나가 아니라 다른 무엇이었다.

직박구리는 죽어 있었다. 그물망이 날갯죽지 밑으로 깊이 파고들어가 있었다. 한쪽 날개는 몸부림치다 부러졌는지 뒤틀려 꺾여 있었다. 고민할 것도 없었다. 흠집 난 사과처럼 수풀에 던져버리면 되었다. 하지만 한수는 그렇게 쉽게 처리하고 싶지 않았다. 본보기가 필요했다. 다른 새들에게, 근방의 모든 새들에게, 사과를 노리면 똑같이 당할 수 있다는 걸 보여줘야 했다. 높은 가지에 매달아 두는 거였다. 한수는 직박구리로 손을 뻗었다. 그 순간, 죽은 줄 알았던 새가 맹렬하게 퍼덕였다. 한수는 욕을 내뱉으며 얼른 손을 뺐다. 부리에 쪼인 손등이 얼얼했다. 그대로 둬 죽기를 기다리는 수밖에 없었다.

　햇볕은 이보다 더 좋을 수 없었다.

　오전에 이어 오후에도 잎사귀 따는 작업을 하기로 했다. 잎사귀가 햇빛을 가리면 열매의 색과 당도가 떨어졌다. 지난주에 초벌 작업은 끝난 거라 외부 일꾼을 부르지 않았다. 희선과 노모는 농장 아래쪽 밭에 나갔고, 작업은 한수와 씽이 하기로 했다. 둘은 점심을 먹자마자 고랑 한 줄씩을 맡아 잎을 따기 시작했다.

　씽이 농장에 온 건 지난 이월이었다. 주변 농장에도 동남아에서 온 일꾼이 많았다. 그들 아니면 일할 사람이 없었다. 태국 출신인 씽은 작고 마른 몸집에 순한 인상이었다. 얼굴이 까매서인지 웃을 때마다 이가 유난히 하얘 보였다. 여권에 적힌 씽의 본명을 소리 내 읽으면 열 자도 넘었다. 그냥 '씽'으로 부르면 된다고 했다. 전에 일하던 공장에서도 그렇게 불렸다고 했다.

　씽은 한국에 온 지 삼 년이 되어가는데 한국말을 거의 하지 못했다. 한수를 부르는 '사장님'이 그가 쓰는 유일한 한국어였다. 일부러 못 알아듣는 척하는 거야. 조합원 모임 때 누군가 말했다. 알아들으면 일을 더 시킬 거라고 생각한다니까. 씽의 표정을 보면 일부러 그러는 것 같지는 않았다. 다행히 일 눈이 빨라 한두 번 시범을 보이면 바로 따라 했다. 예초기도 잘 다

루고 경운기도 몰았다. 그러다가도 한번씩 고집을 부렸다. 그 물망 설치 작업 때는 온 식구들이 밤중까지 매달려야 했는데 씽은 못하겠다고 버텼다. 배달시킨 닭튀김과 생맥주로 달래 가며 일을 마쳤다.

잎사귀를 따나가는 동안 한수와 씽은 한마디도 하지 않았다. 한수는 그러는 편이 편했다. 씽도 마찬가지일 거라고 짐작했다. 사과밭에서 하는 일이라는 것이 말보다 몸을 필요로 하고, 간단한 시범으로 따라 할 수 있는 일이 대부분이었다. 이렇게 둘만 작업할 때 한국어 하나라도 가르쳐주고 싶지만 씽은 아쉽지 않은 듯했다. 처음 얼마 동안은 한수가 사다준 『한국어-태국어 교본』을 짚어가며 소리 내 읽기도 하고 질문도 했다. 하지만 점점 횟수가 줄더니 교본은 냄비 받침이나 파리채 대신으로 사용되었다. 표지는 라면 국물과 으깨진 파리로 꾸덕꾸덕했다.

씽에 비하면 희선의 한국어 실력은 뛰어난 편이었다. 사 년 전, 한수는 국제결혼 중개업체를 통해 희선과 결혼했다. 혼인신고를 할 때 캄보디아 이름에서 희선으로 이름을 바꾸었다. 한수의 누이들 이름에 들어가는 돌림자를 써 지은 이름이었다. 이 고장에는 몽골이나 중국, 동남아 출신의 결혼이주여성이 많아 군청에서 한글교실을 열고 있었다. 희선은 그 수업에 삼 년째 나가고 있었다. 안녕하세요. 고맙습니다. 반갑습니다. 누구세요. 얼마에요. 희선이 교본에 나온 문장을 읽어나가면 그 옆에 있던 한수의 노모는 맨날 그런 거 말고 배추를 심었습니다, 마늘을 캤습니다, 고추를 땄습니다, 그런 걸 배워야지 하며 웃었다. 희선은 무슨 뜻인지도 모르면서 따라 웃었다. 교본에 사과꽃이 피었습니다, 라는 문장이 있었다면 노모는 이렇게 고쳐 말해줬을 거였다. 사과꽃이 오셨습니다.

씽은 숙소에 혼자 머물렀다. 농장 위쪽, 창고 옆의 작은 시멘트 건물 한 동이 그의 숙소였다. 씽은 숙소에 있을 때면 늘 라디오를 켜두었다. 멀리 나갈 일도 없는데 채널은 늘 교통방송에 고정되어 있었다. 어느 때는 소리가 너무 커 농장 입구에 있는 한수의 집까지 들렸다. 라디오 소리 말고 씽의 숙소 주변을 지배하는 다른 하나는 냄새였다. 회향과 계피를 섞은 것 같은 그 냄새는 씽한테서도 났다. 라디오 소리와 냄새로 일종의 영역 표시를 하고 있는 셈이었다.

씽이 왔을 때, 주변에서는 걱정해준답시고 한수에게 농담처럼 이런 말을 했다. 마누라 단속 잘해. 끼리끼리는 잘 통하는 법이라고.

희선은 처음부터 씽을 좋아하지 않았다. 씽이 태국 사람이라는 이유 때문이었다. 캄보디아와 태국의 국경에서는 크고 작은 분쟁이 끊이지 않았다. 얼마 전에도 충돌해 양국의 민간인과 군인이 죽고 다쳤다. 유엔과 주변국들의 중재도 먹히지 않았다. 희선은 싸움의 원인이 늘 태국에 있다고 했다. 그쪽이 먼저 국경선을 넘어왔고, 먼저 무기를 썼다. 태국 남자들은 거짓말 잘하고 게으른데다 여자를 부려먹었다. 희선은 경찰인 아버지를 걱정했다. 싸우러 갈지도 몰라요. 씽은 분쟁 지역과 상관없는 이곳 한국의 사과농장에 있지만 희선 아버지의 잠재적인 적이었다. 희선은 씽의 형편없는 한국어 실력을 흉보았고, 고마운 걸 모르는 사람이라고 푸념했다. 무엇보다도 씽은 일하는 거에 비해 너무 많은 월급을 받아 갔다.

나, 캄보디아. 씽, 태국.

희선과 씽의 나라를 구분하지 못하는 노모에게 희선은 틈날 때마다 말했다. 아는지 모르는지 씽은 태연했다. 희선 앞에서 잘 웃었고, 알아듣지 못하는 말이 나오면 도와달라는 표정으로 희선을 바라보곤 했다.

작업은 어둑해질 무렵 끝났다. 한수가 마무리를 하는 동안 사라졌던 씽이 산비둘기 한 마리를 들고 나타났다. 비둘기는 씽의 손에서 벗어나려고 맹렬하게 푸드덕거렸다. 놀란 한수는 뒤로 물러섰다.

—뭐야? 어디서 잡았어?

한수의 말에 씽이 고개를 갸우뚱했다. 해를 등지고 서 있어 씽의 표정은 볼 수 없었다. 깃털들이 씽의 발등으로 떨어져 내렸다. 다른 신발이 있는데도 씽은 언제 어디서나 슬리퍼였다. 슬리퍼 바깥으로 나온 발가락이 새의 것처럼 가늘고 까맸다.

—새! 어어디이?

한수는 산비둘기를 가리키며 소리를 높였다. 한수가 궁금한 것은 그것을 잡은 장소가 아니라 사과였다. 비둘기가 사과에 부리를 댔는지 아닌지. 씽이 몸을 틀어 아래쪽 어딘가를 가리켰다. 저 아래, 씽이 가리킨 쪽에서 밭일을 마친 노모가 올라오고 있었다. 플라스틱 소쿠리를 든 희선이 그 뒤를 따라왔다. 다섯 걸음에 한 번쯤 노모가 멈춰 서는 것이 보였다. 기침을 하느라 그런 거였다. 기침을 하고 나면 숨의 일부가 어디로 새는지 노모의 숨소리에서는 색색거리는 소리가 났다. 숨소리보다 더 걸리는 것은 요즈음 들어 노모에게 생긴 변화였다. 희선이 처음 그랬던 것처럼 노모는 어순이 틀리거나 엉뚱한 단어가 들어간 말을 하곤 했다. 발음이 분명하지 않을 때도 있었다.

어느새 씽은 숙소를 향해 올라가고 있었다. 한수는 말없이 씽의 뒷모습을 바라보았다. 축 늘어진 산비둘기가 씽의 팔의 일부인 것처럼 덜렁거렸다. 씽에게 석 달째 월급을 주지 못하고 있었다. 수확이 끝나면 한꺼번에 해주기로 했다. 주변 농장들도 형편이 비슷했다.

—씽!

한수의 목소리는 산 너머에서 울려온 소리에 묻혔다. 공사는 밤에도 계속되었다. 한수는 그 새를 어떡할 건지 물으려다 그만두었다. 알아듣지 못할 질문과 대답 사이에 오갈 수많은 몸짓에 미리 힘이 빠졌다. 멀리 씽의 숙소 앞에 걸린 빨래가 바람에 펄럭이는 게 보였다. 그제서야 그물에 걸린 직박구리가 떠올랐다. 작업 끝나면 처리해야지, 해놓고 잊고 있었다. 한수는 서둘러 그쪽으로 갔다.

직박구리는 사라지고 없었다. 어두워가는 하늘 아래 빈 그물망만 출렁이고 있었다. 바닥에도 깃털 같은 건 보이지 않았다. 주변을 둘러봤지만 그 자리가 틀림없었다.

차고 축축한 어둠이 비탈을 덮고 있었다. 노모의 기침 소리가 가까워졌다. 수천 마리의 새 떼와 전쟁을 치르고 난 것처럼 극심한 피로가 몰려왔다. 캄보디아에서는 자주 문자가 왔다. 희선의 핸드폰에 뜬 글자는 따라 그리기도 어려운 복잡한 무늬처럼 보였다. 희선이 소리 내 읽어주지만 한수는 알아들을 수 없었다. 그럴 때마다 희선에 대해 아는 것이 많지 않다는 생각이 들었다. 한수가 알고 있는 건, 희선을 그쪽 결혼 업체 브로커에게 넘긴 사람이 그녀의 아버지라는 사실뿐이었다. 한국 업체 직원한테서 우연히 듣게 된 거였다. 희선은 그 사실을 모르고 있었다. 알아서 좋을 것도 없었다. 캄보디아에서 온 문자를 읽고 나면 희선의 표정이 어두워졌다. 그녀가 한국어로 번역해준 것에 따르면, 가족 중의 누군가가 아팠다. 희선은 더 말하지 않았지만 돈이 필요할 거였다.

사방이 금세 어두워졌다. 한수는 고랑을 빠져나왔다. 용케 그물을 벗어났다 해도 직박구리는 족제비에게 먹히고 말았을 거였다. 자꾸만 피어나는 조바심을 족제비로 누르며 한수는 비탈을 내려갔다.

기온이 내려가면서 사과 향이 짙어졌다. 맑고 찬 공기에서 달고 새콤한 향이 났다. 과육의 진한 향이 더 많은 새를 불러들였다. 새들이 쪼아놓은 사과가 점점 늘어갔다. 한수의 말수가 줄었다. 희선이 자주 물었다. 오빠, 화났어요?

언제부턴가 씽의 숙소에 그의 친구들이 드나들고 있었다. 인근 농장에서 일하는 태국 사람들이었는데, 그들은 쉬는 날이면 함께 인근 소도시에 다녀오거나, 누군가의 숙소에 모여 먹고 마시며 놀았다. 한동안 씽은 나가는 쪽이었는데 이즈음은 그의 숙소가 아지트가 된 듯했다. 그들은 낡은 오토바이를 타고 오기도 했다. 소음이 크고 휘발유 냄새가 심하게 나는 오토바이에 둘, 셋이 함께 타고 왔다. 며칠 전 밤, 한수는 오토바이 세 대가 씽의 숙소 쪽으로 올라가는 걸 보았다. 다음 날도 그랬다. 한수는 올라가볼까 하다 그만두었다. 그들은 큰 소리를 내지 않았고 사과에 손을 대지도 않았다. 늦은 밤이나 새벽녘이면 돌아가는 소리가 들렸다.

사과가 익어가는 동안 다른 일을 처리해야 했다. 벼는 탈곡을 끝냈고 밭작물은 수확적기였다. 서리가 내리기 전에 콩과 고추를 거둬야 했다. 김장용 배추와 무도 있었다. 집집마다 일할 수 있는 사람은 모두 밭에 나와 있었다.

일조량이 좋아 빈 콩깍지가 드물었다. 한수와 씽이 콩대를 뽑아놓으면 노모는 다발로 묶어 밭고랑에 거꾸로 세웠다. 호박 농사는 들쥐가 망쳐버렸다. 밭에 나올 때마다 노모는 늙은 호박 보는 재미에 빠져 있었다. 둥글둥글한 호박은 빛깔도 노란 게 멀리서도 눈에 띄었다. 그 호박을 들쥐가 갉아먹어버렸다. 세 덩이가 다 당했다. 비어져 나온 호박씨에 개미 떼가 들러붙어 있었다. 하나는 남겨줬어야지. 노모는 수풀을 쳐내며 들쥐에게 욕을 했다. 그러고는 한차례 기침을 쏟았다.

콩을 뽑고 난 자리에 가을 마늘을 심었다. 마늘은 노모의 기침처럼 해를 넘길 거였다.

밭에 엎드려 있었지만 한수의 마음은 사과밭에 가 있었다. 일하다 말고 자주 사과밭 쪽을 바라보았다. 일정한 간격으로 종소리가 들렸다. 그물을 치지 못한 곳에는 군데군데 종을 달아두었다. 그 종을 희선이 흔들고 다니는 거였다. 새를 보느라 희선은 몇 주째 한글교실에 나가지 못하고 있었다. 내년에는 다른 방법을 찾아봐야 할 거였다.

훠이, 훠이.

어디서 배웠는지 희선은 종을 흔들며 외쳤다. 높고 가는 목소리가 비탈을 지나 건너편 들판으로 퍼져갔다. 레미콘 트럭이 줄지어 달리고 있었다. 트럭이 울린 경적에 들판에서 새들이 날아올랐다.

호이, 호이.

씽이 희선의 소리를 따라 하며 혼자 웃었다.

밭일을 끝내고 올라가면 희선은 한수를 그물망 아래로 데리고 갔다. 한번은 꿩이 걸려 있었고, 어치나 산비둘기가 걸려 있기도 했다. 그물에 걸린 새들은 그때까지도 살아서 퍼덕거리고 있었다. 까치란 놈은 잘도 빠져나갔다. 새 쫓아도 날아 안 가고 이렇게 나를 쳐다봐요. 희선은 눈을 동그랗게 떠 새 흉내를 냈다.

언제부턴가 새를 처리하는 것은 자연스레 씽의 일이 되었다. 씽은 한 번도 싫은 소리 하지 않고 노련한 손놀림으로 그물에서 새를 떼어냈다.

노모는 새의 부리에 흠집이 난 사과를 버리지 못하게 했다. 팔지도 못하고 둘 데도 없다고 해도 고집을 부렸다. 그 자리를 도려낸 사과가 냉장고를 채웠고, 상자에도 가득 담겼다. 갈변한 부위에서 곰팡이가 피어났다. 한수는 어머니가 잠든 밤중에 사과를 내다버렸다. 돌아오다 보면 저 위쪽, 씽의 숙소에 불빛이 환했다.

햇빛만큼 정확한 것도 없다. 수확을 시작한 농장이 생겨나기 시작했다. 한수의 농장은 산그늘이 긴 비탈이라 다른 곳보다 수확이 늦었다. 그래도 한수는 틈날 때마다 농장을 돌며 열매 상태를 확인했다. 아직은 빨간색이 꽉 차지 않았다. 좀 더 기다려야 했다. 이 기간이 한수에게는 특별히 힘들었다. 다른 곳에서 수확이 시작되면 새들은 남은 곳을 찾아 몰려오게 되어 있었다. 올해처럼 새가 극성인 해에는 안 봐도 뻔했다.

한수의 적은 말수가 더 줄어들었다. 하루에 한마디도 않고 지나는 날도 있었다. 노모의 기침에 화를 냈다. 좀 참아보세요. 희선의 의아해하는 표정을 못 본 척했다. 묻는 말에도 대답하지 않았다. 새를 이기고 수확이 끝나면 원래대로 돌아올 거였다. 한수의 머릿속에는 온통 새뿐이었다.

노모는 빈자리만 있으면 비닐을 깔고 가을걷이한 것을 말렸다. 씽의 숙소 앞 공터도 좋은 장소였다. 지대가 높고 가리는 게 없어 종일 볕이 들었다. 고추를 말리는 데는 안성맞춤이었다.

그날도 희선이 깔아주고 간 비닐장판에 고추를 골고루 펴 널던 노모는 어떤 기척을 느꼈다. 주변을 둘러보다 빈 빨랫줄 끝에서 무언가가 푸드덕거리는 걸 발견했다. 노모는 침침한 눈을 끔벅이며 다가갔다.

노모가 지른 소리에 희선이 맨 먼저 달려 나왔다. 한수와 희선, 씽은 근처 창고에서 일하던 중이었다. 수확한 사과를 저장하려면 창고 정리와 청소를 해둬야 했다. 희선이 지른 비명에 한수가 뒤따라 달려 나왔다.

어치였다. 털이 듬성듬성 뽑혀 있었지만 한수는 어치인 것을 알아보았다. 어치의 녹슨 것처럼 보이는 두 다리가 한데 묶인 채 빨랫줄에 거꾸로 매달려 있었다. 노모는 들어본 적 없는 새 이름을 말하며 기침을 쏟아냈다. 언제 왔는지 씽이 뒤에 서 있었다. 발소리가 나지 않아 아무도 몰랐다. 깜짝 놀란 희선이 비명을 질렀다.

―새 말이야 새!

한수가 어치를 가리키며 씽에게 말했다.

―새?

씽이 따라 했다.

―왜 저래 났어?

노모가 물었다. 씽이 고개를 갸웃하며 웃었다. 이 소란이 새 때문이라는 걸 알아차린 듯했다. 씽은 어치와 사람들을 번갈아보며 설명하다 아무도 자신의 말을 알아듣지 못한다는 사실을 깨닫고는 몇 가지 동작을 해 보였다. 요리하고 먹는 동작 뒤에 엄지를 치켜올리기까지 했다.

―이 사람아, 여기서는 닭은 먹어도 새는 안 먹어!

노모가 나무라듯 말했다. 이럴 때 보면 노모는 아무 문제도 없어 보였다. 바로 그때, 매달려 있던 어치가 다시 푸드덕거렸다. 노인이 비명을 질렀고 희선은 소리를 지르며 주저앉았다. 희선은 씽을 올려다보며 캄보디아 말로 쏘아붙였다. 급하면 캄보디아 말이 튀어나왔다. 씽은 그냥 웃기만 했다.

세상에나. 노모는 중얼거리며 혀를 찼다. 그러더니 새의 목을 비튼 다음 털을 뽑는 거라고 몸짓을 섞어가며 말했다.

―정 먹고 싶으면 그래야 한다고!

목을 비틀면 안 된다, 거꾸로 매달아 죽는 걸 기다린다, 털을 뽑으면 달아나지 못한다. 씽이 몸짓으로 대답했다. 그 몸짓을 제대로 이해했다면 그런 내용이었다. 노모는 그만하자며 손을 저었다.

옆에서 말없이 지켜만 보던 한수는 조금 전부터 묘한 기분에 사로잡혀 있었다. 씽의 손끝에서 덜렁거리던 산비둘기가 떠올랐다. 직박구리도, 저 어치도. 씽은 그렇게 잡은 새를 몇 가지 과정을 거쳐 요리했을 것이다. 한 달에 두 번, 인근 소도시에 서는 다문화 장터에서 구해온 향신료를 듬뿍 넣고서 말이다. 이 골짜기의 새들이 씽의 냄비 속으로 빨려 들어가는 장면이 떠올랐다. 이제 자신의 농장은 새와의 전쟁에서 이긴 것이다. 한수는 가슴을 내밀어 힘껏 숨을 들이마셨다. 오래 참았던 숨이 터진 것처럼 얼굴이 상기되었다. 가지마다 크고 단단한 열매가 휘어지게 달려 있었고, 얼마 후면 수확을 시작할 거였다. 아무리 많은 새가 몰려온대도 씽이 처리할 거였다. 자신이 높이 매달아 두려고 했던 본보기를 씽이 완성해주었다. 그것도 살아 있는 채로. 산 채 털이 뽑힌 저 어치는 추수 전에 바치는 신성한 제물이었다. 한수는 씽에게 처음으로 친밀감을 느꼈다.

씽은 오후 새참 때 붉고 기름진 요리를 내왔다. 접시에 담긴 요리에서 뜨거운 김이 피어올랐다. 노모는 몇 번 손사래를 치다 젓가락을 들었다. 희선도 마찬가지였다. 독특한 향에 비위가 상했지만 한수는 한 번은 참고 넘겼다. 씽이 더 권했을 때는 어쩔 수 없이 손을 저었다. 노모도 슬그머니 젓가락을 놓았다. 희선은 난감해하면서도 마지막까지 젓가락을 들고 있었다. 나중에 희선은 씽의 요리라는 게 걸리긴 했다고 했다. 국경선을 먼저 넘어오는 건 늘 태국 쪽이니까. 그것만 빼면 볶음 요리는 맛있었다.

새는 이틀 후에도 그물에 걸려주었다. 마침 근처에 있던 씽은 이제 거리낄 게 없다는 듯 그 자리에서 털을 뽑았다. 잎사귀 따는 작업을 하는 것처럼 순하고 조용한 동작이었다. 새는 괴상한 소리를 냈다. 씽은 그대로 그물에 매달아 두었다. 숙소 빨랫줄까지 올라갈 시간이 나지 않은 거였다. 파닥거리는 새 아래에서 씽은 하던 일을 계속했다. 한수는 못 본 척했다.

씽의 친구들이 숙소로 찾아오는 횟수가 점점 늘었다. 수확을 시작한 농장이 있어 다들 고단할 텐데도 거르지 않았다. 한수는 씽의 요리와 관련 있을 거라고 짐작했다. 그물에 걸린 것 말고도 씽은 다른 방법으로 새를 잡는 것 같았다. 노모는 씽의 빨랫줄에 한꺼번에 세 마리가 걸려 있는 걸 보았다고 했다. 그들은 새벽녘에야 헤어지는 것 같았지만, 다음 날이면 씽은 맡은 일을 문제없이 해냈다. 씽에게서 나는 독특한 냄새가 새 요리에 들어가는 향신료의 향이라는 걸 알았기 때문에 한수는 이제 아무렇지 않았다.

모이는 횟수가 늘면서 문제가 생기기 시작했다. 한수는 꽤 멀리 떨어진 농장의 농장주한테서 전화를 받았다. 같은 영농조합원이라 알고는 지냈지만 친한 사이는 아니었다. 그 농장에도 태국에서 온 일꾼이 있는데 지난 며칠간의 과음으로 작업에 지장을 받았다는 내용이었다. 전화를 걸어온 사람은 말해놓고 미안했는지 웃으며 얼버무렸다. 거기 엄청 좋은 안주가 있나 봅니다.

농장 근처의 한 이웃은 한밤중에 농로 한가운데에서 씽과 친구들을 만났다고 했다. 이웃은 그들이 다 지나갈 때까지 농로 한쪽에 비켜서 있었다. 그들은 갑자기 멈춰 서서 길을 가로막거나 휘파람을 불거나 하지는 않았다. 그냥 소리 없이 지나갔을 뿐이다. 그런데도 이웃은 겁이 났다고 했다. 그랬겠네요. 근데 그 밤중엔 뭘 만나도 그러지 않았을까요? 한수는 조심스럽게 응대해줬다.

밤중에 오토바이 소리가 나면 신경이 쓰이기 시작했다. 한수는 숙소로 올라가는 그들을 멀찍이서 지켜보았다. 그들이 돌아가는 소리가 들릴 때까지 뒤척였다. 씽의 숙소 주변에서 나는 지린내가 갈수록 심해졌다. 수풀 근처에 함부로 소변을 본 듯했다. 사과에 손을 댄 흔적은 없었다. 그렇다 해도 주의가 필요했다.

—씽, 여기서는 그렇게 몰려다니면 안 돼.

한수의 주의는 먹히지 않았다. 한수의 말을 씽이 무시한 것인지, 씽이 전달한 것을 그의 친구들이 무시한 것인지 알 수 없었다. 씽이 한수의 말을 제대로 이해 못한 것일 수도 있었다. 이번에는 경고를 했다.

—씽, 이제 친구들 그만 오게 해!

씽은 알겠다는 듯 고개를 끄덕였다. 하지만 며칠 후 또 모여들었다. 밀린 월급 때문일지 모른다는 생각이 스쳤다. 일종의 시위 아닐까. 한수의 하소연에 이웃의 농장주가 농반진반 웃으며 말했다. 공포탄 한 방이면 되는데 말이지. 그는 유해 조수 구제용 공기총을 가지고 있었다. 어때, 빌려줘?

그날, 저녁을 먹다가 한수는 희선한테서 그 냄새를 맡았다. 씽에게서 나는 독특한 향이었다.

—저 위에 갔다 온 거야?

희선은 한수가 무얼 묻는지 모르는 눈치였다. 한수는 희선의 손과 셔츠에 코를 대고 냄새를 맡으며 다시 물었다. 한수의 커진 목소리에 희선의 얼굴이 굳었다. 한수가 한 것처럼 자신의 손과 옷 냄새를 맡았다.

—아무 냄새 없어요.

곧 무엇 때문인지 알아챈 희선이 부엌에서 프라이팬을 들고 와 말없이 뚜껑을 열어보였다. 붉고 기름진 요리에서 쏘는 듯한 향이 훅 끼쳤다.

—씽이 가져왔어요.

저녁 식사 뒤로 희선은 입을 닫아버렸다. 밖에 나와 앉아 있다가 한수는 씽의 숙소로 천천히 걸어 올라왔다. 짙은 어둠 속에서 씽의 숙소는 환한 빛을 내고 있었다. 숙소 문 앞에 서서 한수는 한참 동안 안에서 들려오는 소리를 들었다. 빠르고 높은 그들의 말을 하나도 알아들을 수 없었다. 일정한 주기로 웃음이 터졌고 누군가는 웃을 때마다 방바닥을 쳤다. 한수가 노크하려고 손을 뻗었을 때 씽의 목소리가 들렸다. 의외로 크고 분명한 목소리에 한수는 멈칫했다. 어쩌면 씽이 한국말을 못하는 게 아니라 그런 척하는 것일지도 모른다는 생각이 들었다. 씽의 말이 끝나자 웃음과 환호성이 터졌다. 휘파람 소리도 났다. 뜬금없이, 이제 막 씽의 말이 희선과 상관있을 거라는 생각이 스쳤다. 저만한 또래들에게 젊은 여자에 대한 농담이 아니라면 뭐가 휘파람을 불게 만들까? 한수는 자신도 놀랄 만큼 억센 힘으로 문을 열어젖혔다. 독한 술 냄새와 기름진 냄새가 한수의 얼굴로 쏟아졌다. 순간 귀가 얼얼할 정도로 조용해졌다.

—돌아들 가!

한수는 등 뒤의 어둠을 가리키며 말했다. 방 안에 꽉 찬 담배 연기 때문에 그렇게 보인 걸까? 씽의 검은 눈동자가 그물에 걸린 새의 눈처럼 쏘아보고 있었다. 그들은 주섬주섬 일어나 밖으로 나왔다. 오토바이들은 소리 없이 내려갔다. 농장을 벗어날 때까지 헤드라이트도 켜지 않았다.

다음 날, 한수는 농장 입구에서 으깨진 사과 몇 개를 발견했다.

주말부터 본격적인 수확에 들어가기로 했다. 오늘 밤중으로 누이의 가족들이 도착할 거였다. 언제나 일손은 턱없이 부족했다. 수확 철이면 가족이 모두 동원되었고, 모집책에게 웃돈을 주고서라도 일꾼을 확보해야 했다.

씽의 친구들은 더 이상 찾아오지 않았다. 그의 숙소는 라디오 소리 말고는 조용했다. 씽은 달라진 게 없었다. 여전한 표정과 속도로 맡은 일을 했다.

희선은 묻는 말에만 겨우 대답할 뿐 한수와 눈도 마주치려 하지 않았다. 부부싸움을 하면 화해하기까지 시간이 걸렸다. 이번에도 그럴 것 같았다. 한수가 마트에 가자는데도 희선은 혼자 다녀오라고 했다. 필요한 물품을 적은 쪽지만 건넸다. 해마다 수확을 앞두고는 준비할 게 많아 함께 장을 봤었다.

마트에 가고 오는 길에 한수는 열 개도 넘는 현수막을 보았다. 국제결혼업체에서 내건 현수막이었다. 농로 옆 말뚝이나 야산에 걸린 현수막에는 외국 여성과의 결혼을 장담하는 문구들이 박혀 있었다. 아무런 설명 없이 베트남 세 글자와 전화번호만 적힌 것도 있었다. 수없이 봐왔지만, 자신도 그런 업체를 통해 결혼했지만, 볼 때마다 씁쓸했다. 희선을 돈으로 샀다는 생각이 떠나지 않았다. 오늘따라 기분이 더 가라앉았다.

갈림길에서 한수는 이웃 농장으로 핸들을 틀었다. 며칠 전에도 들렀지만 수확이 얼마나 진행되었나 궁금도 하고, 일꾼 모집에 대해 한 번 더 부탁하기 위해서였다. 삼십 년 넘은 농장이라 농장주가 발이 넓었다. 무엇보다도 집으로 바로 돌아갈 기분이 아니었다.

고랑마다 늘어선 플라스틱 상자에 빨간 사과가 가득 담겨 있었다. 나무마다 두 사람씩 붙어 있었다. 한 사람은 나무 아래에서 따고, 한 사람은 농장주가 직접 고안해 만든 사다리차 위에 올라서 있었다. 농장주 가족을 빼고는 모두 외국에서 온 일꾼들이었다. 동남아 쪽 사람이 대부분이었다. 모레부터 한수의 농장으로 올 일꾼들도 마찬가지였다.

한수 트럭이 들어오는 걸 본 농장주가 나무 아래에서 나왔다. 마침 새참 때라고 했다. 농장주가 쉬었다 하자는 뜻으로 고랑을 돌며 손뼉을 쳤다. 일꾼들이 나무 아래에 자기네들끼리 둘러앉았다. 씽의 숙소에서 본 얼굴도 몇, 눈에 띄었다. 농장주의 아내가 빵과 음료수를 돌렸다.

—말이 필요 없네요.

한수가 고랑을 둘러보며 말했다. 이런 맛에 힘들어도 매달리는 거였다. 남의 농사여도 좋은 건 좋은 거였다. 한수의 가라앉았던 기분이 조금 나아졌다.

—올해만 같으면야……

농장주도 흡족한 표정으로 고랑을 바라보았다. 하지만 금세 표정이 어두워졌다.

—출하가 떨어지는 게 심상칠 않아.

한수도 아는 사실이었다. 조합원 카톡방에는 벌써부터 그 걱정으로 말들이 분분했다. 수확을 포기할까 하는 의견이 올라오기도 했다.

—그래도…… 일단은 좋고 봐야죠. 뭐, 누가 뭐래도.

사람들이 다시 일을 시작하고도 한수는 한쪽에 앉아 일하는 사람들을 바라보았다. 모레부터 수확을 시작하면 한동안 이런 짬은 꿈도 꾸지 못할 거였다. 씽의 친구만 아니라면 좀 더 머물렀을 거였다. 나무 사이로 이쪽을 힐긋거리는 친구와 몇 번 눈이 마주쳤다. 한수는 농장주와 소리쳐 인사하고 트럭에 올랐다.

진입로를 돌아 나오다 농장주의 아버지와 마주쳤다. 한수는 차를 세우며 잠깐 고민했다. 문을 열고 내렸다가는 한참 붙잡힐 거였다. 월남전 참전용사인 노인은 술에 취한 날이 대부분이었다. 오늘도 벌써 한잔 걸치신 듯했다.

—말세야.

한수가 운전석 문으로 머리를 내밀어 인사하자 노인이 불콰한 얼굴로 쏴붙였다.

—예?

—뻬트콩 놈들 천지라니까!

노인의 게슴츠레 풀린 눈이 사과밭을 이리저리 훑었다. 그러더니 갑자기 손가락을 입술에 대고 속삭였다. 쉿, 저놈들은 걸을 때도 소리가 안 나. 그제야 한수는 노인이 무얼 말하는지 알아챘다. 동남아 국적의 일꾼들을 두고 하는 말이었다.

—어르신, 그래도 삐트콩 없으면 여기나 저기나 다 결딴나요.

한수는 목례를 하고는 트럭을 출발시켰다.

—삐트콩 여자 조심해! 한번 숨어버리면 못 찾아.

노인이 한수 트럭에 대고 소리쳤다.

돌아오는 내내 한수는 누가 뭐래도, 라는 말을 중얼거렸다. 그냥 그 말이 떠올라 중얼거리기 시작했고 그러자 조금 편안해졌다. 처음에는 주문처럼 외우다가 라디오에서 흘러나오는 노래에 얹어 부르다가 농장에 도착할 때쯤에는 악을 썼다. 누가 뭐래도, 희선이는 베트공이 아니라네요. 누가 뭐래도, 아니랍니다. 트럭에서 내렸을 때는 목이 얼얼했다.

짐칸의 물건은 집으로 갈 것과 창고로 갈 것을 분리해 옮겨야 했다. 희선은 전화를 받지 않았다. 씽도 마찬가지였다. 농장 위쪽에서 무슨 소리가 났지만 들리다 말다 했다.

털이 듬성듬성 뽑힌 산비둘기가 고추를 널어놓은 비닐장판 한복판에 서 있었다. 한쪽 발목에는 노끈이 묶여 있었다. 산비둘기를 가운데 두고 마주 선 희선과 씽이 같은 팀의 수비수처럼 보였다. 그들은 한수가 올라오는 것도 못 본 채 각자 자기네 말로 소리치고 있었다. 한수가 끼어들 틈이 없었다. 산비둘기보다 두 사람이 더 흥분한 것 같았다. 상황을 유추하는 건 어렵지 않았다. 산 채 털이 뽑히던 산비둘기가 탈출을 감행한 거였다.

호이, 호이.

씽이 이상한 소리를 내며 산비둘기에게 다가갔다. 그 순간 산비둘기가 퍼덕거리며 희선 옆으로 잽싸게 빠져나갔다. 희선이 비명을 지르며 나자빠졌다. 붉은 고추가 이리저리 튀었다. 씽이 산비둘기를 쫓고, 희선이 그 뒤를 쫓아갔다. 수풀 근처에서 상황이 돌변했다. 달아나던 산비둘기가 갑자기 방향을 틀더니 씽을 향해 달려든 것이다.

—짠뜨라!

놀란 씽이 미끄러지면서 외쳤다.

산 너머에서 발파음이 울렸다. 빈 들판에서 새들이 일제히 날아올랐다. 짠뜨라? 공중을 빙빙 도는 새 떼처럼 한수 혀끝에서 그 말이 빙빙 돌았다. 선회를 마친 새들이 이쪽으로 날아오기 시작했다. 그 순간 희선의 원래 이름이 짠뜨라였다는 사실이 떠올랐다.

씽과 희선과 산비둘기는 여전히 쫓고 쫓기며 소리치고 있었다. 제각각의 말이 사방으로 흩어졌다. 그 흩어지는 말들 속에서 한수가 알아들을 수 있는 것은 오직 새의 말뿐이었다. 꾸꾸루꾸꾸.

누가 뭐래도, 너무 좋은 작황이었다.

사
랑
의

지
점

그 소리는 부엌 창을 타고 넘어왔다. 남자는 전화로 누군가에게 사랑을 고백하고 있었다. 사월의 마지막 금요일 저녁. 아파트 단지 뒤 숲이 조금씩 어두워지고 있었다.

제이는 막 고등어를 손질하려던 참이었다. 윗집에서는 믹서가 돌아가고 있었고, 어느 집에선가는 청소기가 집 안을 누비고 있었다. 제이네 아일랜드 식탁에 놓인 라디오에서는 스팅의 노래가 흘러나오고 있었다. 저녁이 시작되는 시간대라 이런저런 소음이 끊이지 않았다. 그런데도 제이는 남자의 목소리를 분명하게 들었다. 이번에도 일부러 들으려 한 건 아니었다. 저절로 들려왔다.

그들은 약속이나 한 것처럼 제이네 부엌 창 아래에서 고백을 했다. 단지 맨 뒷동인데다 숲 그늘로 한낮에도 조용하고 어둑한 곳이라 찾아오는 것 같았다. 두 달 전, 소윤이라는 중학생 여자애가 맨 처음이었다. 소윤은 석준이라는 남자애를 좋아하고 있었다. 서로 다른 중학교라 둘은 학원에서만 볼 수 있었다. 소윤은 친구의 친구를 통해 석준의 전화번호를 알아냈다고 했다. 메시지를 보낼까 했지만 소윤은 직접 목소리로 확인하고 싶었다. 난 문자보다 목소리를 믿거든. 우리 사귈래?

두번째는 대학생으로 짐작되는 젊은 남자였다. 남자는 '너'를 사랑하고 있다고 했다. 처음 본 순간부터. '너'는 동아리 후배인 듯했다. 남자는 낮게 웃으며 거짓말 아니라는 말을 반복했다. 하필 그날은 만우절이었다. 뒤로 갈수록 남자의 목소리가 가라앉았다. 그날은 장국영의 기일이기도 해서 라디오 채널마다 장국영의 노래가 나왔다.

이번이 세번째였다. 남자의 목소리에 제이는 먼젓번 둘보다 솔깃해졌다. 목소리로 보면 남자의 나이대가 자신과 비슷할 것 같았다. 그런데도 그 목소리에는 고백의 설렘이 가득 담겨 있었다. 제이는 라디오 볼륨을 줄이고 창 쪽으로 몸을 기울였다.

현주 씨가 얼마나 놀라셨을지 잘 알고 있습니다.

개수대에 놓인 고등어는 짙푸르고 탱탱했다. 물 한 방울이 수도꼭지에서 고등어로 떨어져 내렸다. 제이는 귀를 기울이며 그 자리를 문질렀다. 죽은 것인데도 여전한 탄력에 제이는 살짝 저항감을 느꼈다. 남자가 이어 무슨 말인가를 했는데 이번에는 놓치고 말았다. 제이는 까치발을 해 개수대 위로 상체를 올렸다. 셔츠가 당겨 올라가 개수대 모서리에 배꼽 근처 맨살이 닿았다. 제이는 조용히 한쪽 귀를 방충망에 붙였다.

제가 이럴 줄 저도 몰랐습니다.

남자가 가볍게 한숨을 내쉬며 말했다. 체념한 듯했지만 남자의 한숨에는 숨길 수 없는 달콤함이 들어 있었다. 잠시 침묵이 흘렀다. 제이는 검지를 들어 코끝에 댔다. 비린내가 났다. 남자의 낮고 간절한 목소리가 다시 들렸다.

그날 현주 씨가 저에게……

제이는 거기까지밖에 듣지 못했다. 공중에 들린 제이의 발 아래에 치즈가 와 있었던 것이다. 둘의 눈이 마주친 순간 치즈가 뛰어오르며 짖기 시작했다. 세 살 된 수컷 치와와 치즈(처음 데려온 날, 제이의 남편이 떨어뜨린 치즈 조각을 잽싸게 삼켜버려 붙은 이름)는 뭔가를 요구하고 있었다. 이 상황에 대한 설명이든 입막음할 간식거리든.

—쉿!

제이는 얼른 바닥으로 내려서며 치즈를 노려보았다. 치즈는 아랑곳하지 않고 더 크게 짖어댔다. 제이는 냉장고에서 소시지 하나를 꺼내 거실로 던졌다. 뜻밖의 횡재에 치즈는 군말 없이 달려갔다.

바깥이 잠잠했다. 남자의 발소리를 들은 것도 같았다. 나방이 낸 소리였는지도 모른다. 나방 한 마리가 방충망 너머에서 윙윙거리고 있었다. 남자가 가버렸다는 걸 보지 않고도 알 수 있었다. 한쪽은 옹벽으로 막혀 있으니 남자는 걸어 나와 제이의 집 앞을 지나쳐야만 한다. 앞 베란다 블라인드 뒤에서 기다리면 남자를 볼 수 있을 거였다. 하지만 제이는 개수대 앞에 그대로 서 있었다.

고등어는 그새 물기가 말라 있었다. 제이는 고등어의 여기저기를 꾹꾹 눌렀다. 손톱 밑에 검푸른 비늘이 끼었다. 숲속 등산로를 따라 가로등에 불이 들어왔다.

치즈가 느긋한 표정으로 제이를 향해 걸어왔다.

일주일 후.

제이와 K네 부부는 아파트 상가에 있는 단골 술집에서 만났다. 제이와 K는 대학 때부터 단짝이었고, 십 년 전부터 같은 아파트 단지에 살고 있었다. 둘은 요가센터에 함께 다니고, 어느 시민단체에 매달 같은 액수의 후원금을 내며, 그 단체에서 만든 독서 모임에 참석하고 있다. 남편들끼리도 막역해져 넷이서 자주 어울렸다.

금요일 저녁이라 술집은 빈자리 없이 꽉 차 있었다. 그들은 안쪽 구석 스피커 아래에 겨우 자리를 잡았다. 늘 그렇듯 대화를 주도하는 건 제이의 남편과 K였다. 제이의 남편은 사교적인 성격이 아닌데도 K와 함께할 때면 달라졌다. 두 사람은

서로의 말에 적절한 반응과 동의를 해가며 대화를 이어나가
곤 했다. 뛰어난 순발력에 환하게 웃는 모습이 매력적인 K는
대학 시절에도 인기가 많았다. K에게는 처음 만나는 자리에
서도 상대를 무장해제시키는 힘이 있었다. 낯을 가리는 제이
의 남편 역시 단번에 해제되었다.

　네 사람은 다른 날보다 꽤 많이 마셨다. 모두 적당히 취했
다. 잠시 대화가 끊긴 사이 K 부부는 서로에게서 눈을 떼지
않은 채 소곤거리고 있었는데 이쪽에서는 들리지 않았다. 제
이의 남편이 껍질 속에서 찾아낸 땅콩을 제이와 K에게 건넸
다. 조금 전부터 혼자 생각에 빠진 제이는 피식피식 웃고 있
었다. 취하면 나오는 버릇이었다. 예정대로 그 소개팅에 나갔
다면 어떻게 되었을까? 대학 4학년 때, 제이가 나가기로 한
소개팅에 K가 대신 나간 적 있었다. 하필 그날 온몸에 두드
러기가 돋았기 때문이었다. 그날 소개팅에 나온 남자가 지금
K 옆에 앉아 있는 거였다. 두드러기가 복숭아 때문이었던가?
아니 고등언가? 지금이야 괜찮지만 제이는 고등어와 복숭아
에 알레르기가 있었다.

　—정 여사 취했군.

　남편이 제이의 어깨를 톡톡 치며 말했다. 제이는 손바닥으
로 얼굴을 가리며 또 웃었다. K가 제이 부부를 번갈아 쳐다보
며 물었다.

　—뭐야? 뭐예요?

—요즘 우리 집 부엌 창문 아래서 무슨 일이 벌어지고 있는
지 알아?

그렇게 말해놓고 제이는 자신이 질문을 받은 것처럼 눈을
동그랗게 떴다. 왜 그 얘기가 나온 건지 자신도 알 수 없었다.
K가 그걸 놓칠 리 없었다. 얼른 털어놓으시지, 하는 표정으로
제이를 바라보았다. K의 반짝이는 눈이 딸아이와 똑같아 보
였다. 제이의 결혼식에서 화동 역할을 했던 K의 딸은 어느새
중3이 되었다. 제이를 이모라 부르며 따르는 아이는 가끔 제
엄마에 대한 불만을 제이에게 털어놓기도 한다. 물론 둘만의
비밀이다.

제이는 지난 몇 달 동안 자신이 들은 고백들에 대해 말해주
었다. 엿들은 게 아니라 목소리가 창문을 넘어온 거라고 강조
하는 것도 잊지 않았다. 제이의 얘기가 끝나자 K가 참고 있던
숨을 내쉬었다. 제이의 남편도 K처럼 했다. K의 남편은 빈 잔
을 만지작거리고 있었다. 제이의 뺨은 달아올라 있었다.

—이러면 안 된다는 걸 알고 있다고 했어요. 세번째 남자가.

제이는 잔에 맺힌 물방울을 쓸어내리며 남편과 K의 남편을
쳐다보았다.

—왜 이제야 말해주는 거야?

K가 눈을 흘기며 물었다. 서운하다는 듯 새침한 표정을 지
어 보이기까지 했다. 둘은 시시콜콜한 얘기까지 공유하는 사
이였고 이 정도면 화제가 되기에 충분했다.

─저도 처음 듣는데요.

제이의 남편이 말하고는 손을 들어 맥주를 더 주문했다.

─나를 올려다보던 치즈 표정을 모두 봤어야 하는데 말이죠.

─아! 치즈.

K의 남편이 살짝 웃으며 고개를 끄덕였다. 그는 치즈의 주치의였다.

─근데 왜 하필 거기서 사랑 고백들을 하는 거지? 왤까요?

제이는 아주 먼 곳에 대해 말하는 것처럼 아련한 표정으로 중얼거렸다.

─결혼 전에 우리도 그랬잖아. 늘 가던 술집에만 갔고, 가서는 늘 같은 자리에 앉았고.

제이의 남편이 말했다.

─프러포즈도 그 자리에서 하고.

제이 부부의 연애사를 꿰고 있는 K의 말에 모두 웃음을 터뜨렸다. 제이와 남편은 서른을 훌쩍 넘겨 만났고 일 년 남짓 사귀다 결혼했다. K 말대로 그 술집, 그 자리에서 제이는 프러포즈를 받았다. 남편은 성실하고 따뜻한 사람이었다. 부부는 불임으로 오랜 기간 고통 받았지만 다 지나간 일이었다. 아이가 들어오지 않은 자리를 서로에 대한 애정과 친밀함으로 메웠다. 제이는 자기 부부가 어떻게 보이는지 알고 있었다. 보이는 모습과 실제가 다르지 않다는 사실도 알고 있었다. 그렇다 해도 언제부턴가 제이는 이유 모를 무기력감을 느낄 때가 있었다. 아주 가끔이라 주변 누구도, 심지어 제이 자신까지도 눈치 채지 못했을 뿐이다.

　—그런 기사를 본 적 있어요. 기상관측에 관한 기사였는데……

K의 남편이었다. 세 사람의 시선이 동시에 그에게 향했다.

　—경희궁 옆 서쪽 언덕에 기상청 서울관측소가 있어요. 지난 팔십여 년간 서울의 공식적인 날씨는 그곳에서 결정되었어요. 서울 전역에 비가 쏟아져도 경희궁 터에 해가 쨍쨍하면 그날의 서울 날씨는 맑은 것으로 공표돼요. 눈도 마찬가지고요. 거기 정원에는 벚나무, 배나무, 은행나무들이 있는데 계절을 관측하는 표준목으로 사용된대요. 거기 벚나무에 세 송이 이상 벚꽃이 피면 기상청은 공식적으로 서울의 벚꽃 개화 소식을 알려요. 윤중로에 아무리 벚꽃이 만발했어도 관측소 정원 벚나무에 꽃이 피지 않으면 아직 서울에는 벚꽃이 피지 않은 거예요.

K의 남편은 잠시 말을 멈추고 맥주 한 모금을 들이켰다. 스피커에서 산울림의 「청춘」이 흘러나오고 있었다. 먼 데서 들려오는 것처럼 소리가 커졌다 작아졌다 했다. 제이는 양손으로 귀를 감쌌다.

　—겨울에 영하 십 도 아래로 떨어지면 기상청 직원들은 한강으로 나가요. 한강 결빙 상태를 관측하기 위해서죠. 결빙의 기준점은 한강대교 남단 두번째에서 네번째 교각 사이, 거

기서 상류 쪽으로 백 미터 지점이랍니다. 서강대교, 동작대교 아래가 아무리 꽁꽁 얼어도 한강대교 그 지점이 얼어야만 공식적인 한강 결빙이 되는 거죠.

K의 남편은 말이 많거나 말을 재미있게 하는 사람이 아니었다. 그런데도 지금 세 사람은 그의 얘기에 푹 빠져 있었다. 거기에는 분명 끌리는 뭔가가 있었다. 제이는 남편을 바라보았다. 아랫입술을 깨문 채 앞으로 몸을 기울이고 있는 모습에서 남편도 같은 생각이라는 걸 알 수 있었다.

―어쩌면 그 고백들도 그런 거 아닐까요? 눈과 비, 꽃과 얼음을 관측하는 특정한 지점이 있는 것처럼, 치즈네 부엌 창 아래에서 고백해야만 사랑으로 인정받는 거죠. 하, 그러고 보면 거기가 바로 사랑의 지점이네요.

K의 남편이 말을 마쳤을 때, 제이는 눈동자가 뜨거워지는 걸 느꼈다. 주량을 훌쩍 넘겨 마신 술 때문일지도 몰랐다. 자신의 집 부엌 창 아래에 혼자 서 있는 기분이 들었다. 취기가 올라왔지만 머릿속은 오히려 맑아졌다. 그 순간 어머나! 오랫동안 잊고 있던 생각 하나가 튀어나왔다. 언젠가 부엌 창을 닦다가 거기 세워놓은 소품 하나를 창밖으로 떨어트렸었다. K와 이태원 노점에서 산 목각인형이었다. 주워 와야지 해놓고선 까마득히 잊고 있었다.

제이는 맞은편의 K 부부를 바라보았다. K 남편의 얼굴이 훅 들어왔다가 훅 물러났다. 지금껏 본 적 없는 낯선 사람처럼 보였다. 제이는 살짝 눈을 감았다 떴다. 여전히 낯설었다. K가 야릇한 표정으로 자신의 남편을 바라보더니 그와 팔짱을 끼며 환하게 웃었다. 턱에 살이 붙기 시작했지만 K의 웃는 모습은 여전히 매력적이었다.

─흐음, 사랑의 지점이라…… 이 친구 많이 멋지긴 하네요.

제이의 남편이 잔을 들어 K 남편의 잔에 부딪치며 말했다.

─제 눈에두요.

K가 자기 남편을 향해 눈을 찡긋하며 말했다. 그러고는 잔을 들어 제이의 잔에 부딪쳤다.

그들은 술집에서 나와 아파트 진입로를 따라 걸었다. 걷는 내내 K는 남편의 팔짱을 끼고 있었다. 제이는 맨 뒤에서 걸었다. K네 집 앞에서 그들은 헤어졌다. 제이는 남편의 팔짱을 꼈다. 몇 걸음 걷다 남편이 돌아서는 바람에 제이도 따라 돌아서야 했다. 남편이 그들을 향해 기분 좋게 외쳤다.

─뭔가 고백할 일 생기면 언제든 우리 집 뒤로 오세요. 빌려드릴게요.

입구로 들어서던 K 부부가 이쪽을 바라보았다. K가 손을 흔들며 대답했다.

─제 전화 받고 놀라지 마세요.

한동안 제이의 남편은 퇴근해 오자마자 남자에 대해 묻곤 했다. 오늘은 안 왔어? K도 마찬가지였다. 요가센터나 마트에 함께 갈 때마다 물었다. 제이네 부엌에서 맥주를 마시며 남자를 기다리기도 했다.

—그 남자, 정말 온 적이 있긴 한 거야?

—현주 씨, 제가 이러면 안 되는 것 잘 알고 있습니다.

K의 투정에 제이가 남자 목소리를 흉내 냈다.

—캬, 정말 우리한테 이러시면 안 되지.

K가 부엌 창을 향해 눈을 흘기며 맥주를 들이켰다. 둘은 함께 웃어젖혔다.

언제부턴가 남편도 K도 더 묻지 않았다. 하지만 그 시간대가 되면 제이는 여전히 부엌 창 너머에 주의를 기울였다. 치즈는 귀신같이 알고 달려와 짖어댈 준비를 했다. 어쩔 수 없이 간식을 던져줘 입을 막았다. 몇 번은 창문 너머에서 발소리 비슷한 기척이 나기도 했다. 가슴이 뛰었다. 하지만 곧 고양이나 산비둘기였다는 걸 깨달았다. 오래지 않아 제이도 남자를 잊었다. 치즈가 짖든 말든 내버려두었다. 치즈도 좋은 시절이 끝났다는 걸 알아챘다. 그 시간대가 되어도 코빼기도 보이지 않았다.

남자의 목소리를 다시 들은 건 5월이 끝나갈 무렵이었다. 하루가 다르게 무성해진 뒷숲은 한낮에도 어둑해 보였다. 등산로의 빽빽한 쥐똥나무 울타리에 희고 자잘한 꽃들이 터지듯 피어났다. 달콤한 향이 창문을 넘어왔다. 벌들이 윙윙대는 소리가 들렸다.

제이는 부엌 바닥에 앉아 상추를 손질하고 있었다. K가 주말농장을 하는 이웃에게서 얻은 거라며 나눠주고 간 거였다. 뿌리에 검고 차진 흙이 잔뜩 들러붙어 다듬는 데 시간이 걸렸다. 간혹 어떤 잎에는 달팽이가 붙어 있었다. 달팽이가 나올 때마다 제이는 짧은 비명을 질렀고 치즈가 달려왔다. 치즈는 별일 아니라는 표정으로 둘러보고는 그냥 가버렸다. 제이는 부엌 창 방충망을 열고 달팽이가 붙은 상추잎을 던졌다. 그 아래는 습하고 그늘진 곳이라 달팽이에게도 그편이 나을 거였다. 서너 잎을 그런 식으로 처리했다.

현주 씨.

남자의 목소리가 들린 건 마무리를 하고 있을 때였다. 제이는 자기 이름이 불린 것처럼 동작을 멈추었다. 방충망이 열려 있어 남자의 목소리가 또렷하게 들렸다. 남자는 목소리를 낮추려 애쓰는 것 같았다. 하지만 얘기하다 보니 감정이 격해져서인지 목소리가 높아지곤 했다. 제이의 귀에 들어온 얘기에 따르면, 남자는 꽤 긴 출장을 다녀왔고, 그사이 현주 씨의 뭔가가 달라졌다. 딱 꼬집어 얘기할 수 없지만 틀림없었다. 현주 씨에 대한 의혹과 불안으로 남자는 자꾸 말실수를 했고, 자주 한숨을 내쉬었다. 제이는 현주 씨 대신 말해주고 싶었다. 달라진 건 없다고. 당신의 목소리를 기다리고 있었다고.

언제 왔는지 치즈가 말간 눈으로 제이를 올려다보고 있었다. 굳이 짖지 않아도 알지 않느냐는 표정이었다. 제이는 흙 묻은 손으로 얼른 냉장고를 열었다. 그 순간 냉장고 모터의 둔중한 소리에 빠르고 맹렬한 소리가 끼어들었다. 부엌 창으로 벌 한 마리가 날아 들어온 거였다.

방향감각을 잃은 벌이 실내를 휘저었다. 거실 모서리나 부엌 전등갓에 부딪칠 때마다 위협적인 소리가 났다. 제이는 비명을 질렀고 치즈는 죽기 살기로 짖어대며 벌을 따라 뛰어다녔다. 상추를 담아놓은 플라스틱 바구니가 뒤집어졌다. 부엌 바닥에 흙이 튀고 상추가 흩어졌다. 제이는 식탁에 있던 잡지를 말아 쥐고 벌을 쫓았다. 제이의 헛손질에 거실 탁자 위에 놓인 사진틀이 쓰러졌다. 잠시 잠잠해졌다. 벌은 앞 베란다 창문에 붙어 숨 고르기를 하고 있었다. 제이는 살금살금 다가가 잡지 쥔 손을 뒤로 젖혔다. 그때 내리쳤으면 끝났을 거였다. 하지만 남자가 나타나는 바람에 타이밍을 놓쳤다. 큰 키에 마른 체형의 남자가 제이의 집 앞을 빠르게 지나치고 있었다. 제이는 얼른 블라인드 뒤로 숨었다. 저 남자가 그 남자라는 증거는 없지만 맞을 거라는 생각이 들었다.

벌의 날갯짓 소리가 들리지 않았다. 용케 부엌 창을 찾아 밖으로 나간 것 같았다. 조심스레 베란다 밖을 내다보았지만 남자의 모습도 보이지 않았다. 남자는 이제 다시는 '사랑의 지점'에 오지 않을 거였다. 제이는 허전한 마음으로 실내를 둘러보았다. 거실 바닥이 치즈의 흙 묻은 발자국으로 어지러웠다. 치즈는 보이지 않았다. 부엌 창 방충망이 열려 있는 게 눈에 들어왔다. 벌이 또 들어오기 전에 얼른 닫아야 했다. 그쪽으로 가는데 등 뒤에서 치즈의 비명이 울렸다. 꼬리라도 밟힌 것처럼 날카로운 소리였다.

　—어이, 치즈, 어쩌다 이런 거야?

　벌에 쏘인 부위는 꼬리가 시작되는 지점이었다. 그 자리가 호두알만 하게 부어올랐다. K의 남편이 하는 동물병원은 택시로 오 분 정도 되는 거리에 있었다. 파란 유니폼 차림의 그가 치즈를 받아 안으며 물었다. 오는 내내 낑낑거리며 불안해하던 치즈는 K의 남편을 보자 달라졌다. 다소곳해져서는 많이 아프다는 표정으로 그를 올려다보았다.

　—산책…… 하다가요.

　제이는 거짓말하는 게 내키지 않았지만 어쩔 수 없었다. 치즈가 고개를 돌려 제이를 바라보았다. 제이는 자신의 뺨이 붉어지는 걸 느꼈다.

　—산책하다 종종 이런 일이 있기도 해요. 지방에서 일하는 친구가 그러는데 거기선 뱀에 물려 오는 경우도 많다더라고요.

　처치를 하는 동안 K의 남편은 제이와 치즈에게 이런저런 말을 했다. 치즈는 알아듣기라도 하는 듯 그에게 몸을 맡긴 채 가만히 있었다. 제이의 남편에게는 보여주지 않는 태도였다. 제이가 반려견을 기르자고 했을 때 남편은 몇 가지 조건을 달았다. 절대 침대에 올려놓지 않기, 여행에 데리고 다니지 않기.

치료 과정은 신속하고 깔끔했다. 주저하거나 머뭇거리는 동작이 없었다. 지켜보는 동안 제이는 K의 남편이 지금까지 자신이 알고 있던 것보다 훨씬 전문적이고 부드러운 사람이라고 느꼈다. 기상관측 지점에 대해 얘기하던 그의 모습이 떠올랐다. 관측소 정원 벚나무에 꽃이 피지 않으면 아직 서울에는 벚꽃이 피지 않은 거예요.

—다 됐네요.

K의 남편이 치즈를 한 손으로 들어 자신의 겨드랑이에 탁 끼며 일어섰다. 치즈가 만족한다는 표정으로 주치의의 가슴에 얼굴을 비볐다. 치료가 너무 빨리 끝나버린 것 같았다. 제이는 자꾸 딴생각에 빠져 치즈에게 목 보호대를 해주라는 K 남편의 말을 흘려들었다.

치즈, 벌에 쏘였다며!

집에 도착하기도 전에 K한테서 전화가 걸려왔다. 제이는 기운 없는 목소리로 대답했다. 응. 산책하다가. 남편에게도 거짓말을 했다. 산책하다 그랬어.

쏘인 자리가 덧났다. 치즈가 자기 집에 틀어박혀 그 자리를 핥아댄 걸 제이는 몰랐다. 뒤늦게 목에 보호대를 둘러주었지만 소용없었다. 제이가 외출했다 돌아오면 보호대는 거실 바닥에 뒹굴고 있었다.

—등을 활처럼 구부린 다음 앞다리 사이로 머리를 집어넣 더라니까. 배를 지나 뒷다리 사이로 머리를 빼낸 다음 목을 최대한 비틀어 올려. 이제 혀를 할 수 있는 만큼 밀어내봐. 그 리고 핥는 거지.

제이 집에 들른 K는 제이의 설명을 들으며 치즈의 자세를 재연하기 위해 몸을 이리저리 꼬고 비틀었다. 그런 K를 보며 제이는 거실이 떠나가도록 웃었다.

—우리 요가 선생도 치즈처럼은 못할 거야.

—오, 치즈 구루님! 나마스테!

덧난 자리 때문에 병원에 다시 다녀야 했다. 병원에 가기 전, 제이가 거울 앞에 머무르는 시간이 조금씩 늘어났다. 몇 번씩 옷을 바꿔 입는 제이를 치즈가 물끄러미 바라보았다. 제 이는 인터넷 쇼핑몰에서 오렌지빛이 도는 립스틱과 발등이 드러나는 플랫슈즈를 주문했다.

치료 마지막 날, K의 남편은 치즈의 귓속을 면봉으로 꼼꼼 히 닦아내고 항문 주변의 털과 발톱을 정리해주었다. 치즈는 느긋하게 몸을 맡기고 있었다.

—이제 그만 와도 돼.

K의 남편이 치즈를 번쩍 들어 올려 눈을 맞추며 말했다. 그 말이 제이 자신을 향한 말처럼 들렸다. K의 남편이 치즈를 건 네주면서 두 사람의 손이 살짝 스쳤다. 별것 아니었다. 한 달 에 몇 번은 만나는 자리에서 잔을 부딪치다가, 접시를 건네다

가 숱하게 그랬을 거였다. 하지만 그 순간 설명하기 힘든 감정이 제이를 쓸고 지나갔다. 오랜 뒤에, 제이는 그날 병원 문을 밀고 나오던 자신의 표정이 어땠을지 떠올려보려 했지만 생각나는 게 없었다. 빨리 병원으로부터 멀어져야 한다는 생각뿐이었다. 택시가 잡히지 않았다. 제이는 치즈를 안고 빠른 걸음으로 걸었다. 치즈한테서 희미한 향이 올라왔다. K의 남편이 쓰는 비누나 핸드크림 향일 거였다. 기분이 뒤죽박죽이 되어갔다. 무겁게 가라앉았다가 고난도 요가 자세에 성공한 것처럼 기쁨이 차올랐다. 두근두근 가슴이 뛰었다가 그런 자신이 역겨워지기도 했다.

　—만져봐도 돼요?

　횡단보도 앞에서 신호가 바뀌길 기다리는 동안 옆에 있던 아이가 조심스레 물었다. 제이는 애써 미소를 지으며 대답했다.

　—물지도 몰라. 지금 기분이 좀 그렇거든.

　이틀 내내 비가 내렸다. 서울과 경기 남부 일원에 비가 내렸다는 기상 캐스터의 말에 제이는 중얼거렸다. 아, 경희궁 뜰에도 비가 내렸겠구나. 혼자 있는데도 뭔가 들킨 것 같아 제이는 헛기침을 했다.

　비가 그치자 기온이 빠르게 올랐다. K가 요가 시간을 오전 첫 시간대로 바꾸면 어떨지 물어왔다. 제이는 이참에 요가를 쉬고 싶었지만 아무 말 하지 않았다. K를 납득시킬 만한 이유를 찾는 게 더 어려웠다. 다행히 그 시간대에는 수강생이 적어 K와 멀찍이 떨어져 앉을 수 있었다. K는 앞줄 중앙에 나란히 앉았으면 했지만 제이는 맨 뒤 구석 자리로 갔다.

요가 시간 내내 제이는 강사의 구령을 자주 놓쳤다. 모두 왼팔을 뻗고 있을 때 제이 혼자 오른팔이었고, 셋 업! 하는 구령에도 그대로 누워 있었다. 쳐다보지 않으려 해도 제이의 시선은 자꾸 K에게 향했다. 그동안 아무렇지 않았던 K의 몸이 새롭게 보였다. 요가복 아래 드러난 K의 몸은 살짝 통통한 편이었지만 보기 좋은 비율에 균형감이 있었다. 엉덩이부터 발목까지 이어지는 선은 탄탄하고 건강해 보였다. 제이는 선망과 죄책감과 자신에 대한 혐오가 뒤섞인 눈으로 K의 뒤꿈치를 바라보았다.

생각을 지금 여기로 가져오세요.

강사가 제이 옆으로 와 속삭였다. 제이가 원하는 것도 바로 그거였다.

그런 식으로 며칠이 지났다. 감이 뛰어난 K에게 들키지 않으려 제이는 신경을 곤두세웠다. 다행히 K는 기말고사를 앞둔 아이와 씨름하느라 제이에게서 뭔가를 발견할 여력이 없었다. 제이는 이제 K와 K의 남편이라면 지긋지긋해졌다. 무엇보다도 무모한 열정에 들떠 있던 자신에게 화가 났다. 그렇게 스스로에게 시달리느라 남편이 퇴근할 무렵이면 제이는 손가락 하나 까딱할 힘이 없었다. 남편이 끓인 찌개는 너무 짰다.

—참, 재호가 주말에 셋이서 한잔하자던데? 지현 씨는 선우 시험 때문에 정신없나 봐. 시험 기간에 아빠들은 무조건 눈에 안 띄어줘야 한다던데? 시간 괜찮지?

제이는 수저를 내려놓으며 말을 흐렸다.

—글쎄.

글쎄. 왜 그랬을까. 다음 날, 제이는 바로 그 자리에 서 있었다. 십 년 넘게 거기 살았지만 집 뒤쪽으로 와본 것은 처음이었다. 바닥이 이끼로 덮인 것 말고는 특별한 게 없었다. '사랑의 지점'치고는 평범했다. 제이는 이끼가 눌린 흔적이나 발자국이 남아 있는지 살폈다. 평범하긴 해도 이곳이 고백의 지점이 틀림없다는 확신을 얻고 싶었다. 하지만 그동안 내린 비가 다 지워버렸다. 자신이 창밖으로 던졌던 상추잎도 녹아버리고 없었다.

배관을 타고 흐르는 물소리를 듣지 않았다면 제이는 그대로 돌아왔을 것이다. 그 소리를 시작으로 다른 소리들이 들렸다. 어느 집에선가 세탁기가 돌아가고 있었고, 초인종 소리가 울렸다. 계단을 뛰어내려오는 소리가 들리고, 피아노 소리가 끼어들었다. 일상의 익숙한 소음이 제이를 부추겼다.

제이는 남자가 서 있었을 거라고 여겨지는 지점에 섰다. 뭔가 불편했다. 옆으로 한 발짝 옮겨봤지만 마찬가지였다. 제이는 한참 동안 바닥을 내려다보며 서 있었다. 그러고는 마침내 생각났다는 듯 샌들을 벗었다. 이끼의 서늘한 감촉이 발바닥으로 전해졌다. 그제야 이 지점이라는 확신이 들었다.

신호음이 울리는 동안 제이는 발가락을 꽉 오므렸다. 팔뚝에 소름이 돋았다. 지금이라도 그만두어야 한다는 생각과 그러고 싶지 않다는 생각이 맹렬하게 싸웠다. 영원히 이어질 이런저런 소음 속에서 무엇이 이런 두근거림을 만들어낼 수 있을까. 그만두지 않으리라는 걸 제이 자신은 알았다.

전화기 너머에서 목소리가 들렸다. 제이는 숨을 멈추었다. 제이가 멈칫거리는 사이 K의 남편이 물어왔다.

아, 치즈 어디 아픈가요?

밤새 제이는 통화 장면을 되감기했다. K의 남편은 제이와 K가 함께 장난을 하고 있다고 받아들였다. 제이가 고백하자 웃음을 터뜨리며 말했다. 집사람 좀 바꿔주세요. 제이가 몇 달 전 이 자리에서 고백했던 남자의 말을 그대로 따라 한 뒤에야 장난이 아니란 걸 눈치챈 것 같았다. K의 남편은 아무 말도 하지 않았다. 침묵을 견디기 어려워 제이는 조금 전 자신이 한 말을 반복했다. 제가 이러면 안 된다는 것 잘 알고 있어요.

하루하루가 더디게 흘러갔다. 그럴 리 없다는 걸 알면서도 K의 남편에게서 전화가 올지 몰라 제이는 핸드폰을 놓지 않았다. 벨이 울리면 기대감으로 부풀어 올랐다가 아니라는 걸 확인한 순간 곤두박질쳤다. K한테서 걸려온 전화를 받지 않았다. 아니, 받을 수 없었다. 치즈는 제이가 불러도 오지 않았다. 가지런히 모은 앞발에 턱을 얹고 먼발치서 제이를 바라볼 뿐이었다.

며칠 뒤, 제이는 그 지점에 다시 서 있었다. 그러지 않으려는 자신을 또 다른 자신이 끌어다 거기에 세웠다. 핸드폰을 꺼내 K 남편의 번호를 눌렀다. 신호가 가는 동안 심장이 멎을 것 같았다. 그는 전화를 받지 않았다. 실망한 제이가 전화를 끊으려 할 때쯤 가라앉은 목소리가 넘어왔다. 제이는 자신이 무슨 말을 하는지도 모른 채 떠오른 대로 말을 했다. 치즈와 날씨에 관한 얘기를 하고 있다는 걸 얼핏얼핏 깨닫기는 했다. 휴대폰 너머에서는 아무 말이 없었다. 제이에게는 그편이 나았다. 그에게서 무슨 말을 듣게 될까 봐 두려웠다. 그게 무슨 말이든. 하루에 한 번, 딱 이만큼만 통화하면 안 되는지 묻고 싶었지만 그러지 못했다. 이러면 안 된다는 것 잘 알고 있어요. 그 말도 더는 하지 않았다.

제이에게 되돌릴 기회가 아주 없었던 건 아니다. 지난 며칠 요가에 빠진데다 전화도 받지 않자 K에게서 문자가 왔다. 돌아버리겠어. 문자의 마지막 문장을 한참 들여다보다 제이는 상가 카페에서 보자는 답장을 했다.

K가 먼저 와 기다리고 있었다. 오는 내내 제이는 두려움으로 제대로 걷기가 힘들었다. 깊은 물에 빠진 것처럼 발이 바닥에 닿지 않았다. 겨우 도착해 K의 표정을 본 순간에는 맥이 풀려 주저앉을 뻔했다. 그 일 때문이 아니라는 걸 K의 얼굴만 보고도 알 수 있었다.

시험을 그렇게 망치고도 밤새 카톡질인 거야. K는 남자 친구 문제로 딸애와 싸웠다고 했다고 했다. 예전의 일까지 딸려 나와 이번에는 정말 크게 싸운 모양이었다. K가 유일하게 지는 싸움이 딸애와의 싸움이었다. K는 딸애를 향한 험담과 원망과 걱정을 한 시간 넘게 늘어놓았고 제이는 말없이 들어주었다. 예전 같으면 아이 편도 들곤 했지만 지금은 가만히 있었다.

—나 좀 한심해 보이지?

K가 지겹다는 듯 자신의 머리를 헝클어뜨리며 물었다. 빨개진 눈에 또 눈물이 그렁해졌다. 제이 눈에도 눈물이 핑 돌았다. 가슴 저 밑에서부터 쓰라린 감정이 올라왔다. K를 향한 우정과 애틋함, 돌이킬 수 없는 실수를 저질렀다는 후회와 자책으로 제이는 앉아 있기 힘들었다. 일어서고 싶었지만 그럴 기운도 없었다. 다른 때 같으면 K 눈에 여지없이 걸려들었겠지만 아이가 두 사람을, 아니 네 사람을 구해주고 있었다. 아이는 이번에도 제이에게 이런 문자를 보내올 거였다. 이모,

울 엄마 좀 어떻게 해줘요!

그래도 화가 안 풀리는지 K는 코를 풀면서 딸아이를 향해 유치한 욕을 날렸다. 그래놓고 큭, 웃었다. 제이도 웃었다. 그러자 K가 좀 더 크게 웃었고 제이도 그랬다.

—배고파. 너는?

K가 눈가를 닦으며 물었다.

—나도.

다시 웃음이 터졌다. 옆 테이블의 젊은 연인들이 흘깃거리는 걸 알았지만 둘은 눈물이 쏙 빠지도록 웃었다.

웃느라 흘린 눈물이 제이의 눈을 닦아주었다. 제이는 자신의 눈을 가리고 있던 뭔가가 씻겨 나간 걸 느꼈다. 자신이 원하는 게 무엇인지 분명하게 보였다. K를 잃고 싶지 않았다.

그날 오후, 제이는 그 지점에 섰다. 다른 어디도 아닌 그 자리에서 용서를 빌어야 할 것 같았다. 다른 곳에서는 두려웠다. 무엇에 대한 용서인지 모르지만 그건 나중에 천천히 생각해도 되는 거였다. K의 남편은 전화를 받지 않았다.

제이는 다시 그 자리에 섰다. 이번이 마지막이었다. 이번에도 K의 남편이 전화를 받지 않는다면 그가 없던 일로 해주는 것이라고 생각하기로 했다. 그런 식으로 해주는 용서도 있을 거였다. 카페에서 만난 뒤로 K한테서는 전화가 없었다. 요가도 빠졌고 전화도 받지 않았다. 뭔가를 알아챘어야 하지만, 어쩌면 이미 짐작하고 있었지만, 제이는 두려움으로 모른 척했다. 샌들을 신는데 치즈가 현관까지 따라 나왔다. 짖지도 않고 올려다보기만 했다.

며칠이 지났을 뿐인데 처음 와본 듯 낯설었다. 제이는 핸드폰을 움켜쥔 채 아파트 외벽을 올려다보았다. 자신의 집 부엌 창문에서 시작돼 사층까지 이어진 가느다란 균열이 눈에 들어왔다. 그 틈새를 따라 핀 곰팡이 때문에 녹슨 철사처럼 보였다. 제이는 심호흡을 한 뒤 전화번호를 눌렀다. K의 남편이 없던 일로 해준다면, 비밀을 지켜준다면 예전으로 돌아갈 수 있을 거였다. 온전히는 아니어도 간신히 이어붙일 수는 있게.

신호가 가는 소리를 들으며 제이는 숨을 참았다. 심장이 졸아들어 단단하게 뭉치는 듯했다. 전화를 받을 수 없다는 안내 음성이 흘러나왔다. 제이는 진료실을 떠올렸다. 시추의 귀를 들여다보고 있는 그의 뒷모습이 보였다. 레고 조각을 삼킨 몰티즈의 복부 엑스레이 사진을 살펴보는 모습도 지나갔다. 그러느라 전화를 받지 못하는 거였다.

조바심에 제이는 샌들을 벗고 맨발로 이끼를 디뎠다. 서늘한 기운이 다리를 타고 올라왔다. 마지막이야. 제이는 발가락을 꼭 오므리며 중얼거렸다. 자신의 목소리로 확실하게 잘못을 빌고 싶었지만 통화가 안 된다면 더는 어쩔 수 없었다. 정말 마지막이야. 제이는 서른까지 센 다음 통화 버튼을 눌렀다. 이번에도 같은 안내 음성이 흘러나왔다. 절망으로 고개를 들었을 때, 건물 외벽을 돌아 누군가 걸어오는 게 보였다.

제이는 K에게 다른 어떤 것보다 맨발만은 감추고 싶었다. 이유 같은 건 떠오르지 않았다. 그러고만 싶었다. 제이는 다가오는 K에게서 눈을 떼지 못한 채 발로 바닥을 더듬어 샌들 한 짝을 찾았다. 나머지 짝을 찾다가 뭔가에 발바닥을 찔렸다. 이끼 위로 짧고 뾰족한 것이 튀어나와 있었다. 제이는 땅에 반쯤 묻힌 그것을 바라보았다. 이태원 노점에서 산 목각인형이었다. 똑같은 것 두 개를 사서 K와 하나씩 나눠 가졌었다.

어느새 제이 앞에 선 K도 그것을 보고 있었다. 인형은 검고 칙칙한 모습으로 썩어가고 있었다.

—우리 같네.

한 번도 들어본 적 없는 K의 목소리였다.

—선우 아빠한테 듣자마자 여기일 거라고 짐작했어.

제이는 한쪽은 샌들, 한쪽은 맨발인 자신의 발을 멍하니 내려다보며 고개를 끄덕였다. 왜 아니겠는가. 둘은 둘도 없는 친구였다. 이렇게 많은 별들 중에, 그 어느 별에 있더라도 찾아낼 수 있는 사이란 거였다. 하물며 이끼 낀 뒤뜰에서야.

지금 어디쯤이에요?

K의 이는 희고 단단하다. 치간은 치밀하고 촘촘해서 좀처럼 음식물이 끼지 않는다. 그의 일상도 비슷하다. 예정에 없던 일, 예측되지 않은 일이 끼어든 적이 없다. 지금까지 그래왔고 앞으로도 그럴 거였다.

오전 아홉시. K는 진료를 시작한다. 지난 십 년 동안 매일 여덟 시간씩 누군가의 입속을 들여다봐왔다. 야구공만 한 타인의 구강이 그의 직장인 셈이다. 엉망인 치열을 바로잡기 위해, 턱뼈에 임플란트 나사를 박기 위해, 손상된 신경 가닥을 잘라내기 위해, 누군가의 입속을 들여다보고 있는 그의 뒷모습은 시계수리공을 연상시킨다.

오후 여섯시. 진료가 끝나면 병원 근처 실내골프연습장에서 한 시간을 보낸다. 그리고 퇴근이다. 저녁 시간은 아내와 아이와 함께 보낸다. 주로 그가 듣는 편이다. 330밀리 기네스 두 병도 빠지지 않는다. 자정 무렵 양치질이 마지막 일과다. 양치질은 반드시 치실을 사용해 치간 사이를 꼼꼼히 훑어낸다.

K의 일상에 변화가 생겨나기 시작했다. 꽈리 모양으로 부푼 뇌혈관이 노모를 쓰러뜨렸고 아내는 아이의 어학연수를 고집했다. K는 순순히 받아들였다. 노모는 요양병원에 입원했고 아이는 어학캠프에 참가한다. 주말마다 K는 노모를 방문하고 방학 때마다 아내와 아이는 출국한다. K의 일상은 야구공만 한 구강에서 요양병원을 거쳐 밴쿠버로까지 확장되었다. 어쨌든 기네스와 치실로 하루를 마감한다는 사실에는 변함이 없다. 간혹, K가 지켜내는 것이 일상이 아니라 기네스와 치실인 것처럼 보일 때도 있다. 그리고 얼마 전 그의 일상에 콘티넨털 타이어 네 개가 굴러들어왔다.

지난달, K는 새 차를 구입했다. 독일산 세단이었다. 차에 관해서라면 K는 특별한 관심이 없었다. 치아에 비하면 차는 아름답지도 효율적이지도 않은 기계 덩어리에 불과했다. 굳이 따진다면 K에게는 콘티넨털 타이어의 세단보다 치실이 더 중요했다. 사실 치과용 기계를 제외하고 K는 기계치에 가까웠다. 눈만 뜨면 새로운 스마트 기기가 쏟아져 나오지만 K와는 상관없었다. 출시 예정인 아이폰을 사기 위해 상점 앞에서 밤을 새우는 사람들을 보면 이해하기 어려웠다. 그런 K도 이제 스마트한 물건 하나를 갖게 되었다. 자동차 키였다.

차 구입에 관한 모든 것을 아내가 알아서 했고 K는 자동차 키를 건네받기만 했다. 대리점 직원이 여러 기능을 설명해주었지만 K는 개폐 기능 말고 궁금한 건 없었다. 테두리를 크롬으로 처리한 키는 손안에 쏙 들어왔다. 그 점이 스마트해 보이긴 했다.

지난주, K의 아내와 아이가 출국했다. 둘은 밴쿠버에 사는 처형 집에 머문다. 몇 년 전 K도 함께 다녀온 적 있지만 뭔가 질린 기분이 되어 돌아왔다. 그 뒤로 방학이면 아내와 아이만 출국한다. K는 일 년에 두 번, 넉 달 정도를 혼자 보내게 된다. 지금이 그 기간이다. K의 주변 몇몇은 드러내놓고 밴쿠버를 부러워했다.

아파트 주차장에 들어섰을 때 내비게이션 하단에 뜬 시간은 어제와 같았다. 혼자 보내는 저녁 시간이지만 K의 퇴근 시간은 변함없었다. 지하 일층에는 자리가 없어 한 층 더 내려왔다. 거기도 빈자리는 많지 않았다. K는 흰색 SUV 옆에 주차한 뒤 잠시 그대로 앉아 있었다. 배라고는 가족과 함께 두어 번 타본 페리가 전부인데 주차선 안에 차를 세우고 나면 왠지 주차가 아니라 정박을 한 기분이 들었다.

차 안에서는 새 차 특유의 냄새가 났다. 아내라면 자주 환기를 했을 거였다. K는 창문을 내린 다음 선루프를 열기 위해 손을 뻗었다. 룸미러 위쪽에 있는 버튼 네 개 중 어느 것을 눌러야 하는지 헷갈렸다. 첫번째 버튼을 누르자 실내등이 켜졌다. 두번째도 아니었다. 아직 새 차에 익숙하지 않았다. 시동 버튼을 누른다는 게 비상등 버튼을 누르고, 오디오를 켜려다 내비게이션을 꺼트리는 식이었다. 그의 손끝에는 여전히 지난번 차의 기억이 남아 있었다. K는 선루프를 포기하고 시동을 껐다. 차체가 묵직하게 가라앉았다. 뭐든, 틀니든 새 차든 적응 기간이 필요했다.

차 밖으로 나왔을 때, 은빛 포르쉐 한 대가 들어오고 있었다. 전조등 불빛이 눈을 찔러 K는 반사적으로 눈을 깜박였다. 불빛이 맞은편 벽면을 훑으며 반원을 그렸다. 군데군데 서 있는 기둥 뒤로 검은 그림자가 떠올랐다가 사라졌다. 주차장을 반 바퀴 돌아 포르쉐는 대각선 건너 방향에 주차 중이었다. K는 그쪽을 일별한 뒤 통로로 나왔다. 서너 걸음 정도 걷던 그는 갑자기 생각난 듯 주머니 속의 스마트키를 꺼내 버튼을 눌렀다. 예전 차를 몰던 시절의 동작이었다. 새 차는 운전석 문을 닫는 순간 자동으로 잠금장치가 작동한다. 굳이 스마트키를 꺼낼 필요도, 버튼을 누를 필요도 없다. 하지만 그날은 손끝에 남아 있던 기억이 K도 의식하지 못하는 사이에 튀어나오고 말았다. 차에서 귀에 익은 신호음이 울렸다. 그 소리에 조금만 주의를 기울였다면 K는 자신의 실수를 알아챘을 것이다. 하지만 포르쉐의 바퀴 소리 때문에 산만해지고 말았다.

바닥에 방수도료를 칠한 지 얼마 되지 않아 유난히 큰 마찰음이 났다.

K는 혼자서 엘리베이터를 타고 올라왔다. 포르쉐에서 내린 누군가가 빠르게 걸어오는 소리가 들렸지만 얼른 닫힘 버튼을 눌렀다. 엘리베이터만큼 타인의 존재가 신경 쓰이는 공간도 없다. 나방 한 마리가 엘리베이터 천정에 설치된 CCTV 주변을 맴돌고 있었다. 파닥거릴 때마다 가루가 날리는 것 같았다. K는 팔을 저으며 구석에 바짝 붙어 섰다. 엘리베이터에서 내렸을 때, K는 무언가를 떨쳐버리려는 듯 손끝을 털어냈다.

아내의 모닝콜을 받았을 때 일어나야 했다. 다시 잠깐 눈을 붙인 게 문제였다. K가 눈을 떴을 때는 병원에 도착했어야 할 시간이었다. 개원하고 이런 실수는 처음이었다.

주차장은 차가 많이 빠져나가 휑했다. 자기만 늦은 것 같은 조바심에 K는 서둘러 운전석에 앉았다. 차를 출발시키면서 오늘 첫번째 예약 환자가 누구인지 생각해내려 했지만 떠오르지 않았다. 빠르게 코너를 돌아 지하 일층으로 올라왔다. 하지만 지상으로 올라가지 못하고 K는 거기서 차를 세워야 했다. 계기판 표시등에 빨간불이 들어와 깜박이고 있었다. 그 불빛이 무얼 가리키는 것인지 알 수 없었다. K는 안전벨트를 풀었다 다시 매보았고, 운전석 문을 열었다 닫아보았다. 불빛은 그대로였다. 머리를 숙여 계기판을 들여다본 뒤에야 트렁크가 열렸다는 표시라는 걸 알게 되었다. K는 얼른 문을 열고 나왔다. 어쨌든 트렁크 문을 덜컹거리며 달릴 수는 없었다.

트렁크 문이 한 뼘 정도 벌어져 있었다. 틈새로 그 안의 어둠이 살짝 보였다. K는 그냥 닫으려다 조금 들어 올려보았다. 거기에 뭘 넣어두었는지 얼른 생각나지 않았다. 그런데도 뭔가 찜찜한 느낌이었다. K는 트렁크 문을 들어 올렸다. 텅 빈 내부가 기괴할 정도로 넓어 보였다. 그제야 골프 가방이 떠올랐다. 이 주 전인가, 대학 동기들과 필드에 다녀온 뒤 그대로 싣고 다녔다. 연습장에는 따로 세트가 있어 굳이 꺼낼 필요가 없었다. 아내가 있었다면 잔소리를 했을 것이다.

오늘 아침, 뭔가가 조금씩 어긋나고 있었다. K는 허리를 숙여 트렁크 안으로 깊숙이 상체를 밀어 넣었다. 출근을 서둘러야 했지만 허리를 더 낮추고 뒤꿈치까지 들었다. 머리가 트렁크 끝에 닿았다. 허리가 뻐근해지는 걸 무시하고 그대로 있었다. 트렁크에서 K를 꺼내준 것은 휴대폰 벨 소리였다. 운전석에 두고 내린 휴대폰이 울렸다.

―원장님!

처음 듣는 목소리였다. 머뭇거리는 사이 저쪽에서 다시 목소리가 흘러나왔다.

―원장님, 지금 어디쯤이세요?

순간 K는 트렁크에서 시체라도 발견한 것처럼 놀랐다. 오

년 넘게 들어온 김 간호사 목소리였다. 예약 시간에 도착하지 않은 환자에게 전화를 걸 때마다 김 간호사는 그렇게 묻는다. 지금 어디쯤이세요?

　—아직 주차장이에요.

　K는 휴대폰을 든 채 트렁크를 내려다보았다.

　—네? 아, 요 밑이시라구요? 환자분 기다……

　—미안한데 시간 다시 잡아줘요.

　진료 약속 시간을 지키지 못한 건 개업하고 처음 있는 일이었다. 김 간호사가 무슨 말인가를 하고 있었지만 K는 휴대폰을 껐다. 문득, 밴쿠버는 지금 몇 시지, 하는 생각이 들었다. 언젠가 처형이 한 말이 떠올랐다. 밴쿠버는 재미없는 천국이야. 서울은 정말 재미있는 지옥이고. 처형의 말이 아니라 책에서 봤던 건가? K는 자신이 충격을 받은 상태라는 걸 인정했다. 골프 가방 때문이 아니었다. 사라진 것이 치실 한 가닥이었대도 마찬가지였을 것이다. 누군가 자신의 트렁크에 손을 집어넣었다. 자신의 치간처럼 치밀하고 촘촘하다고 믿었던 일상에 누군가의 손이 비집고 들어온 것이다. K는 트렁크 문을 닫고 시동을 껐다. 재미없는 지옥에 불시착한 기분이었다. 금방 끝날 거야. 그는 일부러 소리 내 중얼거렸다.

　—주차장 CCTV 좀 볼 수 있을까요?

아파트 관리실에 와본 건 처음이었다. 모니터와 서류를 들여다보고 있던 직원들이 K의 말에 일제히 고개를 들었다. K는 자신에게 쏠린 시선을 받을 자격이 있다는 듯 얼떨결에 고개를 끄덕였다. 맨 안쪽 책상에 앉아 있던 남자가 긴장한 표정으로 일어섰다. 소장이라고 적힌 아크릴 명찰이 유니폼 왼쪽 가슴에서 반짝였다.

—누군가 제 차에 손을 댔습니다.

관리소장이 K를 안쪽으로 안내했다. K의 신원과 입주민이라는 사실이 확인된 뒤 속도가 나기 시작했다. 소장의 지시를 받은 직원이 주차한 위치, 주차한 시각, 사라진 물건이 무엇인지 기록했고 곧 관제실로 함께 들어갔다. 수십 대의 모니터에 단지 안 산책로와 공원, 계단과 출입구, 엘리베이터 내부와 주차장이 떠 있었다. 단지 안에 그렇게 많은 CCTV가 있는지 몰랐다.

—선생님이신 것 같네요.

화면을 들여다본 지 얼마 지나지 않아 소장이 화면 속의 남자를 가리켰다. 이쪽을 보고 있던 여직원이 K와 눈이 마주치자 어설프게 미소를 지으며 목례를 했다. 복잡한 치열 때문에 치열이 몇 겹은 되어 보였다.

—그러네요.

K는 굳은 표정으로 고개를 끄덕였다. 자신의 모습을 화면으로 보는 건 언제나 불편하다. 아이의 돌잔치나 입학식 때

찍은 동영상을 다시 본 적 없다. 아내와 아이가 그걸 보고 있는 것만 봐도 불편했다.

잠시 후, 화면 속에서 K는 자동차 키를 누르는 동작을 하고 있었다. 그런 자신의 모습에 K는 고개를 갸웃했다. 그런 기억이 없었다. 새 차는 그럴 필요가 없었다.

—조금 빨리 감겠습니다.

소장이 K의 표정을 살피며 말했다. 그러기로 작정하고 관리소에 온 것이지만 K는 점점 불편해졌다. 보안요원 복장의 직원 셋은 등을 보인 채 다른 업무를 보고 있었지만 온통 이쪽으로 귀를 열어두고 있었다. 화면에서 한 번도 눈을 떼지 않는 소장의 옆모습에서 K는 소장이 이 일을 즐기고 있다는 인상을 받았다. 화면 속에서는 쉬지 않고 차들이 들어왔다 나가고 사람들이 나타났다 사라졌다. 차에서 내린 사람들은 머뭇거림 없이 곧장 엘리베이터 쪽으로 걸었다. K 자신도 그랬을 것이다. 하지만 이제부터는 그러지 못할 거라는 생각이 스쳤다. K는 화면에 집중하기가 어려웠다. 차라리 CCTV가 아무것도 잡아내지 못했으면 하는 생각이 들었다. K는 자리에서 일어섰다. 아무 일 없었던 걸로 하고 얼른 그 자리에서 벗어나고 싶었다. 그때 소장이 화면을 정지시키며 모니터를 톡톡 쳤다.

—이거네요.

한 남자가 K의 차 트렁크에서 골프 가방을 꺼내는 장면이었다. 정지화면 속 남자의 동작은 가방을 꺼내는 것이 아니라 조심스럽게 넣어두려는 것처럼 보이기도 했다. K는 숨을 참았다가 조용히 내쉬었다. 소장이 화면을 빠르게 뒤로 돌렸다가 정상 속도로 틀었다. 큰 키에 단정한 차림의 남자가 K의 차 앞을 지나친다. 젊고, 건강하고, 당당해 보이는 걸음걸이다. 통로까지 나온 남자가 고개를 갸웃하며 멈춰 선다. 되돌아 K의 차로 걸어간 남자가 한참 동안 트렁크를 내려다보고 서 있다.

─아, 트렁크가 열린 것 같은데요?

소장이 K를 올려다보며 말했다. 안경 안쪽 그의 눈이 생기로 반짝였다. 모니터 속의 남자는 트렁크 문을 올리고 골프 가방을 꺼내 들었다. 그러고는 엘리베이터 쪽으로 걸었다. K가 타고 올라왔던 엘리베이터였다.

─허참, 저분도 트렁크를 제대로 안 닫네요.

재미있어 하는 표정을 애써 감추며 소장이 말했다. 관제실 직원이 엘리베이터 내부를 촬영한 화면을 찾아 모니터에 띄웠다. K는 주머니 속의 스마트키를 만지작거리며 모니터에서 눈을 떼지 않았다. 엘리베이터가 올라가는 내내 남자는 골프 가방을 한 팔로 안고 있었다. 그 모습이 너무 자연스러워 당연히 그래야 하는 것처럼 보였다. K와 같은 라인에 사는 남자는 맨 위층에서 내렸다. 엘리베이터 문이 닫히는 걸 보며 K는 만지작거리던 스마트키의 버튼을 눌렀다. 멀리서 자동차의 신호음이 울린 듯했다. K는 스마트키를 꺼내 들었다. 그리고 눈으로 확인하기도 전에 자신의 실수를 깨달았다. 자신이 누른 건 트렁크 열림 버튼이었다. 예전 키에서는 그 위치가 문잠금 버튼이었다.

소장이 K와 남자가 사는 라인의 경비원을 호출했다. K는 그만 일어서야지 하면서도 그대로 앉아 있었다. 머리 위쪽에서 나방이 붕붕거리는 것 같아 한번 올려다봤을 뿐이다. 경비원을 기다리는 동안 간호사에게서 다시 전화가 걸려왔다.

원장님, 지금 어디쯤이세요?

모니터 속의 남자를 확인해주면서 경비원은 믿지 못하겠다는 반응이었다. 그럴 분이 아닌데 말입니다. 경비원이 K를 쳐다보며 중얼거렸다. K는 나이 든 경비원을 놀라게 한 것이 자기 탓인 것 같아 불편했다. 누렇고 부실한 그의 아랫니를 쳐다보며 K는 동의한다는 듯 고개를 끄덕였다.

직원이 컴퓨터에서 남자의 전화번호를 찾아 적어주었다. 메모지를 받아 들며 K는 정리했다. 어제 이 시간대 자신은 진료실 의자에 앉아 누군가의 입속을 들여다보고 있었고, 좀 늦긴 했지만 오늘도 그렇게 할 거였다. 유쾌한 일은 아니지만 이런 일은 누구에게나 일어날 수 있었다. 이 정도 일로 자신의 일상이 틀어지지는 않을 거였다.

─아무튼 다행입니다. 외부 소행이면 일이 복잡했을 텐데……

서둘러 나오는 K의 등에 대고 소장이 말했다.

두 시간 남짓 뒤로 밀려난 하루가 다시 돌아가기 시작했다. 예약 환자들은 화를 내고 돌아갔거나 불만스러운 표정으로 앉아 있었다. 접수대에서 간호사에게 항의하는 소리도 들렸다. 점심시간까지 K는 진료 의자에서 한 번도 일어나지 못했다. 직원들은 궁금해하면서도 선뜻 묻지 못했다. K는 진료와 관계된 말 이외에는 한마디도 하지 않았다.

점심시간이 끝나갈 무렵 K는 전화번호가 적힌 메모지를 꺼내 들었다. 간단했다. 거기 적힌 열한 개의 숫자를 누르고 가방을 돌려놓으라고 말하면 되는 거였다. K는 번호를 누르다가 마지막 숫자 하나를 남기고 그만두었다. 문자로 메시지를 남기려다 그것도 그만두었다. 무언가가 자꾸 방해했다. 오후 진료 시작 전 아내와 통화하면서도 골프 가방에 대한 얘기는 하지 않았다. 거기에는 골프 가방이 아닌 다른 무엇인가가 있었는데 제대로 전달할 자신이 없었다.

오후에도 똑같은 상황이 반복되었다. K는 수없이 메모지를 접었다 폈다 했다. 접힌 부분에서 섬유질이 일어났다. 누군가의 구강에 집중하기 어려웠다. 누군가의 치아를 핸드피스로 깎아내다 하마터면 누군가의 혀를 깎아낼 뻔했다. 옆에서 보조하던 간호사가 흐흡, 소리를 내며 숨을 들이켰다.

마지막 환자는 창백한 안색에 비쩍 마른 젊은 남자였다. 왼쪽 아래 어금니에 임플란트를 하고 싶다는 남자는 K가 입을 벌려달라고 부탁하자 고개를 저었다.

—그전에 먼저…… 임플란트에 도청 장치가 들어간다고 들었어요.

남자가 주저하면서 말했다. 농담치고는 지나치게 진지한 표정이었다. K는 살짝 몸을 뒤로 뺐다. 남자는 이미 다른 치과 여러 곳을 거쳐 왔다고 했다.

—모두 아니라고 해요. 다들 저를 속이고 있는 겁니다.

남자가 원하는 것은 진실이라고 했다. 여기에서만은 진실을 듣고 싶다, 그럼 얼마든지 입안을 보여주겠다. 남자는 이제 거의 울 듯한 표정을 하고 있었다. 다른 때 같았으면 K는 대수롭지 않게 넘겼을 것이다. 하지만 그날은 달랐다. 뭔가가 조금씩 어긋나고 있었다. K는 자신의 트렁크에 침입한 사람이 바로 눈앞의 남자이기라도 한 것처럼 적의를 느끼며 진료 의자에서 일어섰다.

—맞습니다. 현대의학 기술로는 도청 장치 없는 임플란트는 상상도 못하죠.

병원 주차장에 세워둔 차 안에서 K는 한참을 앉아 있었다. 뭔가에 잔뜩 오염된 기분이었다. 그 상태로는 골프연습장으로도 집으로도 가고 싶지 않았다. 엉뚱하게도 요양병원에 있는 노모가 떠올랐다. 퇴근하고 찾아가면 어머니의 수면을 방해할 수 있어 주말에만 면회를 가곤 했었다. 어머니는 초저녁 잠이 많았다.

병실에는 노모 혼자 있었다. 간병인은 보이지 않았다. 일년 넘게 노모를 돌봐온 간병인은 그 층에서 터줏대감 역할을 하고 있었다. 여기저기 참견하느라 노모 곁을 비우는 시간이 많다는 걸 K는 아내에게 들어 알고 있었다. 더군다나 예정에 없는 방문에다 전화도 하지 않고 올라온 참이다. 병실에 올라오기 전에 꼭 간병인에게 먼저 전화를 했었다. 물휴지나 기저귀가 떨어지지 않았는지 묻기 위해서지만 진짜 이유는 지금 올라가니 얼른 노모 곁에 계시라, 알려주기 위해서였다.

노모는 잠들어 있었다. 틀니를 빼낸 양 볼이 홀쭉했다. 잘때 아니면 노모는 한사코 틀니를 빼려 하지 않았다. 검사를 위해 틀니를 빼야 할 때도 고집을 부려 주치의나 간호사를 난처하게 만들곤 했다.

노모의 틀니는 보관함에 담겨 침대 옆 협탁에 놓여 있었다. 금속 틀과 흰 의치, 붉은 실리콘으로 이루어진 그것은 노모와 아무 상관없는 물건처럼 보였다. 언젠가 언뜻 본 장면이 떠올라 K는 고개를 돌렸다. 노모가 틀니를 끼우는 장면이었는데, 노모는 틀니를 남은 이 사이에 조심스럽게 거는 것이 아니라 그것을 입속에 숨기려는 듯 거칠고 화난 동작으로 밀어 넣었다. 금속 틀이 번쩍였던 게 생각났고 거기에는 분명 고개를 돌리게 하는 무언가가 있었다.

이웃 병실에서 텔레비전 소리가 들려왔다. K는 그만 돌아갈까 하다 조용히 의자를 끌어와 침대 옆에 앉았다. 침대등 아래에서 보는 노모의 얼굴이 낯설었다. 가슴은 규칙적으로 오르내리고 이불 바깥으로 한쪽 손이 빠져나와 있었다. 차고 축축할 거였다. 그 손을 흔들어 노모를 깨우고 싶은 충동을 참느라 K는 손바닥을 바지에 문질렀다. 어머니를 볼 때마다 늘 떠오르는 질문 하나가 있었다. 늘 묻고 싶지만 영원히 묻지 못할 거였다. 간병인은 K가 나올 때까지 돌아오지 않았다.

차는 삼층 옥외 주차장에 있었다. K는 난간에 기대서서 담배를 꺼내 물었다. 젊은 어머니가 뭔가를 훔치는 장면을 목격하는 것, 누군가의 임플란트에서 도청 장치를 발견하는 것. 어느 것이 더 아찔할까.

중학교 2학년, 학교에서 돌아오던 K는 길 건너편 생선가게에 들어가는 어머니를 보았다. 가게 안에는 손님 몇이 더 있었고 주인은 구석에서 생선을 손질하는 중이었다. K가 어머니에게 건너가기 위해 차도로 내려섰을 때 그 일이 일어났다. 어머니가 진열대에서 기다랗고 번쩍이는 뭔가를 집어 들더니 장보기 가방에 쑤셔 넣은 것이다. 먼 훗날 금속성의 틀니를 입속으로 쑤셔 넣듯이. 순식간의 일이었고 K는 얼른 인도로 올라와 몸을 숨겼다. 어머니는 이제 막 자신이 저지른 일을 잊은 듯 꼼짝도 않고 서 있었다. 누군가가 지나가느라 어머니를 밀쳤는데도 말이다. 은색의 날렵한 생선 꼬리가 대파 줄기와 함께 가방 밖으로 삐져나와 있었다. 주인의 커다란 칼은 쉬지 않고 도마를 내리치고 토막 난 생선 대가리가 아래쪽 통으로 떨어져 내렸다.

K는 담배를 힘주어 빨았다. 고개를 들어 병원 건물의 창문을 헤아려보았다. 노모의 병실을 찾을 수 없었다. 어머니는 작고 조용한 사람이었다. 약한 턱과 부실한 잇몸만 빼면 건강했고 미인이라는 소리를 들었다. 그날 K는 자신과 어머니가 완전히 분리되는 걸 느꼈다. 자신이 무엇에 놀랐는지는 오랫동안 헷갈렸다. 어머니의 행위 자체인지, 훔친 물건이 '갈치'여서인지 명확하지 않았다. 그래야 할 만큼 어려운 형편이었다면 놀라지 않았을까? 갈치가 아니라 예쁜 찻잔이나 립스틱 따위를 장보기 가방에 쑤셔 넣었다면 이해할 수 있었을까?

K는 주머니 속의 휴대폰을 꺼내 들었다. 신호가 가는 동안 K는 한곳에 서 있질 못하고 이리저리 서성였다. 한동안 생선 요리라면 절대 입에 대지 않는 것으로 어머니가 준 충격에서 빠져나왔다고 믿은 적 있었다.

종료 버튼을 누를까 할 때쯤 폰에서 남자 목소리가 울렸다. 상대방까지도 차분하게 만드는 목소리였다. K가 전화한 이유를 말하는 동안 남자는 듣고만 있었다. K는 자신의 목소리가 떨리는 것을 느꼈다. 그것이 상대에게 전해지지 않기를 바랐다.

─잘못 아셨는데요.

남자가 말했다. 그 대답이 오히려 K의 긴장을 풀어주었다. K는 담배 한 개비에 새로 불을 붙였다.

─가방만 돌려주면 됩니다. 그럼 되는 겁니다.

─아니라니까요.

─어제 그 자리에 주차하겠습니다. 자리가 없으면 그 근처에. 트렁크를 열어두죠. 오늘 밤까집니다.

─자꾸 왜 이러시는 겁니까? 아니라는데!

K는 자신이 좋은 아들이 아니라는 사실을 인정한다. 예의 바르고 공손했지만 부모에게 마음을 연 적이 없었다. 주변을 봐도 비슷했고 그래서 죄송한 마음 따위는 없었다.

─그럼 저로서도 어쩔 수 없네요.

K는 구두 앞축으로 담배를 비벼 껐다. 폰 스크린도 비벼 끄려는데 남자의 다급한 목소리가 넘어왔다.

─잠깐만요……

골프 가방이 돌아왔다. 가방 옆에는 포장한 선물 상자가 함께 놓여 있었다. 꽤 비싼 브랜드의 골프 모자가 상자 속에 들어 있었다. 궁금해하는 경비원에게 K는 잘 해결되었다고 말해주었다. K는 진심으로 그렇게 여겼다. 잘 해결되었다고.

한동안 주차장이나 엘리베이터에서 누군가와 마주치면 신

경이 쓰였지만 이제는 아무렇지 않았다. 모든 것이 골프 가방 이전으로 돌아갔다. 아침이면 어김없이 밴쿠버로부터 모닝콜이 걸려왔고, 병원 주차장에 여유 있게 도착했으며, 부실한 잇몸과 치열로 고생하는 환자들은 여전히 많았다. K는 핸드피스가 내는 소음과 모형 치아틀이 주는 기쁨을 새삼스럽게 느꼈다. 저녁 시간은 기네스 두 병과 텔레비전으로 채워졌고 마무리는 역시 500D 굵기의 나일론 치실이 해주었다. 주말이면 노모를 방문했고 필드에도 다녀왔다. 선물 받은 모자는 상자째 클럽 휴게실 탁자 위에 두고 왔다.

　남자를 보게 된 건 삼 주쯤 지난 뒤였다. 엘리베이터가 내려오기를 기다리던 K는 먼저 탄 일가족과 동승하게 되었다. 유치원생으로 보이는 남자아이는 세련된 차림의 엄마 옆에 붙어 서 있고, 그보다 어린 여자아이는 아빠 품에 안겨 있었다. 아내처럼 남자도 젊고 감각 있는 차림이었다. 거기다 차분하고 신뢰감을 주는 인상이었는데 그건 전적으로 균형 잡힌 턱선 때문이었다. 마스크를 쓰고 있었지만 그 아래로 드러난 윤곽을 알아볼 수 있었다. 남자는 K가 엘리베이터로 들어설 때 살짝 비켜서주었다. K는 몸을 돌려 문을 향해 섰다. 등 뒤의 그들에게서 은은하고 기분 좋은 향이 풍겼다. 그러니까 가족이야. 맥락 없이 그런 생각이 스쳤다.

　남자의 휴대폰이 울린 건 이층을 통과하고 있을 때였다. 남자가 작은 목소리로 전화를 받았다. 그 순간 K는 자신의 귀가 반사적으로 움찔하는 것을 느꼈다. 귀는 그 목소리를 기억하고 있었다. 손끝이 예전 자동차 키의 감각을 기억하듯이. 뒤돌아 남자의 얼굴을 똑바로 보고 싶었지만 K는 자신이 그러지 않을 거라는 걸 알았다. 엘리베이터가 멈추고 K가 주춤하는 사이 남자아이가 그를 지나 튀어나갔다. 일가족이 차례로 내렸다. 통화 내용으로 보면 그들은 어느 모임에 참석하러 가는 중이었고 뭔가 축하받을 일이 있었다. 남자가 K 앞을 지나치며 가볍게 목례를 했다.

K는 자신의 차를 어디 주차했는지 잊은 사람처럼 서성였다. 딴 데를 보는 척했지만 K는 그들의 뒷모습에서 눈을 떼지 못했다. 그 가족에게는 결코 침범당한 적 없는 친밀함과 안정감이 배어 있었다. 무엇보다도 남자는 그런 일을 저지를 만한 사람으로 보이지 않았다. K는 뭔가에 모욕당한 기분이 되었다. 남자에게 받아내야 할 것이 아직 남아 있다는 생각이 들었다. 선물 상자에 넣은 모자 따위로 하는 사과가 아니라 좀 더 다른 사과가 필요했다. 왜 그러신 거예요? 노모에게 하지 못한 질문과 대답을 그 남자에게서 받아내야 했다. 쉽게 용서해주었으니 남자도 그 정도는 해줘야 했다. K는 휴대폰을 꺼내 들었다. 액정에 키패드가 떴지만 남자의 번호가 생각나지 않았다. 당연한데도 자신이 중요한 실수를 한 것 같아 조바심이 났다. 그들을 태운 포르쉐가 K 앞으로 부드럽게 지나가고 있었다. 차체가 뿜어내는 은빛 광택이 가방 속으로 욱여넣어

지던 갈치의 번쩍임으로 변해갔다. 운전석의 남자가 낯설면서도 동시에 오래전부터 알고 지내온 사이처럼 느껴졌다. 차 번호는 기억하기 쉬운 조합이었다.

K는 남자가 자신과 비슷한 시간대에 퇴근한다는 것을 알게 되었다. 그 시간대에는 지하 이층에서 주차할 자리를 찾게 마련이었다. 언제부턴가 K는 시동을 끈 차 안에서 남자의 차를 기다렸다. 많은 차가 짧은 간격으로 오갔지만 K는 불빛만으로도 남자의 차를 알아볼 수 있었다. 남자가 주차할 자리를 찾는 동안 K는 룸미러로 그 차의 불빛을 따라갔다. 주차를 마친 남자는 곧장 차에서 나와 엘리베이터로 향했다. 남자의 적당한 보폭과 당당한 걸음걸이에서 무언가를 찾아내려는 것처럼 K는 그에게서 눈을 떼지 않았다. 남자의 치아와 치열을 한 번만 볼 수 있다면 그에 대해 더 많은 것을 알아낼 수 있을 거였다. 남자가 엘리베이터 안으로 사라지고 나면 K는 차에서 나와 그 뒤를 따랐다. 남자를 태운 엘리베이터가 상승하고, 이십오층에서 남자를 내려놓느라 잠시 머물고, 자신을 태우기 위해 다시 하강하는 일련의 과정을 K는 변해가는 숫자판 불빛으로 확인했다. 가끔은 다시 주차장으로 돌아와 남자의 차로 가보기도 했다. 엠블럼에 박힌 검은 말을 골똘히 내려다보거나 트렁크를 가볍게 두드려보았다. 후드에 손을 얹어 엔

진의 열기가 서서히 식어가는 걸 느끼기도 했다.

남자의 우편물에 손을 댄 건 얼마 지나지 않아서였다. K는 자신의 우편물을 챙기다 남자의 것을 몇 개 슬쩍했다. K는 그 우편물이 자신의 의지와 상관없이 손에 들어오기라도 한 것처럼 그걸 감추지도 버리지도 못하고 손에 쥔 그대로 엘리베이터에 탔다. 집에 들어와 안전하다는 걸 실감한 뒤에야 떨리기 시작했는데 그 뒤로도 몇 번 더 그런 일이 반복되었다. 우편물에 따르면 남자의 차는 지난달 선릉역 사거리에서 신호위반을 했고, 부부는 유명한 사립대 동문이었으며, 인근 백화점의 VIP 고객이고, 몇 개의 펀드에 꽤 많이 투자하고 있었다. 남자의 아내는 K의 아내와 같은 브랜드의 화장품을 사용하고, 유기농 매장과 인터넷 서점을 자주 이용했다. 가족 중 누군가가 단지 상가에 있는 치과에서 진료를 받았고, 지난달에는 근처 유명 셰프가 운영하는 식당에 주말마다 다녀왔다.

그 새로운 일이 K에게 활력을 주었다. 퇴근 시간에 맞추기 위해 치료 과정 중의 일부를 간호사에게 부탁하기도 했다. 전에 없는 일이었다. 직원들은 원장에게 연인이 생겼다고 결론을 내렸다.

사모에게 알려줘야 하는 거 아니야?

굳이?

골프연습장 코치는 전화를 걸어와 레슨에 계속 빠지는 이유를 조심스레 물었다. 한번은 차 안에서 한 시간 넘게 남자를 기다린 적도 있었다. 간병인의 전화를 받고서야 그날이 노모의 주치의와 면담하는 날이라는 걸 깨달았다.

그런 시간이 이어지다 무언가가 K를 흔들어대기 시작했다. K는 양치 후에도 개운하지 않아 치실을 840D 굵기로 바꾸었다. 경비원과 몇 번 마주쳤는데 뭔가 할 말이 있는 것처럼 보였다. 남자의 우편물을 처리하는 것에 점점 신경이 쓰였다. 병원으로 가져와버렸지만 누군가가 발견할 수도 있었다. 어떤 날은 조바심에 너무 많은 기네스를 마셨다. 브레이크와 엑셀의 위치가 갑자기 헷갈린다든지, 환자가 누운 침대의 높이를 조절하지 못해 당황하기도 했다. K의 고민을 해결해주려는 듯, 엘리베이터 게시판에 우편물 도난 사고에 대한 경고문이 붙었고 우편함 위쪽에 CCTV가 설치되었다. K는 이쯤에서 끝내야 한다는 걸 직감했다. 그동안 소홀했던 걸 벌충하기 위해 노모를 사흘 연속 방문했고 늦게까지 머물다 왔다. 다음날 간병인이 전화를 걸어와 조심스럽게 말했다. 어르신이 주무시는 시간을 놓치면 밤새 애먹어요.

아내와 아이가 귀국할 날이 며칠 남지 않았다. K는 혹시라도 남자의 우편물이 남아 있는지 식탁과 소파 주변을 살폈고 빈 기네스 병을 깨끗이 치웠다. 모든 것이 팔 주 전 그대로였다. 완벽했다. K는 어디 먼 데에 다녀온 듯한 기분으로, 정작 귀가를 앞둔 건 아내와 아이가 아니라 자신이라는 기분으로 며칠을 보냈다. 누구에게나 비밀은 있기 마련이었다.

K는 이번에도 공항에 직접 마중 나가기로 했다. 퇴근해 한 시간 남짓 골프 연습을 하고 출발하면 알맞게 도착할 수 있었다. 연습이 끝난 뒤 K는 햄버거 하나를 사서 출발했다. 퇴근 길이라 중간중간 정체 구간이 있었다. 신호 대기에 걸릴 때마다 햄버거를 한 입씩 베어 물었다. 혀에 스미는 육즙이 K를 만족시켰다. 턱이 뻐근해질 만큼 기분이 괜찮았다. 아이는 좀 더 자랐을 테고, 아내는 몰아치는 잔소리와 집안일로 그동안의 공백을 메울 거였다.

　마지막 한 입을 삼킨 후, 작은 문제가 생겼다. 뭔가가 잇새에 단단히 낀 것이다. 왼쪽 아래 어금니였다. 혀로 밀어내보았지만 그대로였다. 이번에는 뺨이 홀쭉해지도록 빨아들이기를 반복했다. 거슬릴 정도로 츱츱, 거리는 소리가 났다. 혀끝이 얼얼하고 쓰라렸지만 그것은 좀처럼 빠져나오지 않았다. 침에서 피 맛이 났다. 복잡할 것 없이 치실 한 번이면 된다는 생각에 점점 참을 수 없게 되었다. 도로 양쪽을 훑어보았지만 상가는 보이지 않았다. 주춤거리는 사이 택시가 바로 앞으로 끼어들었다. K는 브레이크를 밟으며 욕을 내뱉었다. 뒤차들이 길게 경적을 울렸다. 진땀이 흘렀다. 이제는 왼쪽 턱 전체가 욱신거리는 것 같았다. 신경 쓰지 않으려 해도 점점 더 예민해졌다. 그 상태로 공항까지 가는 건 무리였다. 치실 파는 곳을 찾아 돌아다니느니 병원으로든 집으로든 얼른 들렀다 가는 편이 나았다. 집이 더 가까웠다.

주차를 하고 나자 맥이 풀렸다. 서둘러야 했지만 K는 잠시 그대로 있었다. 휴대폰으로 시간을 확인했다. 많이 늦지는 않을 거였다. 차에서 내린 K는 왼뺨을 손바닥으로 감싼 채 엘리베이터로 향했다. 엘리베이터는 십층을 통과해 내려오는 중이었다. 숫자가 줄어드는 걸 바라보면서 K는 혀로 계속 잇새를 밀었다.

하필 엘리베이터에서 내린 건 남자의 가족이었다. K는 하마터면 알은척할 뻔했다. 이번에도 남자의 아내와 아들이 먼저 나오고 딸아이를 안은 남자가 뒤따랐다. 서로 엇갈려 스치는 순간 남자가 K에게 가벼운 목례를 한 것도 같았다. 엘리베이터에 들어서면서 K는 음식점 테이블에 둘러앉은 그들을 상상했다. 주방에 있던 셰프가 나와 직접 주문을 받아 적는다. 아내가 주문하는 동안 남자는 와인을 고른다.

이제 얼얼한 느낌이 턱을 지나 관자놀이 쪽으로 번져가고 있었다. 엘리베이터 문이 천천히 닫히기 시작했고 그 순간 그것이 어떤 암시처럼 여겨졌다. 남자를 멈춰 세워야 한다는 생각이 솟구쳤다. 동시에 한 번만, 딱 한 번만 남자의 구강을 들여다보고 싶다는 열망이 그를 휘저었다. K는 재빨리 열림 버튼을 누르고 밖으로 나왔다. 단란한 가족은 K의 차 앞을 막 지나치고 있었다. K는 쥐고 있던 스마트키를 눌렀다. 이번에는 정확히 트렁크 열림 버튼이었다.

남자가 고개를 돌려 K를 바라보았다. 그의 가족도 멈칫하며 두리번거렸다. K와 남자의 눈이 마주쳤다. 무슨 일이 시작되려는 것인지, 끝나가려는 것인지 알 수 없었다. K가 분명하게 아는 한 가지는 얼마 후면 아내에게서 전화가 걸려올 거라는 것뿐이었다. 이제 막, 재미있는 지옥에 도착한 목소리로 아내는 이렇게 물어올 거였다. 지금 어디쯤이에요?

달
개
비
꽃

러시아 환자가 들어온 것은 저녁 무렵이었다. 아버지는 등받이를 세운 침대에 기대어 식사 중이었다. 명치 아래를 뚫고 위에 직접 꽂은 튜브로 유동식을 공급받는 식의 식사였다. 베개로 등과 엉덩이를 괸 상태라 앉은 것도 누운 것도 아닌 자세에 코에는 산소 튜브를 꽂은 채였다. 정맥주사 스탠드에 걸린 파우치에서 걸쭉한 유동식이 흘러나와 아버지 위로 들어가고 있었다. 나는 침대 옆에 서서 그걸 지켜보고 있었다.

노크 뒤에 병실 문이 열렸다. 간호사를 따라 감색 원피스 차림의 여자가 들어왔다. 짧고 검은 머리에 짙은 눈 화장으로 강한 인상을 주는 여자였다. 여자는 병실을 빠르게 훑어보더니 문 쪽을 돌아보며 고개를 끄덕였다. 그러자 문 뒤에서 남자가 나타났다. 큰 키에 잿빛 섞인 금발과 파란 눈. 자작나무처럼 마르고 창백한 남자가 캐리어를 끌고 들어왔다.

짧은 머리 여자는 통역사였다. 간호사가 검사 일정과 병실 이용에 관해 설명하면 그 여자가 남자에게 통역해주었다. 나는 러시아어일 거라고 짐작했다. 이 대학병원이 모스크바의 한 병원과 협약을 맺어 환자를 유치하고 있다는 기사를 본 적 있었다. 병원 곳곳의 주요 안내판에는 한글과 러시아어가 병기되어 있었다.

─검사를 위해 자정부터 금식해야 하고 물도 마시면 안 돼요.

간호사는 그 말을 하며 손가락으로 엑스자를 만들어 보였고 통역사는 남자에게 전할 때 그대로 따라 했다. 남자는 지정 용기에 소변을 받아야 하고 환자복으로 갈아입은 다음 바로 몇 가지 검사를 해야 했다. 통역사의 설명을 듣는 내내 남자의 표정에는 아무런 것도 드러나지 않았다.

간호사는 침상 위쪽 벽에 '금식'이라고 적힌 표찰과 이름표를 붙이고 나갔다. 니콜라이 레핀. 43. 나보다 두 살 적은 나이였다. 이름표 맨 아래에는 주치의 이름이 적혀 있었다. 아버지의 주치의이기도 한 사람이었다. 나는 남자의 가슴께를 슬쩍 쳐다보았다. 폐나 기관지에 문제가 있다는 얘기였다.

통역사마저 나가고 나자 남자는 비로소 자신이 서 있는 곳이 어딘지 깨달은 듯했다. 남자는 굳은 표정으로 병실을 둘러보았다. 나와 잠깐 눈이 마주쳤지만 남자가 먼저 시선을 돌렸다. 높고 가파른 콧날에 음영이 생겨 얼굴 일부가 물에 젖은 것처럼 보였다. 불안하게 움직이던 남자의 눈동자가 내 등 뒤에서 멈추었다. 아버지를 본 거였다. 나는 남자가 움찔하는 걸 느꼈다. 남자는 병실이 아니라 유형지에 도착한 사람처럼 보였다.

아버지가 침대 프레임을 두드렸다. 돌아보자 아버지는 나를 노려보더니 눈을 감아버렸다. 당신에게 집중하지 않고 다른 데 관심이 가 있는 내가 못마땅한 거였다. 기도확보를 위해 목에 구멍을 뚫고 고무관을 박아놓은 상태라 아버지는 말을 하는 게 힘들었다. 단어 하나 말하는 데도 엄청난 힘을 짜내야 했다. 그 장치만 아니라면 아버지는 소리부터 질렀을 텐데 노려보는 걸로 끝내고 말았다.

미열이 아버지의 광대뼈 부근을 뭉근하게 달구고 있었다. 숨소리는 아직 괜찮았다. 나는 아버지 등을 살짝 젖히고 베개를 빼낸 다음 천천히 침대를 눕혔다. 시트를 끌어 목까지 덮어주자 아버지가 눈을 감은 채로 말했다. 간신히 발음하는 거라 갈라지고 나지막했지만 분명한 적의가 담긴 목소리였다.

—쏘련놈 처음 보냐?

누나가 어렵게 아버지 간병 얘기를 꺼낸 것은 다섯번째 간병인마저 두 손 들고 그만둔 뒤였다. 두 달 전부터 고향 인근 의료원에 입·퇴원을 반복하던 아버지는 결국 이곳 대학병원까지 오고 말았다. 감기가 폐렴으로 번진 뒤 잡히지 않았다.

오른쪽 폐는 오래전부터 기능을 못했고 왼쪽 폐로만 사신 거래. 누나가 주치의의 말을 전해주었다. 젊은 시절 폐결핵을 앓은 병력도 상황을 악화시키는 데 영향을 줬다고 했다. 믿기지 않았다. 몇 달 전까지만 해도 아버지는 폐가 열 개는 되는 사람처럼 보였다. 줄담배를 피웠고 해가 떠서 질 때까지 밭에서 살았다.

간병인들은 일주일을 넘기지 못했다. 아버지는 병원 로고가 찍힌 벽시계와 침대의 위치를 수시로 바꿔달라고 요구했고, 블라인드도 가만두지 못했다. 시도 때도 없이 간병인을 불러 수액이 잘 들어가는지 물었고 산소포화도 수치를 확인했다. 이런 환자분은 처음이에요. 어지간한 구력의 간병인도 배겨내지 못했다. 어이없는 건 그러고도 매번 아버지 쪽에서 먼저 간병인 교체를 요구한다는 거였다. 이유는 다 달랐다. 손아귀 힘이 너무 세거나, 슬리퍼를 소리 나게 끌고, 틈만 나면 자리를 비운다는 거였다. 간병인뿐 아니라 옆 침대 환자한테도 트집을 잡았다. 러시아 환자 바로 전의 환자는 방문객이 너무 많았고, 그전의 환자는 코 고는 소리에 천정이 울렸다. 그나마 공평한 건 주치의와 간호사한테도 어떤 식으로든 트집을 잡는다는 거였다. 가래도 불만도 끝이 없었다.

지금까지 아버지에 관한 거라면 누나가 다 알아서 해왔다. 아버지가 입원했다는 연락을 받으면 나는 잠깐 얼굴만 비치곤 했다. 하지만 더 이상 간병인을 구할 수 없는 마당에 누나한테 아버지 기저귀 가는 일까지 맡길 수는 없었다. 매형 보기도 미안했다. 나는 문화센터에서 하기로 한 사진 강의를 후배에게 부탁하고 아버지 간병인으로 눌러앉았다.

아버지는 세상 만물을 두 종류로 나누는 사람이었다. 쓸데가 있냐, 없냐. 교과서 대신 사촌 형한테 얻은 사진기를 들고 쏘다니는 걸 좋아했던 나는 일찌감치 쓸데가 없을 싹수를 보였고, 반대를 무릅쓰고 사진학과에 진학한 것으로 그것을 증명했다. 제대하고 신문사에서 사진부 기자로 일한 때가 아버지와 유일하게 그럭저럭 지낸 기간이었다. 신문사를 그만둔 것으로 나는 다시 한번 쓸데없는 놈이라는 걸 증명해 보였다. 아버지는 일찍부터 배를 곯게 해 세상 물정이 어떻다는 걸 알게 해주었어야 했는데 그러지 못했다며 한탄했다. 애먼 어머니에게 화살이 날아가기도 했다. 아들의 결혼을 서두르지 않았다는 거였다. 결혼하고 딸린 식구만 있어도 그렇게 쉽게 직장을 그만두진 못했을 거라는 이유였다.

러시아 환자는 잠잠했다. 침상 둘레에 친 가림 커튼 아래로 그의 발만 보였다. 병실용 슬리퍼가 아니라 아직도 구두 차림 그대로였다. 구두코가 우리 쪽을 향한 걸 보면 침대에 걸터앉아 있는 듯했다.

노여움이 풀렸는지 이제 아버지의 가슴은 순하게 오르내리고 있었다. 잠이 든 듯했지만 쪽잠이라 오래가지는 않을 거였다. 며칠 전 주치의 방에서 본 아버지의 흉부 엑스레이 사진이 떠올랐다. 적란운이 연상되는 사진이었는데, 아버지 몸으로 들어간 수액과 유동식이 모두 폐에 고여 고름과 가래 구름으로 변해버린 것 같았다. 제때 뽑아내지 않으면 가래는 기관지를 넘어 금세 후두 쪽으로 끓어올랐다. 그것이 호흡을 막아혈액 속의 산소포화도를 떨어트리곤 했다. 주치의는 그나마괜찮던 왼쪽 폐의 3분의 2마저도 제 기능을 못하고 있다고 했다. 아버지에게 쓰는 항생제가 계속 바뀌었다.

그 사진 앞에서는 먹먹해졌다가도 정작 아버지를 보면 그런 마음이 가셨다. 인정머리라고는 손톱만큼도 없는 놈이라는 것을 나 자신도 알고 있었다. 누나 말로는 아직도 아버지지갑 안쪽에 신문사 시절 내 명함이 들어 있다고 했다. 그러거나 말거나 어머니가 돌아가신 뒤로 아버지와 더 서먹해졌다. 명절이나 어머니 기일에 고향 집에 가긴 했지만 몇 시간머무르지 않고 올라왔다. 아버지와 잠시라도 한 공간에 있는것이 버거웠다. 아버지도 그랬을 거였다. 그러니 아버지에게나 나에게나 종일 함께 있어야 하는 이 병실은 대책 없는 장소였다. 그런 곳으로 러시아 환자가 들어온 것이다.

러시아 환자에 대해 아버지가 최초의 불만을 터트린 건 몇시간 지나지 않아서였다. 좀 빠르달 뿐 놀랄 일은 아니었다.

텔레비전에서는 9시 뉴스를 하고 있었다. 평생 9시 뉴스를 건너뛴 적 없는 아버지는 눈을 감은 채 뉴스를 듣고 있었다. 검사를 하고 조금 전 돌아온 러시아 환자는 침상 둘레에 커튼을 치고 들어가 있었다. 침대 아래에 슬리퍼와 구두가 나란히 놓여 있었다. 책장 넘기는 소리만 커튼 너머로 들렸다. 그것 말고는 아무런 기척이 없었다. 그러다 우크라이나와 러시아의 전쟁에 관한 뉴스가 나오자 책장 넘기는 소리마저 그쳤다. 화면 속 불타고 무너진 건물 잔해에서 연기가 피어오르고 있었다. 피난길에 오른 우크라이나 여성의 인터뷰가 이어졌다. 나는 러시아 환자 침상 쪽을 흘깃거렸다. 커튼 너머에서 귀를 기울이고 있는 그의 모습을 상상했다. 울먹이는 여성의 목소리를 그도 들었을 거였다.

스포츠 뉴스도 끝나고 일기예보가 이어지고 있었다. 화면에 눈은 두고 있지만 나는 다른 생각에 빠져 있었다. 내가 알기로 아버지는 이곳에서 러시아 환자랑 같은 병실을 쓴 적이 없었다. 그런데도 어떻게 저 남자가 러시아 사람이란 걸 바로 아셨을까?

러시아 환자 침상 쪽에서 책장 넘기는 소리가 다시 들렸다. 나는 그에게 방해가 될까 봐 텔레비전을 껐다. 일기예보까지 들었으니 아버지의 뉴스 시간은 다 끝난 거였다. 아니나 다를까 아버지가 바로 침대 프레임을 두드렸다. 나는 못 이기는 척 아버지를 바라보았다. 아버지는 여전히 눈을 감은 채 입술을 달싹였다. 나는 허리를 숙여 아버지 입에 귀를 댔다. 텔레비전을 다시 켜라는 요구를 해올 거였다. 아버지 목소리보다 구취가 먼저 나왔다. 거즈에 가글액을 묻혀 자주 닦아주지만 구취는 사라지지 않았다. 망가진 폐에서 올라오는 냄새일지도 몰랐다.

—방 좀 바꿔달라고 해.

—예?

—쏘련놈이랑 어떻게 한방을 써!

새로운 불만의 시작이었다. 러시아 환자가 우리말을 알아듣지 못할 테지만 혹시 몰라 마음이 쓰였다. 아버지가 우크라이나를 침략한 러시아에 그 정도로 반감을 갖고 있다니 의외였다. 그 전쟁에 관한 뉴스를 볼 때마다 내가 분통을 터뜨려도 아버지는 네 앞일이 더 걱정이다, 하는 표정으로 쳐다보고는 말았었다.

—너는 저 냄새를 맡고도 숨이 쉬어지냐?

나는 힘이 빠져 픽 웃고 말았다. 아버지의 불만은 러시아가 일으킨 전쟁이 아니라 러시안의 체취였다. 그 환자한테서 그들 특유의 체취가 나는 건 사실이었다. 그의 입장에서 보면 우리한테서도 마찬가지일 거였다. 더군다나 아버지가 만들어내는 냄새에 비하면 아무것도 아니었다. 기도와 복부에 심어놓은 의료장치 때문에 아버지는 씻을 수 없었다. 기껏해야 물에 적신 수건으로 닦아내고 가글액을 사용하는 정도였다. 그걸로 가래와 배설물이 만들어내는 냄새를 막아내기에는 역부족이었다.

　내가 대꾸를 않자 아버지는 침대 프레임을 노골적으로 두드리기 시작했다. 저쪽 침상에서 책장 넘기는 소리가 멈췄다.

　─오늘은 너무 늦었어요. 내일 알아볼게요.

　아버지가 치켜뜬 눈으로 나를 바라보았다.

　─가래 좀 뺄게요.

　아버지의 관심을 다른 데로 돌려야 했다. 나는 위생장갑을 끼고 아버지 목에 장착된 장치의 뚜껑을 열었다. 수없이 해온 작업이지만 그 구멍 속으로 튜브를 밀어 넣는 일은 조심스럽고 두려웠다. 어두컴컴한 물속으로 줄을 드리우는 기분. 누렇고 진득한 가래가 튜브를 타고 올라왔다. 목에 넣은 튜브를 빼낼 때면 더 긴장되었다. 난생처음 보는 아버지의 뭔가가 딸려 나올 것만 같아서였다. 아버지에 관해서라면 더 알고 싶은 것도, 보고 싶은 것도 없었다. 나는 튜브를 빼낸 다음 서둘러 목에 난 구멍을 막고 튜브와 비닐장갑을 폐기물 통에 던져 넣었다.

　아버지는 포기한 듯 눈을 감아버렸다. 아버지 머리맡의 침대 등을 꺼주었다. 잠시 뒤 러시아 환자 쪽 등도 꺼졌다. 그의 침상에서 몇 번 뒤척이는 소리가 나더니 잠잠해졌다. 나는 아버지 침대 아래 놓인 간이의자를 꺼내 누웠다. 어둠 속에서 침대 옆 탁자에 놓인 산소측정기의 숫자가 깜빡였다. 90. 괜찮은 수치였다.

시간이 꽤 지났지만 아버지는 아직 깨어 있었다. 숨소리만으로도 알 수 있었다. 잠이 오지 않아 뒤척이던 나는 아버지로부터 등을 돌려 누웠다. 어두운 창문에서 빨간 점이 깜박이고 있었다. 산소측정기가 비친 거였지만 야간비행 중인 비행기의 항해등 불빛처럼 보였다. 모스크바에서 서울까지의 항로에 대해 잠깐 생각했던 것 같다. 그러다 잠이 들었다. 구름이 그렇듯 가래도 끊임없이 생겨나 아버지의 폐에 고이고 있었다. 잠결에도 그 소리가 들렸다.

어디선가 내 이름을 부르는 소리에 눈을 떴다. 평소대로라면 아버지는 이름을 부르는 대신 침대 프레임을 두드렸어야 했다. 아버지의 숨소리에 잠이 싹 달아났다. 나는 벌떡 일어나 붉은 숫자부터 읽었다. 산소 수치가 81로 떨어져 있었다. 얼른 침대 등을 켰다. 아버지의 흐릿하게 열린 눈이 먼 데를 바라보고 있었다.

—아버지!

며칠 전에도 낮잠에서 깬 아버지가 이런 적 있었다. 아버지는 자기를 따라오는 조무래기들을 따돌리느라 애를 먹었다고 했다. 꿈을 꾼 거라고 하자 잠도 자지 않았는데 무슨 꿈이냐며 화를 냈다.

—아버지, 천천히! 천천히요.

나는 거칠게 움직이는 아버지의 가슴을 조심스레 눌러주었다. 아버지는 팔을 휘저으며 내 손을 밀어냈다. 팔에 연결된 수액 줄들이 엉키면서 수액 파우치가 요동쳤다. 양손을 붙들자 아버지는 이상한 소리를 내며 기어이 내 손에서 놓여났다. 아버지가 고개를 틀어 나를 보았다.

　—아버지, 왜요? 뭔데요?

　아버지가 내 가슴팍으로 손을 뻗어 셔츠를 움켜쥐며 끌어당겼다. 수액과 유동식으로만 버티는 사람에게서 나오는 힘이 아니었다. 놀란 내가 진정할 사이도 없이 아버지가 내 귀에 대고 속삭였다. 서늘해질 만큼 절박한 목소리였다.

　—엎드려!

　통역사 여자는 다음 날 아침 일찍 나타났다. 그녀는 나와 아버지를 향해 목례를 해 보이고는 러시아 환자의 커튼 앞에서 말없이 기다렸다. 잠시 후 그가 커튼 밖으로 나왔다. 그의 높고 긴 코가 하룻밤 사이에 더 가팔라진 것처럼 보였다. 그는 우리 쪽은 쳐다보지 않고 통역사를 따라 말없이 나갔다. 베개 옆의 책과 침대 밑의 구두만 아니라면 누가 머무르는 것으로 보이지 않을 만큼 남자의 침대는 깔끔했다.

　아버지는 그들이 방을 나설 때까지 눈으로 좇다가 나가자마자 창문을 열라고 했다. 창문을 열고 돌아서는데 아버지는 성에 차지 않는지 프레임을 두드렸다.

　—소용없어. 방을 옮기라고 해.

이번에도 못 들은 척하며 아버지에게 물었다.

—러시아 사람이란 걸 어떻게 아셨어요?

아버지가 나를 빤히 쳐다보았다. 무슨 쓸데없는 질문이냐, 하는 표정이었다. 답을 듣지 못할 걸 알면서도 내처 물었다. 엎드려, 하던 아버지의 목소리가 아직도 귓가에 남아 있었다.

—오늘 새벽에는 무슨 꿈을 꾸신 거예요?

잠도 안 잤는데 무슨 꿈 타령이냐! 아버지는 눈빛으로 화를 내고는 눈을 감아버렸다. 창으로 바람이 들어왔다. 나는 아버지 턱밑까지 시트를 끌어올려 덮어주었다. 어떻든 바람도 아버지의 기관지에는 쓸데없는 것 중 하나니까.

병실에서의 시간은 바깥과 다른 속도로 움직였다. 느닷없이 휘몰아치기도 하지만 대체로 턱없이 느리게 흘러간다는 것을 지난 몇 주간의 경험으로 알고 있었다. 아버지는 아침나절 내내 눈을 감고 있고 나는 책을 보는 척하며 침대 옆에 앉아 있었다. 산소발생기에서 올라오는 기포 소리가 아버지와 나 사이의 침묵을 메웠다.

러시아 환자는 점심시간이 지나도 돌아오지 않았다. 받아야 할 검사가 많은 듯했다. 침대 아래 검은 구두와 베개 옆 책이 그를 기다리고 있었다. 붉은빛의 표지에 쓰인 글자를 나는 읽을 수 없었다.

아버지의 가래가 전날보다 눈에 띄게 줄었다. 대여섯 번은 빼내야 했을 시간대인데 아직까지 한 번뿐이었다. 산소 수치는 90을 유지하고 있었다. 침대 프레임을 두드리는 횟수도 줄었다. 다른 때 같으면 약 기운에 취해 자다 깨다 할 시간인데 조금 전 낮잠 뒤로 아버지는 깨어 있었다. 문득 아버지와 내가 뭔가를 함께 기다리고 있다는 기분이 들었다.

—언제 오냐?

아버지가 갈라진 소리로 물었다.

—내일 들른다고 했어요.

나는 당연히 누나에 대해 물은 거라고 생각했다. 아버지가 나를 빤히 쳐다보았다. 그런 눈은 아버지가 환자라는 사실을 잊게 했다. 하지만 눈동자에 어린 열기는 오래가지 않았다.

누나에 대해 물은 게 아니라는 걸 깨달은 건 러시아 환자가 병실로 돌아왔을 때였다. 병실 문이 열리자마자 아버지가 불편할 정도로 고개를 젖혀 바라보았다. 그 기세에 나도 문 쪽으로 고개를 돌렸다. 러시아 환자는 병실을 잘못 찾은 사람처럼 문 앞에서 멈칫했다. 순간 병실이 고요해졌다. 아버지와 러시아 환자가 서로를 탐색하듯 바라보고 있었다. 아버지 눈에 적의와 경계심이 가득했고 러시아 환자도 그걸 느낀 듯했다. 동시에 환자로서의 고통과 두려움에 대한 위로와 연대가 둘 사이에 오가는 듯도 했다. 나의 착각일지도 몰랐다. 짧은 순간이었지만 길게 느껴졌고 나는 무기력한 기분으로 지켜만 보았다. 둘 이외의 누구도 끼어들 여지가 없었다.

어느새 러시아 환자는 커튼 뒤로 사라지고 없었다. 아버지의 눈이 다시 노기를 띠었다.

식사 시간에도 러시아 환자는 커튼 밖으로 나오지 않았다. 배식원이 그 안으로 식판을 넣어주고 갔다. 그들을 위한 식단이 따로 있는 듯했다. 샐러드 접시가 놀랄 만큼 컸다. 커튼 너머에서는 아무 소리도 들리지 않았다. 자꾸 신경이 쓰여 나도 모르게 귀를 기울이게 되었다. 그런 내가 못마땅해 아버지가 갈라진 목소리로 쏘아붙였다.

—애비는 굶겨 죽일 작정이냐!

아버지는 먹는 것에 별다른 관심이나 의미를 두는 사람이 아니었다. 평생 어머니가 해준 음식에 불평한 적 없었다. 양만 채운다면 맛은 상관없었다. 그러니 씹고 삼키고 하는 것도 아닌, 복부에 꽂은 튜브로 유동식을 흘려보내는 식의 식사에는 더 초연했다. 병원 생활에서 유일하게 예민하지 않은 부분이 식사와 관련된 거였다. 그랬던 아버지가 침대 프레임을 두드리며 재촉하고 있었다.

러시아 환자가 아버지의 무언가를 건드린 건 분명했다. 식사 시간이 되면 아버지는 어김없이 벽시계를 가리켰다. 조금이라도 늦어지면 참지 못했다. 프레임을 두드리는 손에 힘이 들어갔고, 눈동자는 되돌아온 열기로 번들거렸다. 유동식이 한 방울씩 떨어지는 것을 끝까지 지켜보았고, 다 들어가면 물을 부어 마지막 한 방울까지 밀어 넣게 했다.

병문안을 온 누나는 며칠 새 달라진 아버지의 모습에 놀라워했다. 아버지, 이제 퇴원하셔도 될 거 같아요. 누나는 손바닥을 오목하게 해 아버지의 등을 두드려주면서 눈으로는 내게 물었다. 나는 턱으로 옆 침대를 가리켰다.

—이번엔 누군데?

아버지가 몇 번 눈을 끔벅이다 잠이 들자 누나가 소리를 낮춰 물었다. 누나가 오면 아버지는 모처럼 편안한 얼굴로 잠이 들었다.

—혹시 아버지, 러시아 환자랑 같은 병실 쓰신 적 있어?

나는 대답 대신 되물었다.

아니. 누나가 고개를 저었다. 나는 러시아 환자가 온 뒤의 일을 들려주었다. 내 말이 끝나자 누나가 물었다.

—너도 그 얘기 듣지 않았어?

—무슨 얘기?

—아버지 일곱 살 때였다니까, 작은아버진 다섯 살이었겠네. 둘이 소를 몰고 풀을 뜯기러 가던 중이었대. 근데 신작로 모퉁이를 돌다 소련군 병사들이랑 맞닥뜨린 거야.

—소련? 그 소련?

나는 처음 듣는 얘기였다.

—그래, 그 소련. 6·25 터지기 전 얘기니까. 그쪽엔 왜 소련군이 주둔했잖아.

내가 초등학교 6학년일 때 소련 연방이 해체되고 러시아가 되었다. 그것도 까마득한데 6·25와 그전의 주둔군이라니. 아버지 고향이 신의주라는 사실만큼이나 까마득한 얘기였다.

형제는 겁에 질렸다. 소도 놀랐는지 신작로 한가운데 배를 깔고 엎드려버렸다. 아무리 잡아끌어도 소용없었다. 하는 수 없이 형제는 길 아래 덤불에 숨었다. 모든 걸 지켜본 군인들은 느긋하게 다가왔다. 무료한 행군 중에 재밋거리가 생긴 것이다. 군인들은 소 앞에 멈춰 섰다.

—소야 뭐, 꿈쩍 안 하지. 너랑 아버지처럼.

농담조로 말했지만 누나 얼굴에 쓸쓸한 빛이 어렸다. 아버지와 나 사이에서 마음고생하는 걸 알고 있어 쓸쓸했다. 누나는 이번 간병을 기회로 아버지와 내가 화해하기를 바라고 있었다. 사실 화해하고 말 것도 없었다.

—아버지가 덤불 사이로 보니까, 군인 하나가 총으로 소를 쿡 찌르더래. 그러자 다들 떠들어대면서 이 사람 저 사람 따라 하기 시작한 거야. 그럴 때마다 소는 음매, 하면서 꿈쩍도 않고. 덤불 속에서는 난리가 났지. 빌려온 소 풀 먹이러 가다 그랬으니 어땠겠어. 작은아버지가 결국 울음을 터트린 거야. 아버지는 소리 내지 말라고 달래고 윽박지르고. 군인들은 못 들은 척 킬킬거리고. 하는 수 없이 아버지가 덤불에서 나오려는데 작은아버지가 붙잡으면서 말리더래. 형아, 엎드려, 엎드려.

어쩐지 나는 조금 전부터 아버지가 우리 얘기를 듣고 있는 것만 같았다.

　―군인 한 사람이 내려오더니 총으로 덤불을 쿡쿡 쑤시더래. 어떡해. 꼬마 둘은 신작로로 올라왔지. 그 군인이 아버지와 소를 번갈아 보면서 뭐라 소리치더래. 다른 군인 하나는 소 정수리에 총을 갖다 대고. 다들 웃어대고. 소는 여전히 꿈쩍 않고. 그 군인이 또 소리치는데 아버지는 알아듣지 못하면서도 알아듣겠더래. 당장 소를 일으켜 세워라, 아니면 쏘겠다. 그때 아버지 머릿속에 퍼뜩 어른들한테 들은 얘기가 떠오른 거야. 소가 드러누워 꼼짝도 않으면 소꼬리 끝을 꽉 깨물면 된다는 얘기. 소들이 가끔 그렇게 고집을 부렸나 봐. 아무튼 거기를 깨물기만 하면 어떤 소라도 벌떡 일어난대.

　누나는 이 얘기를 어머니한테 들었다고 했다. 어머니는 작은아버지한테서.

　―아버진 KGB만큼 입이 무겁잖아.

　누나의 말에 우리는 소리 없이 웃었다. 어머니 생각이 났다. 적은 말수에도 종종 우스갯소리를 하곤 했던 어머니는 아들과 불화하는 남편이 미워 한번쯤 이렇게 말했을지도 모른다. 아들 꼬리도 한번 꽉 깨물어보시구려.

　어느새 잠에서 깬 아버지가 누나와 나를 모르는 사람처럼 올려다보고 있었다.

러시아 환자가 받아야 할 검사가 끝난 듯했다. 이틀 동안 통역사는 오지 않았다. 결과가 나오려면 며칠 걸릴 거였다. 환자복만 아니라면 그는 귀향을 기다리는 포로병처럼 보였다. 키에 맞는 환자복이 없는지 발목이 드러나 있었다.

그는 여전히 세면실이나 화장실에 갈 때 아니면 커튼 밖으로 나오지 않았다. 커튼 너머로 책장 넘기는 소리만 내보냈다. 같은 병실을 쓰고 있긴 하지만 거의 없는 거나 마찬가지였다. 그런데도 아버지는 못 견뎌 했다. 이제 러시아 환자의 체취는 문제가 아니었다.

아버지는 틈만 나면 저놈의 커튼을 열어젖혀보라고 나에게 요구했다. 오래 버티지 못할 거면서도 자주 앉혀달라고 했고, 러시아 환자의 트렁크를 보이지 않게 치워버리라고 했다. 낮잠도 건너뛰었다. 불침번처럼 밤에도 뜬눈으로 맞은편 침대의 커튼을 노려보았다. 러시아 환자는 그 너머에서 꿈쩍 않는데 그를 상대로 아버지 혼자 전쟁을 하고 있었다.

러시아 환자는 갈수록 식사에 손을 대지 않았다. 외부 음식을 먹는 것도 보지 못했다. 아버지는 거의 그대로 나가는 러시아 환자의 식판을 묘한 표정으로 바라보곤 했다.

한동안은 그 싸움이 아버지를 호전시킨 것처럼 보였다. 아버지를 성가시게 했던 미열이 잡혔고 가래가 묽어졌다. 돌아 눕히고 앉힐 때 내 손을 붙드는 악력도 세졌다. 며칠 동안 제대로 잠을 자지 못하고도 아버지 눈에서는 이상한 빛이 났다.

나는 밤새 아버지를 일으키고 눕히기를 반복했다. 수면제가 처방되었지만 달라지지 않았다. 나는 간호사실에 찾아가 사정을 말하고 병실을 옮길 수 있는지 물었다. 담당 간호사가 여기저기 알아봤지만 빈 병실이 없었다. 수면제 양이 늘었다. 소용없었다.

　—그 환자분 결과가 곧 나올 거예요. 결과에 따라 병실이 바뀔 수 있으니까 조금만 기다려보세요.

　담당 간호사가 안타까워하며 전해주었다.

　러시아 환자를 향한 아버지의 전쟁이 결국 뭔가를 터트리고 말았다.

　아버지가 각혈을 했다. 문병하고 돌아가는 작은아버지를 배웅하느라 내가 잠깐 병실을 비운 사이 벌어진 일이었다. 덤불 속에서, 형아 엎드려, 했다는 아버지의 동생이었다. 병실에 머무는 내내 형제는 말이 없었다. 두어 시간 동안 간간이 눈빛 몇 번 주고받은 것이 문병의 전부였다. 사실 나는 내심 뭔가를 기대했었다.

　저 뒤에 쏘련놈이 숨어 있어.

　아버지가 커튼을 가리키며 그렇게 고발할 거라는 기대였다. 지난 며칠간의 아버지라면 그래야 했다. 형제는 몇십 년 만에 조우한 소련군 앞에서 마땅히 전의를 불태워야 했다. 하지만 아무 일도 일어나지 않았다. 화장실에 가기 위해 러시아 환자가 커튼 뒤에서 나타났을 때 아버지는 못 본 척했다. 작은아버지도 흐려진 눈으로 한번 쳐다보고는 말았다.

엘리베이터에 오른 작은아버지는 문이 닫히기 전 나를 보며 고개를 저어 보였다. 나는 한참을 창가에 있다가 병실로 돌아왔다. 복도를 돌아서는데 비명이 들렸다. 러시아어로 외치는 소리였다. 나는 병실로 뛰어들었다. 러시아 환자 품에 아버지의 상반신이 안겨 있었다. 그의 다리 사이로 바닥에 흩어진 피가 보였다. 나는 그를 밀쳐내며 아버지를 받아 안았다. 쿨럭, 하는 소리와 함께 아버지의 입에서 핏덩이가 넘어왔다. 비릿한 냄새에 아찔해졌다. 러시아 환자가 항복하는 병사처럼 두 팔을 들어 올리며 소리를 질렀다. 그의 가슴팍과 발등이 피로 흥건했다. 나는 간호사실 쪽을 향해 소리쳤다. 다시 쿨럭하는 소리. 아버지의 검은자위가 부풀었다가 위로 말려 올라갔다.

각혈이 처음은 아니었다. 결핵을 앓았던 흉터는 다른 조직보다 약해 쉽게 터진다는 거였다. 아버지의 폐는 그런 흉터투성이였다. 땜질을 해 막아놓으면 그 옆의 다른 흉터가 터졌다. 그럴 때마다 출혈 부위를 찾아 또 땜질을 하고 수혈을 받았다. 담당의는 위험한 시술은 아니지만 아버지의 나이와 폐 상태 때문에 안심할 수 없다고 했다.

간호사와 나는 아버지가 누운 침대를 밀며 복도를 달렸다.

아버지는 초점 없는 눈을 떴다 감았다 했다. 복도 천정의 형광등이 아버지의 눈 속에서 레일처럼 이어졌다. 마르고 검은 손이 시트 바깥으로 늘어져 내렸다. 놀란 사람들이 비켜섰다.

나는 수술실 안으로 들어갈 수 없었다. 간호사가 내민 시술 동의서의 보호자란에 서명하는 것이 할 수 있는 전부였다. 내가 아버지의 보호자라는 사실은 영원히 낯설 거였다.

간호사가 침대를 밀고 수술실로 들어서려는 순간 아버지가 침대 프레임을 두드렸다. 남은 기운을 끌어모아 두드린 거였다. 아버지가 들릴 듯 말 듯한 소리로 물었다.

—너는 안 들어오냐?

처음이었다. 아버지는 매번 말없이 실려 들어갔었다.

—보호자는 들어올 수 없어요.

내가 대답할 사이도 없이 간호사가 침대를 밀고 들어갔다. 아버지가 나를 향해 손을 내저으며 말했다.

—잘 봐둬.

병실로 올라온 아버지는 지난 며칠의 불면을 돌려받으려는 듯 잠만 잤다. 흔들어 깨우면 간신히 눈을 떴다가 도로 감았다. 시술은 잘되었다고 했다. 하지만 출혈이 멈춘 대신 산소 수치가 떨어지고 소변 배출에 이상이 생겼다. 기저귀에 고름 비슷한 것 몇 방울이 묻고는 말았다. 숨소리가 거칠어져 갔다. 평생을 해발고도 오백 미터의 고지대에서 살아온 아버지가 일 미터 조금 넘는 침상 위에서 숨차했다.

—아버지, 천천히, 천천히요.

제대로 걸러내지 못한 이산화탄소와 요독이 아버지를 어딘가로 데려가고 있었다. 아버지는 뜻 모를 소리를 중얼거리다 나와 누나를 처음 보는 사람처럼 바라보았다. 누나와 나는 울어서 부은 눈을 들키지 않으려 서로 시선을 피했다.

—우리 아버님, 저력 있잖아요.

이뇨제 주사를 연결하며 간호사가 씩씩하게 말했다. 틈만 나면 나는 담배를 꺼내 물고 싶었다. 러시아 환자의 커튼을 열어젖히고 서로 알아듣지 못하는 말로 그와 떠들어대고 싶었다. 폭격으로 숨진 우크라이나 아이들에 대해, 하얗게 질린 얼굴로 소의 꼬리를 깨무는 일곱 살짜리 아이에 대해. 그와 아무 말이라도 하고 싶었다. 아버지를 안고 소리쳐준 것에, 아버지의 피로 젖은 그의 가슴팍과 발등에 고맙다는 말을 하고 싶었다.

그는 커튼 뒤에서 나오지 않았다.

오후 늦게 통역사가 왔다. 그녀와 눈이 마주친 순간 나는 러시아 환자의 검사 결과가 좋지 않다는 걸 예감했다. 러시아 환자는 커튼 뒤에서 나와 말없이 통역사를 따라 나갔다.

이뇨제 때문인지 아버지의 부기가 내리고 산소 수치는 조금 올랐다. 나는 수액을 교체하러 온 간호사에게 러시아 환자의 검사 결과가 나왔는지 물었다. 손쓸 수 없는 상태인 것 같아요. 간호사가 조심스러운 표정으로 알려주었다.

러시아 환자는 밤이 되도록 돌아오지 않고 있었다.

입원해서도 9시 뉴스만큼은 거른 적 없던 아버지는 잠에서 헤어나지 못하고 있었다. 조금 오른 산소 수치는 일시적인 것일지도 몰랐다. 나는 조바심에 텔레비전 볼륨을 높이고 아버지를 흔들어 깨웠다. 아버지의 놀란 눈이 두리번거리다 도로 감겼다.

텔레비전을 끄고 나도 의자에 누웠다. 잠결에 러시아 환자가 들어오는 기척을 느끼긴 했다. 일어나봐야지 하면서도 잠에서 빠져나오지 못했다. 얼마나 지났을까. 여지없이 나를 깨운 건 아버지의 침대 프레임 두드리는 소리였다. 나는 반사적으로 몸을 일으켰다. 산소 수치부터 확인했다. 괜찮았다.

—왜요, 아버지?

—들리냐?

아버지가 무얼 묻는 건지 알 수 없었다. 산소 기포 올라오는 소리 말고 다른 건 없었다. 아버지에게 다시 물으려는 순간 작고 희미한 소리가 들렸다. 러시아 환자의 침상이었다. 덤불에 숨어든 아이처럼 그가 소리 죽여 울고 있었다.

—가서 말해줘.

어둠 속에서 아버지가 짓무른 눈으로 나를 올려다보며 짜
내듯 말했다.

—뭘요?

갑자기 목이 메어 나는 겨우 물었다.

—크게 울라고.

—예?

눈이 뜨거워져 나는 한참 동안 눈을 감고 있었다. 도대체
나는 아버지에 대해서라면 손톱만큼도 아는 게 없었다. 아버
지가 프레임을 두드리며 재촉했다. 몇 시간 후면 알게 되겠
지만, 그건 내가 들은 아버지의 성마르고도 분명한 마지막 음성
이었다.

—크게 울어도 된다고!

침대를 벗어나려고 하지 않던 아버지가 다음 날은 아침부
터 자꾸 나가자고 했다. 성화에 못 이겨 아버지를 어렵게 휠
체어에 앉힌 다음 산소탱크까지 달고 병실을 나섰다. 그때까
지만 해도 러시아 환자는 커튼 너머에 있었다.

복도를 몇 바퀴 돌고 그만 들어가자고 하면 아버지는 손을
저었다. 병원 중정으로 나가자고 해 거기 오래 앉아 있었다.
구름이 아버지 얼굴에 그늘을 만들며 지나갔다.

병실로 돌아왔을 때, 러시아 환자의 침상은 말끔히 정리되

어 있었다. 침대 밑의 구두도 베개 옆의 책도 보이지 않았다. 아버지는 그쪽으로는 눈도 주지 않았다. 고된 일을 마치고 온 사람처럼 오후 내내 잠만 잤다.

저녁 무렵, 아버지는 침대에 앉혀달라고 했다. 창문 커튼을 젖히자 서쪽 하늘이 들어왔다. 저녁놀 번지는 하늘에 비질한 것처럼 가늘고 고운 구름이 떠 있었다. 그 위로 자잘한 무늬가 새로 생겨났다. 닭이 종종거리며 찍어놓고 간 발자국 모양이었다. 어머니가 저녁을 준비하는 동안 일을 마치고 돌아온 아버지가 말끔히 쓸던 마당가에도 그런 발자국들이 흩어져 있었다. 그 닭장 앞의 달개비꽃. 그때만 해도 아버지는 그 모든 것의 젊은 주인이었다.

닭 불러들여라.

아버지의 손가락이 구름을 가리키다 힘없이 떨어졌다. 아버지가 아무 말 하지 않았지만 나는 아버지의 말을 알아들을 수 있었다. 내가 아버지의 어린 아들이었을 때, 그 일은 종일 쓸데없이 쏘다니고 온 내가 저녁 먹기 전에 해야 할 일이었다.

아버지의 젖은 숨이 점점 무거워지고 있었다. 이제 곧 손쓸 수 없는 고열이 아버지를 찾아올 거였다. 더 늦기 전에 아버지에게 무슨 말인가를 해야 했지만 나는 아직 아무 말도 하지 못하고 있었다.

구름 앞에서, 아버지와 나는 한 쌍의 폐처럼 앉아 있었다.

울

쌀국수 식당 앞에서 기옥은 일행과 헤어진다. 매달 마지막 금요일에 이렇게 넷이 모여 점심을 함께한다. 코로나로 중단되었던 수업이 이 년 만에 다시 열렸다. 기옥을 뺀 세 사람은 영어 수업을 들으러 간다.

네 사람은 구청에서 운영하는 평생학교 한글반에서 처음 만났다. 한글반은 영어반이나 서예반, 오카리나합주반과는 달랐다. 쉬는 시간에도 서로 말을 섞거나 눈을 마주치지 않고, 수업이 끝나면 재빨리 흩어진다. 그러다 받침 없는 글자를 떠듬떠듬 읽게 될 때쯤에나 조금씩 말문을 트고 서로의 이름을 묻기도 한다. 그렇게 오 년 넘게 공부하다 친해져 지금은 자매처럼 지낸다.

—언니! 화이팅!

등 뒤에서 걸걸한 목소리가 울린다. 상계역 입구로 들어서던 기옥은 빙그레 웃으며 돌아본다. 모임의 막내인 미순이 손을 흔들어 보인다. 얼굴은 안 보이고 마스크만 눈에 들어온다. 미순은 동두천에서 이곳까지 한 시간 반 전철을 타고 수업을 들으러 온다. 집 근처에도 평생학습관이 있지만 행여 아는 사람을 만날까 무서워 여기까지 오는 거다. 기옥도 손을 흔들어 보이고는 돌아선다.

상 계 역.

기옥은 계단을 오르면서 한 글자씩 허벅지에 쓴다. '계' 자는 한 번 더 쓴다. 계단에도 이 '계' 자, 계란에도 이 '계' 자. 계 자 정도면 중급 정도 되는 글자다. 이런 글자는 언제나 머릿속에서 빠져나갈 궁리만 하고 있다. 몇 번이고 써서 붙잡아두어야 한다.

낮이라 전동차에는 빈자리가 많다. 기옥은 맞은편 창에 비친 자신을 바라본다. 마스크를 쓰고 있어 그런지 다른 사람처럼 보인다. 이기옥. 예순다섯. 딸 하나, 사위 하나, 손녀 하나.

글자는 그리는 게 아니라 쓰는 거예요.

한글반 첫 수업 날, 수더분한 인상의 선생이 그렇게 말했다. 맞다. 쓸 줄 모르니 그리는 거였다. 기옥은 쉰이 넘어 자신의 이름을 처음 '썼'다. 그전에는 들킬까 봐 조마조마하며 외운 걸 그렸다. 이 · 기 · 옥. 석 자를 그려놓고 보면 그 글자들이 남의 이름처럼 먼발치에서 자신을 바라보았다. 고지서나 우편물에 박힌 글자 셋이 자신의 이름일 거라는 건 알았지만, 딸의 교과서와 공책 표지에 적힌 세 글자가 딸의 이름일 거라는 건 알았지만, 소리 내 읽고 써볼 엄두를 내지 못했다. 세상에서 제일 무서운 것이 글자였다.

전동차 문이 열리고 닫힐 때마다 기옥의 오른손 검지가 허벅지 위에서 부지런히 움직인다. 창동, 쌍문, 수유. 한글을 배우기 시작하고 오랫동안 연필을 쥐는 데 애먹었다. 청소기며 부엌칼이며 마음대로 쥐고 움직였지만 연필만 쥐었다 하면 힘이 빠졌다. 힘을 줘보려 할수록 맥없이 풀어지곤 했다. 겨우 쓴 글씨는 실지렁이가 지나간 것처럼 희미해 알아보기 힘들었다. 짝꿍이었던 미순은 손에 힘이 너무 들어가 수업 시간 내내 연필심을 부러뜨렸었다.

어느새 길음역이다. 길음. 남편 이름에도 '길' 자가 들어 있었다. 입안에 쓰디쓴 침이 고인다. 기옥은 마스크를 눈 밑까지 올려 쓴다. 맞은편 창에 비친 모습을 자신도 알아볼 수 없다. 다른 누구도 알아보지 못할 것이다.

남편은 제대로 일을 해본 적이 없었다. 어느 직장에서도 몇 달을 넘기지 못했다. 재주라고는 새 애인을 만드는 것뿐이었다. 시어머니 말마따나 큰 재주였다. 이혼 얘기를 먼저 꺼낸 건 남편이었다. 기옥은 어떻게든 안 해보려고 했지만 별수 없었다. 남편이 가리킨 곳에 도장을 찍어주면서 딱 한 가지만 약속해달라고 했다. 자신이 읽고 쓰지 못하는 걸 시댁 식구들에게 비밀로 해달라고 부탁했다. 헤어지는 마당에도 아이와 살아갈 일보다 그것이 알려지는 게 더 두려웠다.

—하이고, 삼십 년이 다 돼가는 얘기는 뭐 하러……

기옥은 마스크 안쪽에서 혼잣말을 중얼거린다. 오늘따라 이런저런 생각이 많다. 두 정거장 지나면 내려야 하는데 이러다 지나치고 말지, 생각하면서 금세 또 다른 생각에 빠져들고 만다.

결혼 전, 공장 근처 야학에 다녀봤고 신혼 초에는 남편 몰래 학원에 나가기도 했다. 매번 수치심과 두려움에서 한 발짝도 나가지 못하고 그만두었다. 시댁 식구들이 모이는 날이면 며칠 전부터 가슴이 벌렁거렸다. 행여나 무언가를 읽고 써야 할 일이 생길까 봐 머릿속이 하얘졌다. 그럴 틈이 나지 않도록 늘 바쁜 척 이 일 저 일 일부러 만들어 했다. 손윗동서네 집들이에 가서는 닦을 것도 없는 새 냉장고를 구석구석 닦고 또 닦았다. 명절 때든 모임 때든 식구들 대화 자리에 끼지 않았다. 별나다고 쑥덕이는 걸 알았지만 모른 척했다.

이혼하고 얼마 뒤에 시누이가 찾아왔다. 시댁 식구들 중 유일하게 마음 터놓고 지낸 사이였다. 시누이는 대뜸 눈물 바람을 하면서 미안하다고 했다. 뭘요? 그렇게 묻다 기옥은 알아차렸다. 남편은 비밀을 지켜줄 위인이 못 되었다. 다시는 찾아오지 말라고 쏘아붙이고는 돌려보냈다. 몇 년 전 딸 결혼식장에서 그쪽 사람들을 다시 보았다. 다들 늙어가고 있었다.

다 지난 일이다. 기옥은 고개를 저어 생각을 떨쳐낸다. 교실 풍경이 환하게 보인다. 조금 있으면 영어 수업이 시작될 것이다. 믹스커피로 졸음을 쫓아보려 하지만 몇몇은 졸다 깨다를 반복할 거고, 몇몇은 아무리 들어도 돌아서면 까먹는다며 한숨을 내쉴 것이다. 그 교실 한가운데 앉아 있는 자신의 모습을 그려본다.

작년 가을, 한글반을 졸업하고 영어반에 막 등록한 무렵 솔깃한 일자리가 들어왔다. 교수 부부만 사는 집이라 크게 손 갈 일 없는 집에서 도우미 일을 부탁해온 거였다. 금요일 오후 영어기초반 수업과 겹친다는 것 말고 걸리는 게 없었다. 딸은 일을 줄이라고 성화였지만 기옥은 고민 끝에 일을 택했다. 늦게 깨친 기역 니은인데, 에이비시도 조금 늦는다고 큰일 날 것 없었다. 이런 일자리는 한번 놓치면 다시 오지 않는다는 걸 경험으로 알고 있었다.

졸지말고 열심히해. 전동차에서 내린 기옥은 단체 카톡방에 올린 글에 틀린 글자가 없는지 확인하고 전송한다. 띄어쓰기는 너무 어려워 확실한 데서만 띄어준다. 열심 뒤에 '이' 아니라 '히'가 붙는 건 이제 확실하게 안다. 히 자가 붙어야 진짜 열심히 한 맛이 난다. 단어마다 제각각 맛이 있다.

글자가 무서워 글자를 배웠다. 무섭지 않았으면 그런대로 살아갔을 것이다. 자신의 이름을 처음 쓰게 된 날, 자신이 비로소 이기옥이 되는 걸 느꼈다. 그러고 나자 세상이 하나도

울 | **235**

무섭지 않았다. 은행에 가서 일을 볼 때마다 쩔쩔매지 않아도 된다는 것, 사위 생일 아침에 축하 문자를 보낼 수 있다는 것, 지금처럼 안내 방송을 듣지 않고도 내릴 역을 알아볼 수 있다는 것. 이제 청소기를 쥘 때는 청소기만큼의 힘이, 부엌칼에는 부엌칼만큼의 힘이, 연필에는 연필만큼의 힘이 저절로 생긴다.

기옥은 전철역을 나와 빠르게 걷는다. 구름 한 점 없는 가을날이다. 코로나가 온 뒤로 공기는 깨끗해졌다. 한쪽이 빠지면 다른 한쪽이 그렇게 채워진다. 기옥은 눈으로 간판들을 읽으며 지나친다. 영어 간판은 건너뛴다. 언젠가는 그것도 읽게 될 것이다.

—코코.

기옥은 현관문을 열고 들어서며 큰 소리로 부른다. 코코가 바로 문 앞에 와 기다리고 있지만 일부러 못 본 척하며 다시 부른다. 코코가 기옥 무릎께까지 뛰어오른다. 일하러 올 때마다 이렇게 주고받는 환대가 즐겁다.

코코예요, 코코.

일하러 온 첫날 사모가 품에 안은 코코를 소개시켜주었다. 부드럽게 흘러내리는 기다랗고 하얀 털 사이로 머루포도처럼 까만 눈, 코, 입.

―세상에서 젤 이쁘지.

기옥은 손녀한테 해주는 말을 코코한테도 해주며 안아 올린다. 거실을 한번 훑어본다. 블라인드 틈새로 들어온 빛이 대리석 바닥에 무늬를 만들고 있다. 바닥에 창문 하나가 새로 생긴 것처럼 보인다. 소파 앞 탁자에는 두툼한 책 두 권이 포개져 있다. 탁자 아래에도 한 권이 있다. 이 집은 어딜 가나 책이 있다. 서재 말고도 식탁과 침실, 욕실과 부엌, 눈에 띄는 데마다 있다.

코코를 안고 주방으로 간다. 오늘은 식탁 위에 메모지가 있다.

택배 하나.

가스 검침 방문.

코코 샴푸 새로 왔어요.

기옥은 코코에게 소리 내 읽어준다. 코코가 사모를 닮는 것처럼 글씨도 사모를 닮았다. 상냥하고 친절한 글씨다. 택배 두 글자는 상자처럼 네모져 보이고 가스를 발음할 때는 어쩐지 말이 새는 것 같다. 샴푸, 샴푸. 자꾸 읽다 보면 글자에서 거품이 인다.

이 조용하고 멋진 집에서 기옥의 하루는 메모지가 있는 날과 없는 날로 나뉜다. 사모는 따로 전달할 일이 있으면 이렇게 메모를 남긴다. 별것 아닌 일이 메모지에 적히면 특별해진다. 이런 방식에 기옥은 자부심을 느낀다. 손글씨 메모를 주고받는 방식. 물론 기옥이 사모에게 메모를 남긴 일은 아직 한 번도 없었다. 오늘이 처음이 될 것이다.

점심 전에 미순과 먼저 만나 사모에게 줄 메모를 썼다. 둘이 머리를 맞대고 썼다 지웠다, 썼다 지웠다 하며 세 줄짜리 문장을 완성했다. 월수는 그대로 가고 금요일만 오전으로 시간을 바꿀 수 있는지, 그럴 수 있다면 정말 고맙겠다는 내용이었다. 영어 수업 때문이라는 말은 하지 않았다. 미순은 핸드폰 문자로 보내는 게 나을 거라고 했다. 언니, 글씨는 내 알몸을 보여주는 거 같지 않아? 기옥의 생각도 같았다. 하지만 핸드폰 문자는 마음에 걸렸다. 부끄럽긴 해도 메모지에 직접 써야 한다, 사모도 나한테 그렇게 하지 않느냐, 나도 그렇게 하는 게 예의다. 기옥이 우겨 직접 메모지에 썼다. 오늘 일이 끝나면 그 메모지를 식탁에 붙여놓고 갈 거였다.

—코코야, 이따가 이 자리에 뭐가 붙을 건지 봐.

기옥은 코코에게 식탁을 두드려 보이고는 부엌 옆 다용도실에서 작업복으로 갈아입고 나온다. 일의 순서만 정해지면 그 일은 반을 끝낸 거나 마찬가지다. 이 조용하고 호젓한 집에서 갑자기 생기는 일이라고는 없었다. 몇 달째 똑같은 순서로 움직이면 되었다.

주방 청소를 마친 기옥은 거실을 가로지른다. 꾀부리지 않고 움직여야 한다. 눈은 어디에나 있다. 이 큰 집에 코코와 둘뿐이지만 그런 마음으로 일해야 오래갈 수 있다. 블라인드를 걷고 거실 창을 열어젖힌다. 언덕에 자리 잡은 빌라인데다 맨 앞 동이라 사방이 툭 트였다. 여러 집을 다녀봤지만 여기처럼 전망 좋은 집은 없었다. 발코니 타일 위로 쏟아져 내린 가을볕이 사방으로 튀어 오른다. 이런 볕에서는 뭐든 잘 자랄 거였다. 건너편 발코니에서는 이름을 알 수 없는 관목들이 햇빛을 빨아들이고 있었다. 여기 발코니에는 아무것도 없다. 기옥은 수돗물을 흘려보내는 것처럼 이렇게 좋은 볕을 그냥 흘려보내는 것이 아깝다.

기옥은 타일 틈새를 꼼꼼히 닦는다. 따라 나온 코코가 폴짝거리며 뛰어오른다. 저절로 웃음이 나온다. 화, 목요일에 가는 집들에서는 이런 짬이 없다. 일이 많아서라기보다는 혼자 있질 않기 때문이다. 화요일 오후에 가는 집은 노부부가 일하는 내내 눈으로 좇고, 목요일 오전 집에서는 고양이가 정신 사납게 한다. 냉장고나 장식장 위에 올라앉아 있다가 뛰어내리곤 해서 깜짝깜짝 놀란다. 고약하게 소리도 내지 않고 그런 짓을 한다. 고양이랑 개가 그렇게 다르다.

기옥을 앞질러 코코가 먼저 계단을 뛰어 올라간다. 이층으로 이어지는 나무 계단의 윤기도 기옥의 손끝에서 만들어졌다. 계단이 꺾어지는 지점에는 세로로 긴 그림이 걸려 있다. 가까이에서 보면 색색의 점이 찍혀 있을 뿐인데 몇 발짝 떨어져서 보면 꽃이 보이고 양산을 쓴 여자가 드러난다. 기옥은 딸한테도 그렇게 말해주곤 한다. 한 발짝 떨어져서 봐라. 사위랑 가끔 티격태격하는 모양이었다. 자신의 실패한 결혼을 딸이 물려받을까 봐 겁이 날 때가 있다.

부부의 침실과 욕실, 두 아이의 빈방, 서재가 이층에 있다. 창문 아래 탁자에는 크고 작은 사진들이 놓여 있다. 사진 속 두 아이는 미국에서 학교를 다니고 있다고 했다. 큰아이는 엄마를 닮았고, 둘째는 아빠처럼 마르고 길다. 둘째가 활짝 웃으며 코코를 번쩍 들어 올린 사진도 있다. 놀란 코코는 가오리처럼 네 다리를 쫙 펼치고 있다.

기옥은 침실과 욕실을 돌며 떨어트린 빨랫감이 있는지 살핀다. 사모가 미처 챙기지 못한 양말이나 젖은 수건이 욕실에 남아 있을 때도 있다. 빨랫감은 사모가 분리해 챙겨놓는다. 손빨래할 것과 세탁기로 빨 것. 세탁소에 보낼 것은 쇼핑백에 따로 담아둔다. 코코와 산책하는 동안 세탁기는 빨래를 끝내놓을 테고, 돌아와 건조기에 옮겨 말리는 동안 코코를 목욕시키고 아래층 청소를 하면 된다. 청소가 끝날 때쯤 건조기에서도 일이 끝났다는 신호음이 울릴 테고, 잘 마른 빨래를 개키고 나면 일과가 끝난다. 그게 이 집에서의 순서다.

오늘은 순서에서 이십 분 남짓 벗어난다. 욕조 테두리 실리콘 틈새에서 까만 점을 발견한 것이다. 곰팡이다. 샴푸 통에 가려 방심했다. 곰팡이는 의심이랑 비슷하다. 조금만 시간이 지나도 검은 띠를 이루며 번져버린다. 기옥은 락스를 푼 물에 수세미를 적셔 꼼꼼히 닦아낸다. 시작한 김에 바닥과 모서리

틈새도 힘줘 닦는다. 눈이 따갑고 목이 칼칼해진다. 이 정도면 냄새가 꽤 심할 텐데 코는 아무렇지 않다. 몇 년 전 독감을 호되게 앓은 뒤로 냄새를 잘 맡지 못한다. 병원에서는 이상이 없다고 했다. 기옥은 환풍기를 틀고 욕실 문을 활짝 열어젖힌다. 냄새에 둔하니 더 신경을 써야 한다. 코코가 욕실 문 앞에서 재채기를 하며 바닥을 긁어댄다. 산책할 시간이 지났다는 거다.

—그래, 가자 가자, 코코.

기옥과 코코는 집을 나선다. 일하러 온 첫날, 사모는 집안일보다 코코에 관한 부탁을 더 많이 했다. 한 시간 정도의 산책과 목욕, 목욕 후에는 털 안쪽까지 잘 말려주고 강아지용 우유를 데워줄 것. 냉장고 한 칸은 아예 코코용으로 따로 마련되어 있다. 그전 여사님은 두시에 산책을 시켜주셨어요, 두시. 사모는 중요한 것은 꼭 반복해 말한다.

산책 코스는 늘 같다. 사모가 알려준 한 시간짜리 코스다. 빌라 정문을 나와 위쪽으로 올라가다 보면 성곽 둘레길이 나온다. 그 길을 따라 좀 더 올라가면 작은 공원이 나오고, 공원을 세 바퀴 돌고 내려오면 딱 한 시간이 걸린다. 사모는 꼼꼼하고 정확한 사람이다.

커다란 대문과 깨끗하고 웅장한 집들 사이로 난 길에는 오가는 사람이 없다. 어쩌다 먼지 하나 없이 잘 닦인 승용차들이 소리 없이 지나갈 뿐이다.

산책로가 시작되는 곳에 빨간색 승용차 한 대가 서 있다. 주차금지구역이지만 가끔 이런 차들이 있다. 나무 사이로 비치는 가을볕에 차가 아이들 구두처럼 반짝반짝 빛을 낸다. 유난히 선명한 빨강에 기옥의 눈이 다 시원해진다. 창이 닫혀 있어 안은 보이지 않는다.

—어머! 너무 예뻐!

운전석 창이 내려가면서 조용한 산책로에 낭랑한 목소리가 울려 퍼진다. 깜짝 놀란 기옥은 재빨리 코코의 줄을 당긴다. 그 안에 누가 있을 거라고는 생각하지 못했다.

—너 이름이 모야?

기다란 금발의 여자가 운전석 창으로 몸을 내밀며 선글라스를 머리 위로 올려 쓴다. 코코만큼이나 젊고 예쁘다. 여자는 코코에게서 눈을 떼지 못한다.

—이름이 모예요?

여자는 대답을 기다리지도 않고 너무 예뻐, 라는 말을 하고 또 한다. 여자의 콧소리에 조수석에 앉아 있던 남자가 여자 위로 눕다시피 하며 머리를 내민다. 커다란 선글라스 아래 코와 입만 겨우 나와 있다. 한쪽 귀에는 검은색 마스크가 걸려 있다.

—코코예요. 코코.

기옥은 살짝 웃으며 대답해준다. 산책하다 보면 이런 사람들을 종종 만난다.

—포메라니안이죠?

남자가 묻는다. 선글라스에 가려 남자의 눈이 보이지 않는다. 기옥은 어디를 봐야 할지 몰라 멈칫한다.

—아니, 코코예요.

선글라스 아래에서 남자가 입술을 깨무는 게 보인다. 여자가 남자의 손등을 꼬집는다.

기옥은 모퉁이를 돌며 뒤돌아본다. 빨간색 차는 아직 그 자리에 있다. 기옥은 자신이 실수를 한 건가 생각한다. 남자는 웃음을 참으려고 입술을 깨문 거였다. 커다란 선글라스로 눈을 가리고 있어도 그런 건 감출 수 없다. 기옥은 툴툴 털어내고 다시 걷는다.

성곽 둘레길로 들어서면서 기옥은 잠시 멈춰 선다. 이마에 땀이 맺혔다. 앞서 걷던 코코가 기다려준다. 기옥은 마스크를 벗고 깊이 숨을 들이마신다. 멀리 잠실타워가 보인다. 딸은 그 근처 안경점에서 일하고 있다.

이혼하고 혼자 딸아이를 키우려면 무슨 일이든 해야 했다. 읽고 쓸 줄 모르는 걸 감추려면 할 수 있는 일이 많지 않았다. 그래도 식당 주방이 감추기 수월했다. 식당 일을 마치고 밤늦게 돌아오면 초등학생이던 딸아이는 혼자 기다리고 있다가 알림장을 펼쳐 보이곤 했다. 흰 종이에 검은 글씨. 진땀이 나면서 흰색과 검은색이 섞여 뭉개졌다. 기옥은 할 일이 쌓여 알림장 볼 짬이 없다는 듯 부산하게 움직이며 부탁했다. 엄마 바쁜데 지현이가 좀 읽어줄래? 언제부턴가 딸아이는 알림장을 보여주지 않았다. 제가 알아서 알림장에 적힌 준비물을 챙기고 학부모 확인란에 사인을 해 갔다.

공원에는 세 사람이 운동기구 하나씩을 차지하고 있었다. 오며 가며 낯이 익은 사람들이다. 어김없이 코코를 보고 한마디씩 건넨다. 기옥은 마스크 너머로 눈인사를 하고 산책로를 돌기 시작한다.

딸아이가 중학교 3학년 때 반장이 되는 바람에 기옥은 학부모회 소속이 되었다. 첫 회의가 있던 날, 망설이다 늦게 참석했다. 회의실 뒷문으로 조용히 들어서는데 회의를 주재하고 있던 교감 선생님과 눈이 마주쳤다. 지각하셨으니 임시로 서기를 맡아주셔야겠습니다. 교감이 기옥을 칠판 앞으로 불러냈다. 교장을 비롯해 모여 있던 학부모들이 박수를 쳤다. 기옥은 칠판을 향해 몇 걸음 걸어가다 기절해버렸다.

—그때만 생각하면 지금도 숨이 멎는다니까, 코코.

앞서 걷던 코코가 멈춰 서서 기옥을 올려다본다. 기옥은 한 손으로 가슴을 누르며 고개를 젓는다. 검은 칠판을 향해 걸음을 떼는 자신의 모습이 보인다. 그 뒤로 딸아이 친구 엄마들이 뭔가 눈치챘을까 봐 피해 다녔다. 누군가와 마주칠까 봐 집 근처 시장을 두고 먼 데로 다녔다. 딸이 중학교를 졸업하자마자 이사를 했다.

돌아오는 길에 보니 빨간색 차는 가고 없다.

초인종이 울린 건 세탁기에서 꺼낸 젖은 빨래를 건조기로 옮기고 있을 때였다. 코코가 현관으로 달려가 짖어댄다. 다 예쁜데 그것 하나는 성가시다. 초인종 소리에 매번 예민하게 군다. 기옥은 서둘러 빨랫감을 건조기에 넣고 세탁실에서 나온다. 하긴 초인종 소리에 예민해지는 건 자신도 마찬가지다. 오래전, 등기우편을 건네주며 사인을 해달라는 집배원 앞에서 진땀을 뺀 적 있었다. 집배원은 바빠 얼른 가야 하는데 기옥은 볼펜만 쥔 채 한 글자도 쓰지 못했다. 그 뒤로 자신의 집에서든 일하는 집에서든 초인종이 울리면 빈집인 척 숨을 죽이곤 했었다. 글을 배운 뒤로 덜하지만 아직도 초인종 소리에는 가슴이 두근거린다.

기옥은 코코를 안아 들며 인터폰 모니터를 본다. 사모 메모대로라면 택배 아니면 가스 검침일 것이다. 정문 경비실을 어떻게 통과했는지 간혹 '기쁜 소식'을 전해주고 싶다며 벨을 누르는 사람도 있긴 했다.

―안뇽하세요?

모니터 화면에 선글라스를 머리에 얹은 여자가 떠 있다. 여자의 경쾌한 목소리가 거실에 울린다. 여자 바로 뒤로 남자가 보인다. 남자는 여자의 어깨 위에 턱을 얹으며 이쪽을 향해 활짝 웃는다. 여전히 선글라스가 얼굴을 반 넘게 가리고 있다. 빨간 차에 타고 있던 젊은이들이다.

—무슨 일이에요?

—여사니임, 코코가 눈앞에서 떠나질 않아요. 코코, 딱 한 번만 더 보여주세욤.

자기 이름을 알아들은 코코가 말릴 새도 없이 모니터를 향해 짖기 시작한다.

—어머, 코코, 코코!

여자가 모니터에 대고 소리를 지르다시피 했다. 코코는 더 맹렬히 짖는다. 여기가 코코네 집이라는 걸 어떻게 알았을까? 궁금증이 일었지만 금세 사라지고 만다. 여자가 무슨 말인가를 더 했는데 그 소리도 코코 소리에 묻히고 만다. 기옥은 코코 몸이 단단히 뭉치는 걸 느낀다. 딸아이가 돌 무렵 이러다 경기를 했었다. 코코가 어떻게 될까 봐 더럭 겁이 난다. 기옥은 열림 버튼을 누른다. 잠깐이면 될 것이다.

—와, 멋진 집이네요.

남자는 선글라스를 벗어 손에 들고 있다. 완전히 딴사람처럼 보인다. 다행히 나쁜 인상은 아니다. 두 사람은 어느새 거실 한가운데에 서 있고, 코코는 여자의 품에 안겨 있다. 여자

의 희고 가느다란 손가락이 코코의 목덜미를 부드럽게 어루
만지고 있다. 하얀 털 사이로 빨간 손톱이 언뜻언뜻 비친다.
코코의 표정이 나른해지면서 가르랑거리는 소리를 낸다. 닭
가슴살 통조림을 앞에 두고 내는 소리다.

　―정말 멋져요. 그죠?

　남자가 놀랍다는 표정으로 기옥을 바라본다. 기옥이 뭐라
말하기도 전에 남자는 벌써 계단을 오르고 있다. 여자가 코코
를 안고 따라 올라간다. 이건 아닌데, 하는 생각뿐이지만 그
들은 틈을 주지 않는다. 기옥은 뭐에 홀린 것 같다. 그들이 이
집의 주인이라는 느낌마저 든다. 기옥은 그들을 따라 허둥지
둥 계단을 오른다.

　젊은이들은 이층 발코니에 서 있다. 여자의 풀어 헤친 머리
칼이 바람에 날린다. 여자는 이리저리 고개를 돌리며 와, 소
리를 멈추지 않는다. 남자는 발코니 난간으로 아슬아슬하게
몸을 내민 채 한번씩 휘파람을 분다. 그들의 뒷모습에 기옥은
피가 마르는 것 같다. 그들은 코코만 보여달라고 했다. 지금
이러는 건 경우가 아니다. 거기다 휘파람까지.

　―저기……

　기옥의 목소리에 두 사람이 동시에 돌아본다. 기옥이 말을
꺼내려는 순간 남자가 가로챈다.

　―탐 크루즈라는 배우 아세요?

　이번에도 기옥이 뭐라 대답하기도 전에 남자가 말을 잇는다.

─하와이에 그 사람 별장이 있어요. 여기처럼 전망이 끝내주는 덴데, 탐은 너무 바빠 십 년 넘게 그 별장에 오지 못하는 거예요. 그럼 그 별장이 비어 있느냐? 아니죠. 대만계 관리인이 거기 살면서 별장을 관리하고 있죠. 그럼 그 집은 탐 것일까요? 관리인 것일까요?

─이리 와, 코코.

기옥은 코코를 향해 두 팔을 내민다. 남자의 말이 하나도 귀에 들어오지 않는다. 코코를 챙기고 얼른 그들을 내보내야 한다.

─그렇잖아요? 그 멋진 집에 탐 대신 사는데. 그것도 월급 받아가며. 저는 그 대만 남자가 세상에서 젤 부럽다니까요.

─이리 오라니까.

기옥의 떨리는 목소리가 올라간다. 사모는 가끔 일찍 귀가하기도 한다. 이대로 사모와 맞닥뜨리는 장면이 떠오른다. 칠판을 향해 걷고 있는 것처럼 숨쉬기가 어렵다.

─우리 여사님 화나셨어용. 코코는 무쩌워용.

여자가 코코를 안고 부부의 침실 쪽으로 달아난다. 순식간의 일이다.

─안 돼요, 아가씨!

기옥은 여자를 따라간다. 머릿속이 하얘진다. 칠판에 쓸 줄 아는 글자가 하나도 없다.

─봐! 내가 이겼어!

여자가 외친다. 기옥은 가슴을 누르며 침실 문 앞에 멈춰 선다. 여자는 침실 안쪽 파우더룸에 서 있다. 한 손으로는 코코를 안고 다른 손에는 작은 향수병을 들고 있다. 남자가 기옥을 살짝 밀치며 안으로 들어간다.

─안녕, 난 샤넬이야.

여자가 다가오는 남자를 향해 병을 흔들어 보이며 생글거린다.

─그러니까 얜 코코인 거고.

여자는 코코를 머리 위로 트로피처럼 치켜든다.

─코코 엄마가 무슨 향수를 쓸까 내기했거든요.

여자가 자신의 귀 아래에 향수병을 대고 누른다. 코코 목덜미에도. 다가오는 남자에게도. 남자가 여자를 끌어당기며 귓속말을 한다. 웃음을 참느라 여자의 입술이 비죽거린다. 그러다 더 참을 수 없다는 듯 여자는 코코 털 속에 얼굴을 묻으며 웃음을 터뜨린다. 코코가 목을 빼 기옥을 바라본다.

그들은 돌아갔다. 그들이 머문 시간은 얼마 되지 않았지만 종일 그들 뒤를 따라다닌 것처럼 온몸의 힘이 풀린다. 기옥의 가슴이 아직도 쿵쾅댄다. 코코는 거실 바닥에 엎드려 현관을 바라보고 있다.

─코코, 우리 실수한 거야.

그들은 코코를 보러 온 게 아니었다. 집 구경을 온 것도 아니었다. 심심했을 뿐이다. 차에 앉아 시간을 죽이던 차에 자신과 코코가 그 앞을 지나가게 되었고 그때 표적이 된 것이다. 코코네 집이 여기라는 걸 알아내는 건 어렵지 않았을 것이다. 어딘가 숨어 산책을 마친 코코가 어느 문으로 들어가는지 지켜봤을 것이다. 처음부터 알고 있었거나. 중요한 건 그게 아니다. 그들이 이 집에 다녀갔다는 사실이 중요하다. 그들은 빈집에 담을 넘어온 게 아니라 현관을 통과해 들어왔다. 문을 열어준 건 기옥 자신이었다.

―코코, 오늘 아무도 안 온 거야, 아무도.

기옥은 다짐을 받으려는 듯 코코와 눈을 맞춘다. 자신이 사모의 말투를 흉내 내고 있다는 걸 알지 못한다. 사모는 중요한 건 꼭 반복해 말한다. 그러고 보니 오기로 한 택배도 가스검침원도 오지 않았다. 어떻게든 실수를 만회해야 한다. 모든 걸 그들이 다녀가기 전으로 돌려놓아야 한다.

기옥은 건조기 계기판에 뜬 숫자를 확인한다. 종료까지 58분이 남았다. 건조기가 내는 익숙한 소음에 조금 진정이 된다. 서둘러 불청객의 흔적을 지워야 한다. 기옥은 집안 전체에 건조기 소리가 울리도록 세탁실 문을 열어두고 서둘러 이층으로 올라간다.

창문을 모두 열어젖힌다. 공기 중에 남아 있을 향수 냄새를 내보내야 한다. 화장대 위를 꼼꼼히 다시 닦는다. 향수병에 묻어 있을 여자의 손자국을 지우고 바닥을 다시 닦는다. 코코와 눈이 마주친다. 여자는 코코한테도 향수를 뿌렸다. 기옥은 코코를 안고 욕실로 간다. 향수 흔적을 지우기 위해 샴푸를 듬뿍 따라 거품을 낸다. 코코는 기옥의 손에 얌전히 몸을 맡긴다. 불청객이 다녀간 흔적이 욕조 배수구로 빨려 들어간다.

서재 청소를 할 때쯤에는 불청객에 대해 더 생각하지 않게 된다. 아래층에서 울리는 건조기 소리가 모든 것이 제대로 돌아가고 있다고 말해준다. 조금 늦어진 것만 빼면 모든 것이 다른 날과 다를 게 없다. 기옥은 먼지도 없는 책장을 마른걸레로 닦는다. 벽 전체를 두른 책장을 둘러보면 멀미가 난다. 자신의 실력으로는 책등에 적힌 제목만 읽는 데도 며칠이 걸릴 것이다. 글자는 사람을 홀린다. 그 젊은이들처럼. 기옥은 머리를 세게 흔들어 그들을 털어낸다.

사모 부탁대로 책상 위는 손대지 않는다. 나뭇결무늬가 아름다운 책상 위에 책 세 권이 함께 펼쳐져 있다. 그중 한 권을 들여다본다. 흰 것은 종이, 검은 것은 글자. 한글 아닌 글자들이 어느 나라 글자인지 모르지만 영어일 거라고 짐작한다. 기옥은 조심스레 책장을 쓸어보며 비죽이 웃는다. 이런 건 바라면 안 된다. 그저 영어로 된 간판만 읽을 줄 알면 된다.

책상의 모서리를 닦고 단단하고 묵직한 네 개의 다리를 꼼꼼히 닦는다. 기옥은 잠시 그 다리 하나에 기대어 쉰다. 그래봤자, 돌. 기옥은 중얼거려본다. 뜬금없이 화요일 오후에 가는 집 노인이 떠올랐기 때문이다. 일하는 내내 거실 소파에 앉아 눈으로 좇는 노인이 그날은 파스 몇 장이 없어졌다고 했다. 그전에는 냉동실에 둔 고춧가루가 반이나 줄었다고 했다. 할머니, 다음번에는 그 반지가 없어지겠네요. 기옥은 노인이 끼고 있는 반지를 쳐다보며 대꾸해주었다. 노인은 마른 손으로 얼른 반지를 가렸다.

—다이아? 그래봤자, 돌. 그치?

기옥은 옆에 와 있는 코코에게 말한다. 그런 건 하나도 부럽지 않다. 이런 책상이 부럽다. 기옥은 벽에 걸린 시계를 본다. 영어 수업도 끝나갈 시간이다. 두 시간 남짓 교실을 떠돈 열기와 탄식이 의자 끄는 소리에 섞인다. 선생님, 돌아서면 잊어버리니 어쩐대요? 미순이 자신의 머리를 쥐어박는 모습이 보인다. 또 만나요. 선생님이 영어로 말한다. 또 만나요. 어느새 기옥도 영어로 대답하며 손을 흔들어준다. 언젠가는 메리 크리스마스, 굿 모닝을 읽고 쓸 줄 알게 될 것이다. 간판에 적힌 coffee를 알아볼 것이고, 목요일 오전에 가는 401호가 엘리베이터에서는 F로 표시되는 데 당황하지 않을 것이다. 딸이 일하는 안경점 유리창에 붙은 'SALE'이 무슨 뜻인지 알게 될 것이다.

—감기 기운이 있는 것 같아요.

사모가 돌아온 건 건조기에서 꺼낸 빨래를 개키고 있을 때였다. 보통 때 같으면 마주치지 않는데 오늘은 일이 조금 늦어진데다 사모가 일찍 귀가를 했다. 사모는 마스크를 벗어 들며 어깨를 옹송그렸다. 목이 파인 갈색 원피스 차림이었다. 코코가 사모 발치에서 짖어대며 폴짝거린다. 안아달라는 거였다.

—기다려, 코코. 기다려.

어지간하면 덥석 안아줄 텐데 코코의 발톱에 올이라도 나가면 안 되는 옷인 모양이다. 위층에는 그래 보이는 옷들만 모아둔 옷장이 따로 있다.

—이럴 땐 뱅쇼에요.

사모가 재채기를 하며 주방으로 간다. 사모의 뒷모습을 바라보며 기옥은 손을 빨리 움직인다. 건조기의 열기가 남은 따뜻하고 고슬고슬한 빨랫감에 콩닥거리는 가슴이 조금 가라앉는다. 사모가 들어섰을 때 저절로 쿵, 했다.

—여사님도 한잔하실래요? 와인에 계핏 넣고 끓일 거거든요.

사모가 주방에서 큰 소리로 묻는다.

—아니요.

기옥은 부드럽고 짧게 대답한다. 거절은 부드럽고 짧은 게 최고다. 사모들은 뭐든 권한다. 그걸 곧이곧대로 받아들이면 안 된다.

—아참, 다섯시가 넘었어요. 오늘은 좀 늦으셨네요. 퇴근하셔야죠.

뒤늦게 생각났다는 듯 사모가 동그랗게 뜬 눈으로 주방에서 내다본다.

—그러게, 오늘은 조금 늦어졌네요.

—코코가 힘들게 한 거 아니에요?

—아니에요. 이것만 끝내면 돼요.

달그락거리는 소리와 재채기 소리가 번갈아 들린다. 기옥은 빠르게 빨래를 개켜나간다.

—넘치는지 좀 봐주세요. 얼른 옷만 갈아입고 내려올게요.

—천천히 내려오셔도 돼요.

계단을 빠르게 오르는 사모 뒤를 코코가 따라간다.

창문으로 들어온 오후의 빛이 주방에 고여 있다. 유리 주전자 속 붉은 포도주에 계피 두 조각이 비스듬히 떠 있다. 조리대에 연둣빛 포도주 병과 코르크 마개 등속이 있고, 살굿빛 대리석 상판에 핏방울처럼 보이는 포도주 두 방울이 떨어져 있다. 주전자 바닥에서 기포가 생겨나는 게 보인다. 계피 향이 퍼지고 있을 것이다. 딸은 계피를 듬뿍 넣고 끓인 수정과를 좋아한다. 이번 주말에는 수정과를 좀 해야겠다.

—여사님!

사모한테서 나온 거라고 믿기지 않는 높고 가파른 목소리다. 순간 숨이 멎는 듯해 기옥은 가슴을 움켜쥔다. 눈앞으로 젊은 한 쌍이 빠르게 스쳐 간다. 서로 주고받던 눈짓, 억지로 참던 웃음, 남자의 휘파람. 한 사람이 자신의 주의를 끄는 사이 다른 한 사람이 사모의 물건을 주머니에 넣었을 것이다. 아니, 그럴 틈이 없었다. 그들을 자신의 눈에서 놓친 적이 없었다. 그들이 돌아간 뒤 뭔가 사라진 게 없나 살펴보지 않았던가. 여자가 썼다 벗었다 한 사모의 선글라스도, 향수도 그대로 있는 걸 확인했다. 그래, 향수다. 거기서 걸린 거다. 창문을 열어두었지만 사모는 공기 중에 남은 향을 알아챈 거다. 어쩌면 샴푸 거품이 코코 털에 묻은 향수를 다 씻어내지 못한 거다. 냄새를 맡지 못하는 자신의 코가 그걸 잡아내지 못한 거다.

기옥은 마른침을 삼키며 주방에서 나온다. 자신의 실수를 털어놓기로 한다. 솔직한 게 제일 빠른 길이다.

—이걸 세탁기에 돌리신 거예요?

실내복 차림의 사모가 빨래 더미 옆에 서서 기옥을 바라보고 있다. 손에 자그마한 검정 카디건이 들려 있다. 기옥은 무슨 일이 벌어진 건지 알 수 없다.

—이건 울이잖아요, 울!

사모가 손에 쥔 옷을 흔들어 보인다. 사모의 목소리가 버석하게 갈라진다.

—아, 그건……!

기옥은 말을 멈춘다. 그럴 필요 없다는 깨달음이 순간 찾아왔기 때문이다. 세탁물을 분리해 내놓는 건 사모의 일이다. 세탁소에 맡길 건 사모가 따로 챙겨두곤 했다. 지금까지 그래왔다. 하지만 어쩐 일인지 사모는 세탁소로 갈 것을 세탁조에 넣는 실수를 했고, 자신은 그걸 세탁기로 빨고 건조기로 말린 실수를 했다.

기옥은 거실 한가운데 그대로 서 있다. 사모는 보이지 않는다. 코코에게나 맞을 만큼 줄어든 검정 카디건은 빨래 더미 위에 놓여 있다. 실수로 범벅된 하루였다. 젊은 불청객을 받아들인 실수는 비밀로 남겠지만, 두번째 실수는 되돌릴 수 없이 졸아든 모습으로 분명하게 눈앞에 있었다.

기옥은 조용히 남은 일을 마무리한다. 마른 수건은 욕실에 가져다 두고 옷가지는 거실 탁자 위에 올려놓는다. 카디건은 어쩔 줄 몰라 들고 있다가 잘 접어 사모의 옷가지 위에 올려놓는다.

—코코, 잘 있어.

기옥은 현관까지 따라오는 코코에게 조용히 손을 흔든다.

길은 한적하고 조용하다. 먼지 하나 없이 잘 닦인 차들이 언덕길을 올라온다. 다들 집으로 돌아오는 시간이다. 기옥도 집으로 간다. 집으로 돌아가서는 새로운 문장을 만들어야 한다. 그동안 감사했다는 말과 미안하다는 말이 들어간 문장. 이번 달 월급으로 모자라면 옷값을 보내드리겠다는 문장. 이번엔 메모가 아니라 핸드폰 문자로 보내게 될 것이다. 미순의 말대로 손글씨는 알몸과 같으니까.

언덕진 길을 내려오며 기옥은 허벅지 위에 '울' 자를 쓰고 또 쓴다. 그런 옷은 세탁기로 빨면 안 된다는 것쯤은 알고 있었다. 하지만 울, 울. 그게 무슨 뜻인지 모르겠다. 영어일 것 같은 짐작은 간다. 기옥은 어쩐지 세상의 영어란 영어는 다 깨우쳐버린 것만 같다. 더 배울 것도 없이 다 알아버린 것만 같다.

멀리 잠실타워가 보인다.

잘못 울린 종소리, 새의 말을 듣는 시간

정홍수(문학평론가)

1

2002년 단편소설 「나비」로 중앙일보 신인문학상을 수상하며 작품 활동을 시작한 한수영은 2004년 장편소설 『공허의 1/4』(민음사)로 오늘의작가상을 받는다(『공허의 1/4』에는 두 편의 단편이 함께 수록되어 있다). 첫 소설집 『그녀의 나무 핑궈리』(민음사)가 나온 것이 2006년이다. 그 후 『플루토의 지붕』(문학동네, 2010) 『조의 두번째 지도』(실천문학사, 2013) 『낮잠』(강, 2019) 등 장편소설에 집중해왔다. 『바질 정원에서』는 십칠 년 만에 펴내는 두번째 소설집이다. 긴 시간에 걸쳐 발표한 단편들이 묶인 셈인데, 일관된 특징이 감지된다. 수학적 정밀함을 떠올리게 하는 꽉 짜인 구성과 팽팽한 언어의 긴장, 밀도다. 한 편의 소설을 읽고 나면 주제가 응축되고 퍼져나가는 핵심 이미지가 뚜렷이 떠오른다. 한마디로 단편소설에 요구되는 고전적 규범과 미학에 한결같이 충실하다. 가난과 결핍, 소외와 배제의 어두운 세계가 인물들의 발목을 움켜잡고 있는 채 이들의 삶을 지탱하고 열어갈 빛은 현실에 대한 단단한 관찰 속에 희미하게 숨어 있다. 낭미충을 앓았던 엄마의 머릿속 검은 나비를 불러내기 위한 아이의 꽃 그림 그리기, 평생 집 고치기에 집착한 아버지의 고단한 꿈과 천년 고분에 담긴 안식의 열망, 연변 조선족 결혼이주여성의 슬픔이 음각하는 고향 집 펑귀리 꽃그늘, 맨홀의 어둠 속에서 전화선 가설 노동자가 만드는 구리 연의 꿈, 흠모하는 은행원의 손이 닿은 쇠붙이를 삼켜 사랑의 피뢰침이 되고자 하는 은행 파견근로자의 고독한 이식증, 불법체류 필리핀 이주여성 노동자가 버려진 번지점프대에서 피워 올리는 고향 바다의 빛, 생로병사의 고초와 상실의 시간이 꽃씨로 뿌려져 꽃밭을 이룬 옥상 정원 등 삶의 진실이 응축된 이미지는 깊고 풍부하며 그것들을 둘러싼 이야기들은 은근하다. 작가의 성가를 널리 알린 장편 『공허의 1/4』에서 관절염을 앓는 아파트 관리사무소 여직원이 안팎으로 꽉 막힌 삶에서 꾸는 사우디아라비아 룹알할리 사막의 영상이 작품 전체에서 공명해내는 유다른 힘을 생각해보면 이미지를 감싸는 한수영 단편의 완미한 미학적 구조에는 생래적 감각 같은 게 작동하고 있는 게 아닌가 싶기도 하다.

그러나 단편에 국한해서 말한다면 한수영의 소설 세계는 과작의 느린 전개를 보이면서 주제와 이야기의 반복과 변주, 심화를 통해 형성되는 강렬한 스타일, 목소리에 상대적으로 무심해져버린 측면도 있는 듯하다. 이는 한수영의 소설이 단편 영역에서 보여주고 이루어냈을 게 훨씬 많았으리라는 진한 아쉬움의 표현이기도 한데, 작가적 기질이나 여타 창작 환경의 문제도 여기에 개입되어 있지 않았을까 생각해본다. 그러거나 꽤 긴 시간에 걸쳐 있는 이번 한수영의 단편 작품들은 소설 언어의 정밀함, 구조의 단단함, 소설적 전언의 깊이에서 그간의 만만찮은 온축(蘊蓄)을 헤아리게 하는 데 부족함이 없는 것 같다. 소설의 언어와 이야기는 시대에 감응하고 개인의 시간에 침잠하면서 녹여온 성찰과 사유, 상상의 힘을 따라 빚어지는 것일 텐데, 이럴 때 십칠 년의 긴 시간은 독자에게도 특별한 이해와 감상의 배경이 되어주는 듯하다.

2

코로나 시대에 쓰인 최근작 「바질 정원에서」와 비교적 오래전에 발표된 「파이」(2009)는 나란히 함께 읽고 싶은 마음을 부추긴다. 두 작품은 동일한 구조를 갖고 있는데, 짧은 현재의 시간을 서사의 표면에 두고 긴 회상의 시간을 서사 내적으로 흐르게 한다. 주부로서 무력감에 시달리던 「파이」의 여성 화자 미현은 텔레비전의 퀴즈 프로에 출연하면서 존재 증명을 시도하게 되고, '퀴즈왕'이 걸린 마지막 문제 앞에서 정답인 '파이'와 연관된 과거 대학 시절의 기억을 돌이킨다. 대학에서 만나 평생의 친구가 된 오십대 초반의 기정, 이현, 혜영 세 여성은 늦가을 오후 결혼하지 않고 혼자 사는 기정의 집 (성곽 아래 산동네의 무허가 땅에 지은 집) 정원에 모여 하룻밤을 같이 보내면서 굴곡진 지난 시간을 돌아본다. 「바질 정원에서」의 이야기인데, 낙엽 지는 늦가을 밤의 시간은 이들이 지나고 있는 인생의 어떤 시기에 조응하는 것 같다. 두 작품을 함께 읽으면 「바질 정원에서」가 「파이」의 후일담처럼 느껴지기도 한다.

'원형'의 스튜디오 한가운데 서 있는 미현의 모습으로 시작하는 「파이」는 작가가 한 편의 소설을 심미적으로 구조화하는 방식을 선명하게 보여준다. 미현이 원주율 파이에 대해 알게 된 것은 제적생 신분으로 대학 교정 자작나무 숲에서 은둔의 시간을 보내던 때였다. 미현은 그곳에서 자신처럼 너무 일찍 인생의 음지로 들어선 동급생 J를 만나는데, 수학과를 다니는 J의 얼굴은 임파선 치료의 후유증으로 팽팽하게 부풀어 있다. 육신의 병과 가난, 막막한 미래를 함께 앓고 있는 J의 얼굴이 '둥근 원'의 모양을 하고 있는 것은 고통스러운 생리

적 현상일 수밖에 없겠지만, 소설의 회고하는 시선은 거기에서 삶이라는 질문과 마주 선 한 젊은이의 운명적인 형상을 찾으려 한다. 그 필연의 소설적 의미망을 가능하게 하는 것은 물론 현재 미현이 힘겹게 찾아온 '원형'의 스튜디오이며, 젊은 날의 자작나무 숲을 통과하고서도 해결되지 않는 무의미의 현실이다. 그러니까 '중심으로부터 같은 거리에 있는 점들의 모임이라는 원의 형상'이 '인생의 중심'에 대한 질문으로 전환되는 자리에 자작나무 숲과 연탄창고를 개조한 검은 자루 속 같은 J의 자취방이 있다면, 그 시간은 반드시 돌아와야 하는 것일 수밖에 없다. J는 원에 대한 매혹, 영원히 끝을 보여주지 않는 무리수인 파이에 대한 끌림으로 수학과를 선택했고, 미현은 J의 자취방에서 끝없이 이어지는 파이의 값을 필사하면서 한 시절을 보냈다. J는 아르바이트로 번 돈을 반명함판 사진과 우푯값으로 쓰며 전공과는 무관한 쪽까지 이력서를 보냈지만 겨우 면접 연락이 온 자그마한 회사에서도 그녀의 퉁퉁 부은 원형의 얼굴은 거절의 숨은 이유가 된다. 미현이 밤늦게까지 돌아오지 않는 J를 기다리다 오랜만에 교정의 자작나무 숲을 찾고 거기 어둠 속에 앉아 있는 J를 보는 장면은 소설의 돌아보는 시선 안에서 쓰라리고 아름답다. 동시에 거기에는 뚜렷한 의미화의 방향이 있는 것도 같다. 작가의 정교한 문장과 함께.

입구는 따로 없었다. 나무 사이사이가 모두 입구였다. (……) 불빛에 드러난 자작나무 밑둥이 흰 정강이뼈처럼 보였다. 그 너머는 온통 어둠이었다. 그 어둠 한가운데에 검고 둥근 덩어리가 앉아 있었다. '밀물' 때여서 J의 얼굴과 어깨와 등이 모서리 없이 부풀어 있었다.

　─인선아!

　미현이 J를 불렀다. 한 가지 음만 낼 줄 아는 악기처럼 바람이 불 때마다 나뭇잎들은 같은 소리를 냈다.(89~90쪽)

　검은 숲이 원이고, 원주를 이루는 나무 사이는 보이지 않는 입구다. 그 둥근 어둠 한가운데 또 하나의 검고 둥근 원이 또 다른 중심을 향한 채 앉아 있다. 이른바 소설적 에피파니의 순간이다. 이날 미현은 J의 방을 떠난다. "미현은 영원히 연탄 냄새가 지워지지 않을 컴컴한 방에 공책을 두고 나왔다. 세상에서 오직 하나뿐인 파이를 거기 두고 그 방을 떠나왔다."(90쪽) 공책에는 미현이 파이의 값을 필사하다가 어느 자리부터는 마음대로 써내려간 숫자가 마지막 장까지 빼곡히 적혀 있을 것이었다. J의 자리에서 보면 어둠 속 원주에서 중심과의 막막한 거리를 재고 있을 미현이라는 또 다른 원이 보일 테다. 정수의 비로 환산될 수 없는 삶의 무리수는 이런 시간을 통해서만 가까스로 떠오르기 시작할 것이다. 그러나 다른 한편, 소설 「파이」의 세계는 원과 원주율의 상징이 주제와 모티브 차원 모두에서 너무 빈틈없이 짜여 있다는 느낌을 주는 것도 사실이다. 소설의 미학이 얼마간 삶의 어떠함에 상응하기도 하는 것이라면, 여기에도 나누어지지 않는 '무리수'의 영역은 존재해야 하지 않을까.

긴 시간의 간격을 두고 쓰인 「바질 정원에서」가 좀 더 깊은 울림을 주는 이유를 생각해보게 되는 대목이다. 흥미로운 것은 두 작품 사이에 '소리'가 공통적으로 놓여 있다는 점인데 (물론 이는 작가의 무의식적 관여라고 해야 할 테다), "한 가지 음만 낼 줄 아는 악기처럼 바람이 불 때마다 나뭇잎들은 같은 소리를 냈다"는 문장은 「파이」를 건너 「바질 정원에서」에도 울리고 있다. 어둠의 숲에서 길을 잃은 미현과 J에게 '한 가지 음의 나뭇잎 소리'가 배경으로 주어져야만 했던 이유가 있을까. 나뭇잎을 흔드는 바람 소리는 한갓 무심한 자연의 움직임일 테고 언제든 인물들의 배경으로 묘사될 수 있다. 그러나 생의 중심을 향한 막막한 갈증으로 타들어가고 있던 미현의 절박한 의식에서 보면 자신과 J를 하나의 운명으로 사랑하고, 그 사랑의 힘으로 다시 자신만의 파이를 향해 길을 떠날 수 있게 도와줄 세상의 신호가 필요했다고 할 수도 있다. 그러니까 '같은 소리'는 그렇게 듣고 싶은 소리이며, 얼마간 의식의 요청이었을 것이다. 숲의 소리가 또다시 길을 잃은 주부 미현의 회고하는 자리에서 들려오고 있다는 점에서 우리는 여기에 맹목의 젊음을 향한 작가의 안타까움을 겹쳐볼 수도 있다. '파이'가 무정형의 현실에 대응하는 절실하고 적절한 상관물이라 하더라도, 그것으로 삶의 실재를 매끄럽게 마름질할 수는 없을 것이다. 원주율 이야기로 젊은 날의 방황과 혼돈을 표상하려는 위험에서 소설 「파이」는 완전히 자유롭지는 않은 것 같다.

반면에 「바질 정원에서」에서 기정의 마당 모임 중 느닷없이, "시도 때도 없이"(19쪽) 울려오는 종소리는 말 그대로 자유롭고 제멋대로다. 기정의 집 뒤편 성곽 쪽 작은 선원, 스님의 치매 걸린 노모가 무시로 치는 종이기 때문이다. 그런데 이 "잘못 울린 종소리"(19쪽)가 소설의 진행에 독특한 리듬을 부여한다. 세 사람의 대화가 서사의 거의 전부인 소설에서 종소리는 말을 끊고, 생각을 끊고, 곁가지로 대화를 흐르게 만든다. 종내 늦은 밤, 정원의 나뭇가지와 바질, 수국 꽃가지 등으로 피운 화롯불 앞에서 잠이 들었을 때 새벽에 세 사람을 깨운 것도 '잘못 울린 종소리'였다. 세 사람 앞에는 싸늘히 식은 재만 화로 바닥에 쌓여 있었다. 종소리에 의해 툭툭 끊어지는 리듬은 이 소설에서 우리가 읽어야 하는 것이 세 사람의 대화가 아니라, 시월의 가을밤을 함께 보내는 이들 세 사람의 '시간'이라는 사실을 환기한다. 이 '시간'은 동시에 대학 신입생 때 만나 오십대 중반에 이른 이들이 각자 독립적으로 힘겹게, 그리고 함께 서로를 '물들이며' 보내온 인생의 시간을 가리키는 것이기도 하다. 「바질 정원에서」는 이 시간을 소설의

'형식'으로 만들면서 짧은 한 편의 소설이 인생을 비추고 인간을 이해하는 훌륭한 거울이 될 수 있다는 것을 입증한다. "네 평 남짓한 땅에서 마흔 종에 가까운 식물이 독립적이고 짱짱하게 자라고 있"(11쪽)는 산동네 기정의 '무허가 땅' 정원은 「파이」의 미현과 J가 젊음의 한 시절을 보낸 대학 교정의 어두운 숲과 대비되는데, 자유와 어울림의 기운은 삶의 시간 안에서 자연스럽게 흘러나온다. 시월의 정원이 이들의 인생 나이에 조응하는 듯 보이지만, 정작 소설은 성급하게 조화나 성숙의 시간으로 달려가려 하지 않는다. 이들이 지금 함께 보내고 있는 환한 우정의 시간 역시 무심하고 빠르게 지나갈 것임을 소설은 안다. 세 사람 각자가 안고 있는 이러저러한 삶의 문제들은 정원의 시간과 무관하게 그대로 남을 것이다. 자정 넘어 시월의 하룻밤이 끝나가고 있는 상황을 소설은 이렇게 서술한다. "그들은 마지막 불씨가 꺼져가는 걸 말없이 지켜보았다. 날이 밝으면 식은 재 속에서 무엇을 보게 될까?" (35쪽) 그러니 나뭇가지의 이파리에 붙은 애벌레 한 마리의 처리를 두고 세 친구가 사소한 언쟁을 벌인 후 이현의 마음속에 솟아난 다음과 같은 감정의 지대야말로 이 소설의 견고함과 성숙의 증거일 것이다.

　　오늘 밤 새로 생겨난 의혹과 혼돈이 이현을 흔들었다. 이현은 떼쓰는 아이처럼 불을 헤집어 재를 날리고 싶었다. 잔을 부딪치던 탁자와 흰머리가 나기 시작한 서로의 머리 위에, 오늘 밤 모든 걸 지켜본 시들어가는 정원에 재를 뿌리고 싶었다. 너무나 강렬한 욕망에 이현은 잔에 담긴 와인을 모두 비웠다.(35쪽)

서로의 머리 위로, 그리고 시들어가는 정원에 재를 뿌리고 싶은 마음! 불안과 혼돈은 일정한 시기를 지나며 제거되거나 극복되는 것이 아니라, 언제든 삶과 동행하는 '무리수'의 일부라는 것을 알기엔 「파이」의 미현과 J는 너무 젊었다고나 할까. 물론 우리는 「파이」의 쓰이지 않은 결말, 혹은 후일담을 안다. 미현은 정답 '파이'를 끝내 말하지 않았을 것이다. 그것이 젊은 날의 자신과 J에 대한 사랑이자 예의이고, 퀴즈 프로의 참가는 '파이'의 환기와 기억으로 남을 때 살아갈 힘이 되어줄 테니까 말이다. 이야기는 응당 '파이'의 기억 앞에서 멈추어야 했고, 한수영 소설은 이 점에서 정직하고 옳았다고 할 수 있다. 그러나 '무리수'와 함께, '무리수'의 뒷자리를 계속 쓰며 살아간다는 것은 무엇인가. 삶의 중심은 찾아질 수 있는 것인가. 이런 질문들을 제대로 구축하는 이야기가 작가의 의식/무의식 속에서 계속 미완의 과제로 남아 있을 수밖에 없었다면, 「파이」로부터 십여 년의 시간을 지나 쓰인 「바질 정원에서」를 그 응답이라고 볼 수는 없을까.

인용문에 표현된 혼란은 '정원의 밤' 동안 이현에게만 찾아온 것이 아니다. 혜영은 '잘못된 종소리'에 깨어난 새벽의 정원에서 싸늘히 식은 모닥불을 바라보며 오랫동안 자신을 괴롭혀온 악몽을 고백한다. 노동운동으로 수배 중이던 기정의 행적을 형사에게 알리는 꿈. 그 꿈속 밀고에는 심지어 셋 중 가장 평범하고 안정적인 길을 걸어온 이현에 대한 이야기도 포함되어 있었다. "시시콜콜한 것까지 다 털어놓더라, 내가." (36쪽) 그런데 이 악몽의 고백과 기술(記述)에는 심리적 깊이, 이념적 장막이 제거되어 있다. 악몽은 삶의 표층에서 투명하게 발화된 느낌을 준다. 트라우마가 있었다 하더라도 그 무게는 이들의 삶과 우정의 시간 안에서 이미 덜어지고, 사소해진 것이다. 그간 적지 않은 한국 소설들이 비슷한 지점에서 과장된 엄숙주의로 넘어가 일종의 본질주의적 이념형 안에 삶의 많은 '무리수들'을 가두고 재단해버린 일을 생각해보게 된다. 그러므로 어렵사리 털어놓은 혜영의 고백을 두 친구가 가볍게 넘겨버리는 장면은 자연스럽고, 이 소설의 정직함을 증거한다. '잘못 울린 종소리'에서 시작한 소설은 '잘못 울린 종소리'에서 끝난다. 그 한가운데 '황종률(黃鍾律)', 도량형의 기준이 되었던 '소리'에 대한 이야기가 놓여 있지만 그 모티브의 강렬도는 '파이'에 비해 많이 약화되고 느슨해져 있다. '(존재하지 않는) 지상의 척도'는 누구나 언제든 묻게 될수밖에 없는 질문일 테지만, 한수영의 소설은 무시로 들려오는 '잘못 울린 종소리'를 배경으로 세 친구의 자유로운 정담(情談/鼎談)을 느슨한 시간의 형식/내용으로 만듦으로써 고유한 질문에 이르고 있는 것 같다. '서로 물든 사람들'이라는 소설의 아름다운 자각은 삶을 어떤 개념이나 도식 안에 가두려고 하지 않은 그 시간의 자유로운 '형식/내용' 안에서만 가능했을 것이다.

3

사과 농사를 짓는 「새의 말」의 주인공 한수는 사 년 전 국제결혼 중개업체를 통해 캄보디아 여성과 결혼했고, 태국에서 온 이주노동자를 농장 일꾼으로 쓰고 있다. 수확기를 앞둔 한수의 고민은 무시로 벌어지는 새들의 공격으로부터 여물어가는 사과 알들을 지키는 일이다. 한수는 사과밭에 그물망을 쳐서 새를 잡은 뒤, 잡은 새를 높은 가지에 매달아두는 방식으로 새들의 사과밭 접근을 막으려 한다. 한수영의 소설은 이와 관련된 배경 서사를 밀도 있게 구축하는 가운데 아내 희선(한국명)과 태국 이주노동자 씽 사이에 형성되는 미묘한 관계의 양상을 소설의 핵심 주제로 돋을새김한다. 여기서 다문화사회나 변화하는 농촌의 현실은 특별한 소재적 선택의 차원이 아니라 새롭게 생겨나고 있는 타자성의 착잡하고 낯선 지대를 향한 질문의 사회적 토대로 포착되는데, 그만큼 보편적이고 강렬한 인간의 이야기를 낳고 있다. 씽이 한수의 농장에 왔을 때 주변에서 걱정해준답시고 보탠 말이 있다. "마누라 단속 잘해. 끼리끼리는 잘 통하는 법이라고."(125쪽) 한국에 온 지 삼 년이 되어가는 씽은 한국말을 거의 하지 못한다. 그리고 처음부터 희선은 씽을 좋아하지 않고 거리를 두는데, 두 나라 사이에 국경 분쟁이 끊이지 않는 탓이다. 더구나 희선의 아버지는 캄보디아 경찰로서, 분쟁 지역에 투입될 수도 있는 상황이다. 씽에 대한 희선의 거리 두기는 소설 내내 지속된다.

그물에 걸린 새의 처리는 한수의 또 다른 고민이 되는데, 씽은 능숙하게 그 일을 처리한 뒤 밤이면 인근 농장의 태국인 친구들을 자신의 외딴 숙소로 불러 새를 요리해 먹는다. 씽이 산 채 털을 뽑아 빨랫줄에 거꾸로 매달아놓은 새 때문에 한수의 노모와 희선이 놀라 비명을 지르는 일이 벌어진다. 그러거나 한수의 입장에서는 이상하게 불편하던 씽 덕분에 새와의 전쟁에서 뜻밖에 손쉬운 승리를 거둔 셈이다. "한수는 씽에게 처음으로 친밀감을"(134쪽) 느낀다. 그러다 산 채 털이 뽑히던 산비둘기가 탈출을 감행하는 일이 벌어진다. 이웃 농장에 들렀다 돌아오던 한수는 털이 듬성듬성 뽑힌 산비둘기를 붙잡으려고 아내와 씽이 몰이를 하고 있는 장면과 맞닥뜨린다.

씽이 산비둘기를 쫓고, 희선이 그 뒤를 쫓아갔다. 수풀 근처에서 상황이 돌변했다. 달아나던 산비둘기가 갑자기 방향을 틀더니 씽을 향해 달려든 것이다.

—짠뜨라!

놀란 씽이 미끄러지면서 외쳤다.(143쪽)

'짠뜨라'는 잊고 있던, 아내 희선의 원래 이름이었다. "씽과 희선과 산비둘기는 여전히 쫓고 쫓기며 소리치고 있었다. 제각각의 말이 사방으로 흩어졌다. 그 흩어지는 말들 속에서 한수가 알아들을 수 있는 것은 오직 새의 말뿐이었다. 꾸꾸루꾸꾸."(143쪽)

이 순간 한수, 아내, 씽, 세 사람을 둘러싼 미묘한 공기는 더 알 수 없는 회색 지대로 옮겨간 느낌을 준다. 털이 뽑힌 채 쫓기고 있는 산비둘기의 이물스러운 날것 그대로의 형상은 씽과 희선이 내지르는 원초적 태생적 몸짓, 말과 공명하면서 의식의 구획을 무화하는 것 같다. 씽과 희선의 관계는 그들 자신도 잘 알지 못하고 있던 영역으로 들어가고 있다. 그러니, 이렇게 봉합할 수 없는 지점이 터져 나오고 나서야 윤리나 규범의 문제가 인간에 대한 질문으로 구성될 수 있는지도 모른다. 찢어짐을 포함하지 않는 타자성의 대면은 없을 것이다. 한수영의 소설은 바로 이 균열과 파열 앞에서 멈춘다. 한수가 알아들을 수 있는 것이 '새의 말뿐'이었다는 진술은 한수가 직면한 당혹스러운 상황의 기술이면서 한수영의 소설이 세계를 대하는 태도에 대해서도 알려준다. 한수영의 소설은 무지를 위장하지 않는다. 끈덕진 관찰과 두터운 성찰이 배어 있는 정확하고 단단한 언어, 넘치지 않는 이야기는 그 소설적 정직함의 다른 얼굴이기도 할 것이다. 한수영은 소설이 늘 실제의 삶 앞에서는 충분치 않다는 것을 알고 있다.

아파트 부엌 창 아래에서 우연히 듣게 된 '사랑의 고백' 전화. 「사랑의 지점」의 중년 여성 제이는 반복되는 이상한 우연이 알 수 없는 무기력에 빠져 있던 자신의 삶을 뒤흔들고 있다는 것을 알게 된다. 그러니까 서울의 공식적인 날씨를 결정하는 경희궁 옆 서쪽 언덕의 관측소처럼 사랑을 고백하는 특정한 지점이 존재한다면 어떻게 해야 하나. '사랑의 지점'이 먼저 존재하고, 거기서만 '진짜 사랑'이 생겨날 수 있으리라는 전도된 생각은 표면적으로 안정적인 결혼 생활의 이면에 생긴 알 수 없는 균열로부터 자라난 것일 테다. 그리고 이런 정황만이라면 한수영의 「사랑의 지점」은 얼마간 익숙한 서사의 영역에 속한다고 볼 수도 있다. 심지어 제이가 '사랑의 지점'을 찾아가서 사랑의 고백을 감행하는 상대가 같은 아파트 단지에 사는 대학 때부터의 단짝 K의 남편이라는 사실도 그다지 놀라운 전개는 아니다. 그러나 부엌 창 아래로 가서 '사랑의 지점'을 찾는 제이의 행동 한가운데에는 '맨발'이라는 한수영 소설 고유의 모티브가 있다.

제이는 남자가 서 있었을 거라고 여겨지는 지점에 섰다. 뭔가 불편했다. 옆으로 한 발짝 옮겨봤지만 마찬가지였다. (……) 그러고는 마침내 생각났다는 듯 샌들을 벗었다. 이끼의 서늘한 감촉이 발바닥으로 전해졌다. 그제야 이 지점이라는 확신이 들었다.(165~166쪽)

'맨발'이어야 했다. '맨발'이 되어서야 제이는 무모한 열정에 들떠 K의 남편에게 전화를 건다. 소설의 마지막에 같은 장소로 가서 K의 남편에게 자신의 잘못, 실수에 대해 용서를 구하는 전화를 걸 때도 제이는 '맨발'로 이끼를 디딘다. 그러다가 친구 K가 그곳으로 찾아왔을 때 제이가 가장 감추고 싶어 했던 것도 '맨발'이었다. 가리고 있던 것을 벗어던지고 이끼 낀 땅과 직접 접촉하는 '맨발'의 맥락을 이해하는 것은 어렵지 않다. 「새의 말」에서 산비둘기를 몰아가는 씽과 희선의 원초적 시간, 날것을 향한 갈망이 여기에도 있다. 『공허의 1/4』에서 류머티즘 관절염을 심하게 앓고 있는 화자 '나'의 또 다른 짐처럼 등장하는 어머니의 이야기도 있다. 고향 마을에서 '불곰'으로 불렸던 어머니는 집안의 가난을 혼자 힘으로 감당하면서 '불도저'처럼 들에서 일했고, 집에 들어오면 낮잠이나 자는 무능한 남편을 집어 던지기도 했다. 어머니의 돈벌이 중 하나는 마을 냇가로 개고기를 먹으러 오는 사람들에게 보신탕을 끓여주는 일이었는데, 장갑도 끼지 않고 개의 목과 다리를 자르고 내장을 꺼냈다. "어머니는 꼭 맨발로 그 일을 했다."(『공허의 1/4』, 71쪽) 흥미롭게도 이때 어머니의 '맨발'은 개를 잡을 때 일종의 제의처럼 신는 굽 높은 갈색 슬리퍼를 개의 피로 더럽히지 않기 위한 것이었다.

어머니 속에서 또 다른 어머니가 걸어 나오는 순간을 목도해버린 것 같은 아찔함. 그 묘한 간극을 도저히 견딜 수 없어 나는 늘 살짝 오줌을 지렸다. 일하는 중간에 몇 번이나 냇물에 신발을 헹구곤 하는 어머니가, 어머니의 손에 들린 칼보다 나는 더 무서웠다.(72쪽)

여기서 '맨발'은 가난의 자장 안에 있는 것 같다. 어머니에게 원초의 날것은 할 수만 있다면 가려야 하는 것이었다. 개별 지향의 구체적 맥락은 다르되, '맨발'은 한수영 소설이 세계를 인식하고 이해하려 할 때 중요한 원점의 풍경을 이루는 것 같다. 첫 소설집 『그녀의 나무 핑궈리』에도 '맨발'의 모티브는 곳곳에서 나타난다. 연변에서 시집와 무능한 남편의 폭행을 겪으면서도 미싱 일을 하며 어떻게든 살아가는 만자 씨의 신산(辛酸)과 향수(鄕愁)는 '맨발'의 '갈라진 발뒤꿈치'를 통해 거듭 표현된다(「그녀의 나무 핑궈리」). 아이의 죽음 뒤 정선 카지노 도박판에서 삶을 방기해버리는 아내의 절망은 결국 남편의 손으로 끝을 맞게 되는데, 전화선 가설 일을 하는 지하 맨홀에서 불면의 고통을 술로 달래는 남편의 의식에 거

듯 떠오르는 것은 카지노에서 끌려 나오지 않으려 버티다 구
두가 벗겨진 아내의 '맨발'이다. "여자의 끊어진 숨보다 맨발
이 이렇게 마음 아프게 한다고, 탄진처럼 자꾸만, 자꾸만 진
눈깨비가 날렸다고."(「구리 연」, 『그녀의 나무 핑궈리』, 120쪽)
술의 힘으로 맨홀에서 잠 속에 빠져들고 있는 남자의 환상이
아내의 맨발을 덮으려고 하는 마지막 대목은 이 소설의 특별
한 화자 장치인 '구리 연'(남자가 맨홀에서 구리 선으로 만들
려고 하는 꿈의 존재)의 도움을 받아 삶의 고통스러운 연약함
이 만들어내는 특별한 아름다움에 이르고 있다.

　　남자의 잠이 깊어진다. 여자의 맨발이 보인다. 남자의 굽어버
린 발가락이 움찔하다 만다. 목화송이만 한 눈이 여자의 발을 덮
는다. 내 몸에서 지느러미가 생겨나고 꼬리가 자라 나온다. 나는
눈에 덮인 여자의 맨발 위로 날아오른다. 얼어붙은 벌판을 넘어
강을 넘어 날아오른다. 여자는 물뿌리개를 들고 서 있다. 물뿌리
개에서 뿌려지는 물방울이 햇빛에 반짝인다. 여자의 맨발에 햇빛
이 부서진다. 잠 속에서도 눈이 부신지 남자의 입가에 미소가 물
린다.(123쪽)

그리고 가령, 이번 소설집의 「지금 어디쯤이에요?」에서 치
과의사 K의 빈틈없는 생활을 비집고 들어온 이상한 도난 사
건(은빛 포르쉐를 운전하는 같은 아파트의 번듯한 이웃 남자

가 범인이었다)은 깊이 묻어두었던 K의 옛 기억을 소환한다. 중학교 2학년 때 학교에서 돌아오던 K는 젊은 어머니가 생선 가게에서 은빛 갈치를 훔치는 장면을 목도한 적이 있다. 소설 은 일종의 트라우마적 과거와 다시 대면하게 된 K의 흔들리 는 세계를 정밀하게 그리고 있는데, 한수영 소설에서 '맨발'은 '은빛 갈치'처럼 인물의 현재가 가리거나 덮고 있는 또 다른 긴 시간의 축을 여는 반복되는 문은 아닌가. 이번 소설집에서 라면 산과력(産科歷)을 따라가며 고단했던 한 여인의 생을 구 술 형식으로 보여주고 있는 「만조유생」과 부친의 한국전쟁 때 기억까지 거슬러 올라가는 「달개비꽃」이 뚜렷이 그렇지만, 첫 소설집까지 포함해서 한수영의 소설에는 당대 한국인의 삶을 '비동시성의 동시성' 안에서 그려내려는 좀 더 자각적이고 의 식적인 노력이 있는 것 같다. 한수영의 등단작 「나비」는 그런 점에서 예시적이다. 거기에 그려진 어머니와 외할머니의 지 독한 가난의 시간과 서울 변두리 산동네와 궁벽 진 시골이라 는 배경은 2000년대 초반 한국 소설에서는 얼마간 시대착오 의 느낌을 줄 정도로 빠르게 약화되고 있던 소설적 요소라고 할 수 있다. 한수영이 이번 소설집의 「만조유생」, 「달개비꽃」, 「울」 등에서 노년의 인물을 전면에 내세워 핍진한 이야기를 풀어내고 있는 것도 전혀 우연이 아닌 셈이다.

어쩌면 '맨발'이나 '발뒤꿈치'는 작가의 무의식과 관련된 원점의 풍경일 수도 있다. '맨발'로 표상되는 원초적인 날것의 자리는 한수영 소설이 세계와 마주 서 있을 때, '파이'나 '황종률'처럼 삶의 중심과의 거리를 재는 기준점처럼 반복 회귀하는 것일 수도 있다. 그러나 그보다 더 중요한 것은 한수영 소설이 숱한 "난독과 오독의 염려"(「아마 늦은 여름이었을 거야」, 106쪽)에 노출되어 있는 세상에서 우월한(혹은 그렇게 가정된) 인식의 조망대에 오르기를 거절하고, 어둠을 어둠의 시간 안에서 살아내려는 소설적 성실성을 끈질기게 부여잡고 있다는 사실일지도 모른다. 한수영 소설의 '맨발'은 '난독과 오독'의 가능성 안에서 끝내 충분히 해명되지 않는 삶의 실재로 남는다. 「새의 말」의 세 사람이 털 뽑힌 산비둘기를 쫓는 그 이상한 대면의 시간 이후 어떤 관계 속으로 이동할지 우리는 알지 못한다. 「바질 정원에서」의 '잘못 울린 종소리'는 혜영의 오래된 악몽의 짐을 덜어내긴 했을까. '맨발'은 언제나 그대로 남은 채 다만 삶 안에서 서로를 물들이고 있다. 한수영의 소설과 함께 우리는 오래도록 '새의 말'만을 알아들어야 할지도 모른다. 그래도 좋을 것이다. 그 어둠 속 시간의 연대 안에는 '당신'을 향한 자리도 있을 테니까. 그렇다면 소설 속한 인물의 다음과 같은 이야기를 한수영 소설의 자기 언급으로 보아도 좋지 않을까.

전조등을 켤 시간이야. 이제 방금 가로등에도 불이 들어왔어. 여름 저녁에는 낭떠러지 같은 지점이 있지. 순식간에 어두워져버려. 전조등의 불을 밝히는 순간. 재희 씨는 그 순간을 좋아했어. 자신의 전방을 비추기 위한 것이 아니라, 가장 강력한 연대의 표시로 여기 길 위에 당신과 내가 함께 있다는 걸 알려주는 불빛. 다음 날이면 다시 또 길 위로 나오고 싶게 만들어주는 불빛. 지금은 아무것도 보이지 않아.(「아마 늦은 여름이었을 거야」, 114쪽)

　삼월 중순, 갑사에서 며칠 묵었다. 상춘객은 모두 남쪽으로 내려들 가셨는지 계룡갑사는 한적했다. 대웅전을 지나 다리 건너 계곡으로 내려가면 대적전(大寂殿)이 나왔다. 커다란 고요. 법당 앞 홍매화가 소리 없이 봉오리를 열고 있었다. 나무 중간쯤에는 내 주먹만 한 새집 하나. 마른 풀줄기와 비닐 조각을 섞어 만든 집은 촘촘해서 안이 들여다보이지 않았다. 저녁이면 개울을 건너 그곳으로 갔다. 어둠 속으로 퍼지는 범종 소리를 그 새집 아래에서 들었다. 둥지 안에 있을 이름 모를 새와 함께.

　그 인연인가.

　서울에 돌아와서도 새집이 자꾸 눈에 들어왔다. 나뭇가지를 물고 날아가는 까치가 눈에 자주 띄었다. 집 앞 횡단보도에서 신호가 바뀌길 기다리다 바로 옆 전봇대 아래에 떨어져 있는 나뭇가지들을 발견했다. 길이와 굵기가 연필만 하게 일정했다. 올려다보았더니 공중이 부산했다. 복잡하게 얽힌 전선 위에 까치집이 반 넘게 지어진 상태였다. 며칠 후에는 북악산 등산길 귀룽나무에, 또 며칠 후에는 한성대입구역 6번 출구 근처 양버즘나무에 까치집이 지어지는 걸 보았다. 사람이 인정사정없이 가지를 쳐낸 양버즘나무에 그래도 까치는.

두번째 소설집을 내놓는다.

소설의 집, 소설집. 까치집 모양을 닮은 集. 새들이 웃으려나. 한 달이면 공중에도 집 한 채를 짓는데 그 쉬운 땅에서 십칠 년이 걸렸다고. 아무려나 바질 정원에서 울린 종소리가 당신에게 가닿았으면. 부디 가닿아 당신과 내가 물들었으면, 나와 당신이 물들어갔으면.

이천이십삼년 사월에

수록 작품 발표 지면

바질 정원에서 _미발표작

만조유생 _『대한소아청소년과 회보』 2016년호

파이 _『내일을여는작가』 2009년 여름호

아마 늦은 여름이었을 거야 _미발표작

새의 말 _『실천문학』 2012년 여름호

사랑의 지점 _『실천문학』 2014년 겨울호

지금 어디쯤이에요? _『도요문학무크』 2013년 3호

달개비꽃 _미발표작

울 _미발표작

바질 정원에서

© 한수영

1판 1쇄 발행 │ 2023년 4월 28일

지은이 │ 한수영
펴낸이 │ 정홍수
편집 │ 김현숙 이명주
펴낸곳 │ (주)도서출판 강
출판등록 │ 2000년 8월 9일(제2000-185호)

주소 │ 서울시 마포구 동교로17안길 21 (우 04002)
전화 │ 02-325-9566
팩시밀리 │ 02-325-8486
전자우편 │ gangpub@hanmail.net

값 14,000원
ISBN 978-89-8218-317-1   03810